古典詩歌研究彙刊

第三輯

龔鵬程 主編

第20冊

方東樹《昭昧詹言》及其詩學定位(下)

楊 淑 華 著

國家圖書館出版品預行編目資料

方東樹《昭昧詹言》及其詩學定位（下）／楊淑華 著 — 初版
— 台北縣永和市：花木蘭文化出版社，2008〔民 97〕

目 2+254 面；17×24 公分
（古典詩歌研究彙刊 第三輯：第 20 冊）

ISBN 978-986-6831-97-3（精裝）
1. 詩評　2. 詩學

821.87　　　　　　　　　　　　　　　97000472

ISBN 978-986-6831-97-3

9 789866 831973

古典詩歌研究彙刊
第三輯　第二十冊　　　　ISBN：978-986-6831-97-3

方東樹《昭昧詹言》及其詩學定位（下）

作　　者　楊淑華
主　　編　龔鵬程
出　　版　花木蘭文化出版社
發 行 所　花木蘭文化出版社
發 行 人　高小娟
聯絡地址　台北縣永和市中正路五九五號七樓之三
　　　　　電話：02-2923-1455／傳眞：02-2923-1452
電子信箱　sut81518@ms59.hinet.net
初　　版　2008 年 3 月
定　　價　第三輯 20 冊（精裝）新台幣 28,000 元

方東樹《昭昧詹言》及其詩學定位(下)

楊淑華 著

目

次

第六章　《昭昧詹言》對詩學典律的創意詮釋

　　由於《昭昧詹言》於形式與內容上的特殊，其詩學評論的效用也顯得較為混雜，經常在作品評價與寫作指導之間游移、在承續前人與創變己見間擺盪，故在初步分析、歸納其論詩要點，再進而擇要探究其詩論與宋代詩學的關聯後，本文的後二章更欲藉現代文學批評的論點加以詮釋，期望借鏡于異質文化的研究視野，得以釐清其論述的諸多層次，並深化其評論意義。

　　首先，由詩學評論的角度看來，《昭昧詹言》因配合二部選集的選篇，加入評註的作法，可以探討傳統詩選中「典律」建立的類型、意義，與典律化的閱讀等相關問題；次者，續就選集的詮釋作用深究，傳統詩選集本有樹立「典律」、修正前人評論的功用，故選集或其評註本身便是一套評論基準、或詩學典範的凝現，若由清初以來重要詩選集的比較，應可較細緻地觀察詩學典範革新、或變遷的軌跡，對《昭昧詹言》的評論成就、或詩論影響，作較客觀的評價。為使上述種種文學理論的理解、與運用較為準確而適當，本章乃先由近代「典律」等研究風潮的溯明入手。

第一節　傳統詩選集的「典律」研究

一、傳統選集的批評作用與典律特性

藉由成書背景、論述體例等方面的探究，可以確定：《昭昧詹言》本身並非單純論述、獨立成書的詩話，故對其中論點的理解與詮釋、合理性或系統性，均不可單就論述本身考察。而應在瞭解內容前，先掌握論述骨架——《古詩選》《今體詩鈔》二部選集的體例；在解讀詩評時，務必對照被評析的詩篇原文（文本）。此一研究原則的堅守，並不只爲前述客觀編輯條件的特殊，更因方東樹詩論內涵本與詩選集關係密切：

第一、「學古」是學詩者必備的修養與必經的過程，詩選集彙整了多樣而具價值的創作典律，故是最便捷、最可倚重的入門材料。

第二、詩選集中典律的類型與編排等較乏論述空間，方東樹乃以分卷多寡、評析詳略等明顯而可量化的方式表現評價、形成學詩的門徑；而於分體總論、詩篇評析等較具詮釋空間處，則儘量申論其意義。可說充分利用了中國傳統詩選集的體例，以發揮其批評作用。

第三、藉方東樹的評註，使二部選集成爲桐城詩論的「文學正典」，也是其學詩理想的具體示現。

王瑤先生在闡明中國總集的「文學批評」實效時，曾就作者文學思想的表達、與讀者所受批評的影響兩方面舉證分析〔註1〕。綜觀其所論，足以印證上述選集與詩學評論間的密切關係；反之，也辨明了典律在具體示範、指導習作上的效果，乃是詩選集〔註2〕產生評論作用的眞正緣由。如參用現代文學批評觀念，對傳統詩選集加以檢視，

────────────

〔註 1〕 參見王瑤：〈中國文學批評與總集〉，見《中國文學縱橫論》2～5頁。台北市：長安，1982年二版。

〔註 2〕《四庫全書總目提要》〈集部、總集類小序〉曾區分總集的性質爲兩類：「一則網羅放佚，使零章殘什並有所歸；一則刪汰繁蕪，使莠稗咸除，菁華盡出。……」爲配合《昭昧詹言》論詩的主題，避免研究題材過度擴充，本文所謂「詩選集」，專指其總集第二類、並以詩爲選錄體裁者。

則基本上可將詩選集視爲許多被篩選的、優秀的「典律」（文本）彙集；或者，本身便是一個經過審愼安排、足以呈現評論價值的「文學正典」。

所謂「典律」，是由英文（canon）意譯、說解而來。如藉由語意探其脈絡：《牛津英文大字典》中對典律分別有「尺度；法律，準繩；一般法則；基督教會所認可的聖書篇章選集；使徒經書」等五種解釋，但其共通處則在於有權威的基準性，故蔡振興教授爲其簡要界說爲：「『典律』指一種普遍性的規則，可供後人作爲行爲、道德、信仰、主體建立之準則〔註3〕。」堪稱簡明的概括。如究其用語先後：則「典律」早期多用來指稱基督教系的教會規條，以及上自古埃及、下至現代造型藝術的比率準則，直到西元前第二世紀的《亞歷山卓典籍》（Canon d'Alexandrie），才因其中羅列了荷馬等古希臘文豪爲各文類楷模，而漸具有指稱文學典律的功用〔註4〕。

可見，「典律」（canon）乃緣於宗教與文化上「誡律法規」等廣泛的義涵，「文學典律」（literary canon）則是後出的用法，卻依舊承襲了 canon 的精神，用來指稱那些經過篩選的「經典性的作品」；而這個推介、評選傑出的文學文本，使它受到關注、肯定的過程，便是所謂的「正典化過程」〔註5〕（canonization）。

因此，如由詩選集本身的體制而言，除所集的典律可歸結一般文學批評上「判斷、評價……等」編選者有意呈現的核心概念外，其進行正典化的過程中，還可能涉及讀者（或後出者）「期待視野」的調整問題。而其他的輔助評論（含續作、評註等）型態，更須慮及詩歌

〔註3〕參見中外文學蔡振興論文38頁。蔡振興〈典律／權力／知識〉，《中外文學》二十一卷第二期，第三十九頁及註十二。1992年7月。

〔註4〕參見劉光能：〈文學公器與典律——借鏡法國〉，見陳東榮、陳長房主編《典律與文學教學》313頁。台北市：比較文學學會，1995年。

〔註5〕參見陳國球：〈試論唐七律於明復古詩論中的「正典化過程」〉一文中「前言」的界說。見《中外文學》第十六卷、第六期，66頁。1987年11月。

閱讀上「誤讀」詮釋的可能。故研究材料雖來自傳統，卻有豐富的評論作用可探究。

若回歸文學接受、傳播的觀點來省視：則詩選集最重要、有別於其他文論形式的評論特質，還是其「典律」效用。尤其是在中國歷代以君主專權、倚重知識份子組成骨幹的社會中，能順利完成正典化的文學選集通常具有極高的權威性，在傳播、流通的實際面上，更具有普及的文化影響力。如再加入主編者的政教地位考量，重要的詩文選集更可能深入鄉學、家塾等教育體制中，成為一般學子語文學習、或文學創作的教材，其廣泛的文本傳播與深入的觀念指導，更是其他文學評論形式所不可及的。因此，是傳統文學資產中不可忽視的「典律」研究題材。

由此可知，綜合由詩選集的體製特色、與文學傳播、文學教育等層面而觀，中國傳統詩選集都具有極鮮明的「典律」特性。故再進一步探討其「典律」地位的形成、內容的選取，以及「典律」呈現的類型、產生的作用，乃至於前述續作、評註等次級評論型態所衍生的典律接受、與詩歌誤讀等議題前，我們都有必要再對西方文論中「典律」概念、與特性，先作深入的瞭解。

二、文學典律與近代典律研究的啓示

溯觀西方對於「典律」（canon）詞義的說解，雖有歷時性的演變，但「文學典律」（literary canon）須經過正典化過程的篩選、推介，而用來指稱那些經過篩選的「經典性的作品」的觀點已大體確立。因此，即使在近代文學批評界，「文學典律」的論述角度雖已較豐富多元，但基本上仍有部分學者接受傳統典律派的觀點，認爲典律是文學創作與閱讀上「具有普遍性的準則」〔註6〕，以致學者在檢討傳統「典律」

〔註6〕此種接近傳統典律派觀點、推崇典律價值的論點，如王德威：〈典律的生成──序〉曰：「〔典律〕指稱一種眾望所歸的創作與閱讀標準；大師的認定、鉅作的傳誦、榮譽的歸屬，無不突顯典律成就的公信力與權威。……」見《典律的生成──年度小說選三十年精編》

觀念時，首先討論的便是它無上的權威及崇高的價值，甚至由生發、選取的根源上，強調其具有鮮明的目的性以及「歷史的重任」〔註7〕，此乃進行「典律」討論前應明確瞭解的基本性質。

　　然而，這樣穩固的文學典律概念卻在讀者反應理論、接受美學等近代文學評論提出後，受到某種程度的衝擊。因其對文學史研究中心的重新詮釋，使得作爲代表整個時代文學基準的「典律」〔註8〕，格外受到重視，也招致不同程度的質疑；而接受美學學派在討論「文學典律」時，特別著重讀者的反應，即所謂的『期待視界』〔註9〕。強調這些典律應具有「豐富的、多層次的意蘊」，唯有如此方可以「經歷不同時代的讀者不斷調整的『期待視界』，甚至刺激、喚起新的『視界』」〔註10〕。此一主張乃補強了文學典律應考量讀者的閱讀期待的

第1～3頁。台北市：爾雅，1998年。

〔註7〕 同參考蔡振興：「任何人皆無法更動「典律」之組成份子，因爲它具有高度的選擇性（selectivity），是由最好的文學家、哲學家、政治家、歷史學家等最具代表的言論精選而成。其流傳下來的作品則肩負某種歷史的重任，也就是說要教育民眾，使人成爲具有道德、有教化的主體。簡單的說，傳統的典律概念，提供某種權威的準則，並讓這種準則得以教育、塑造人的主體性。」見蔡振興：〈典律／權力／知識〉，《中外文學》二十一卷第二期，第三十九頁及註十二。1992年7月。

〔註8〕 伏迪契卡的結構主義改變了文學史研究的重點，主張「文學史要研究的是整個時代對各種文學現象的看法，這些看法的集中表現就是當時的文學基準。」見陳國球：〈文學結構的生成、演化與接受：伏迪契卡的文學史理論〉。見《中外文學》15卷第8期，第64～96頁。1987年1月。

〔註9〕 參見堯斯（Hans Robert Jauss）的接受美學則探討「正典化的過程」：「在文學史上一部一部作品的『相關性』（coherence），基本上是以當代和以後的讀者、批評家、作者的文學經驗的『期待視界』爲中介而得到統一的。」又曰「新作品與讀者原有『期待視界』的矛盾通過『視界的改變』（change of horizon）得到統一，新舊作品亦會因『視界的改變』而恆常經歷一個『正典化過程』（canonization）。」參見陳國球：〈試論唐七律於明復古詩論中的「正典化過程」〉一文中「前言」的界說。見《中外文學》第十六卷、第六期，66頁。1987年11月。又見曾順慶：《比較文學論》第173頁，對「期待視野」論的解說。台北市：揚智文化，2003年。

〔註10〕 參見陳國球：〈試論唐七律於明復古詩論中的「正典化過程」〉一文

觀點，且以「正典化過程」分析典律的形成，認爲其足爲「法則」的
歷久性，係來自於隨時代變的因應彈性。

　　爾後，於一九八三年左右因社會運動的餘波，引發了文學上對傳
統典律的攻防戰：一方面是女性主義、馬克思主義、殖民文學等批評
家對傳統典律有效性的強烈質疑，呼籲以英美古典文學、男性價值爲
中心的傳統典律應開放，以避免預設某種教條式的文學價值或標竿
〔註11〕。其中詹明信（Fredric Jameson）指出：文學批評界對「非典
律文本之極端差異默不吭聲的加以忽視，是毫無益處的。」〔註12〕；
女性主義的羅賓森（Lillian Robinson）更激烈的認爲：以男性價值爲
中心的典律掌管、控制了人文學科，並且「背叛她們的文本」〔註13〕。
因而引發了學者紛紛由社會、政治、經濟等不同方面來討論典律的形
成目的與功效，試圖把「典律」放在更高的歷史架構來看〔註14〕，遂
衍生出政治衝突、經濟生產、意識型態、言說掌控等「權力」話題，
甚至歸納成「文學研究就是要研究其中權力的關係及其運作」〔註15〕

中「前言」的界說。見《中外文學》第十六卷、第六期，66 頁。1987
　年 11 月。

〔註11〕 參見懷德勒（Leslie A. Fiedler）和貝克（Houston A .Baker. Jr.）合編
　　　　的「英國文學——打開典律」（English Literature：opening Up the
　　　　Canon）

〔註12〕 參見 Fredric Jameson, "Third World Literature in the Era of
　　　　Multinational Capitalism" Social Text 15 （1986） :65

〔註13〕 參見 Lillian Robinson, "Treason our Text: Feminist Challenges to the
　　　　Literature," in Feminist Criticism: Essays on Women, Literature, Theory
　　　　（New York: Pantheon Books,1985 ）

〔註14〕 參見蔡振興：〈典律／權力／知識〉，《中外文學》二十一卷第二期，
　　　　第 52 頁。1992 年 7 月。

〔註15〕 同見蔡振興：〈典律／權力／知識〉，《中外文學》二十一卷第二期，
　　　　第 60～62 頁。1992 年 7 月，引述傅柯以經濟生產、阿塞圖以意識型
　　　　態來討論、詹明則以「歷史」的宏觀來討論典律，以爲歷史並不
　　　　是指某一特別的文本，而是「指各種價值所整理出來的敘述
　　　　（narratives）。它不只是文本的問題，是書寫的問題，即是政治潛意
　　　　識的敘述問題。文學研究就是要研究研究其中權力的關係及其運
　　　　作。」。

的結論。此類觀點乃又擴充了文學典律的義涵，使之適用於更寬廣的整體文化層次，但也因此而可能失去了對文學的根本價值——藝術美感的堅持。

　　另一方面，較保守的學者多由文學、美學、歷史、思想史等角度重申「典律」的重要性，以聲討後結構主義的「批判性之不信任」，期能重拾曾經失落的古典及理想價值。如：阿帝耶律於一九八三《批評季刊》的典律專號發表〈文學典律之概念與理想〉，明確以「以過去塑造典律」作為文學研究的重要目的，並以為「典律」的功用在於「建立一套價值體系」〔註16〕。重新強化了典律作為「理想準則」與「寫作指導」的重要功用〔註17〕。

　　其後五年，亞當斯提出較折衷的論點，反對極端的遵循權力或文學準則，而標舉逆變性的原則。一方面針對布朗斯、奧曼、史密斯等專以「權力」關係詮釋典律的各家缺失加以評析；一方面則轉換康德美學與王爾德創作論中探求藝術特質的觀點，認為「許多現代作品之所以被列為經典，顯然是因為有某種比文學的或權力的準則更深的判定標準引燃運作著。（他稱之為「洞燭先機的辨察力」（Vi sionary））〔註18〕，而其主要威力在於能深刻影響人類觀照事物的方式。至此，典律的討論已由考慮歷史背景、社會架構、權力運作等文化場域，逐漸轉移回藝術哲學等核心因素來觀察。

　　至於，法國、傅柯等學者由考古學、圖書館的觀點來討論「典律」的知識與陳述特質；或德勒茲和瓜達里站在精神分裂分析的觀

〔註16〕同見蔡振興：〈典律／權力／知識〉，《中外文學》二十一卷第二期，第 53 頁。1992 年 7 月。

〔註17〕參見蔡振興：〈典律／權力／知識〉，《中外文學》二十一卷第二期，第 37 頁。1992 年 7 月。說明典律具有三種功用：「一、扮演制定理想的角色；二、作為權威的模型，找到放諸四海而皆準的規則；三、過去所建立的典範可供當代文人寫作的參考座標。」

〔註18〕參見 Hazard Adams 作，曾珍珍譯：〈經典：文學的準則／權力的準則〉中外文學，第 23 卷、第 2 期，1994 年 7 月，第 15 頁。

點，反對佛洛伊德派的心理分析與固定化角色，而倡論「反伊迪帕斯化」〔註19〕，都是試圖以今人關注的概念爲切入點，檢驗傳統的典律概念，解構「以理體爲中心的文本（logocentric texts）」，而回歸「文本」可供閱讀、儲存的知識特質，容許多音並存、對話與互動。於是，典律的討論又稍稍拓展其視野。

由這正反激盪、不斷修正創變的現象看來，近代以來西方文學評論中對「典律」的討論確實活躍而多元，每每會通語言、文學、歷史、哲學、社會與經濟等種種學科的觀點，且歷經二元分立的論辯，進而反省其侷限，而試圖融貫與轉化。所以，筆者認爲：因探討而了解、打破「典律」的絕對性、權威感，是此番論辯後的實然成果，詮釋『典律』觀點的開放自由，更是發展的必然趨勢〔註20〕。

諦視國內，目前對於「典律」研究的集中討論主要見於幾次研討會上，分別配合著「文學教學」「文學史研究」等主題而評介、引用前述典律論爭中的諸家論點〔註21〕。經由各篇論文的探討，筆者發現：

1. 典律論爭中傳統與變革雙方的論點並非截然對立、不可相容的〔註22〕。藉其爭論正足以省視：「典律」的建置對意識的傳

〔註19〕同見蔡振興：〈典律／權力／知識〉，《中外文學》二十一卷第二期，第61頁。1992年7月。

〔註20〕經過雙方的論辯、激盪，既使今人對傳統典律的形成、特性與影響有較深刻的了解，足以用更寬廣的面向考察文學史發展；也凸顯現代典律的亟需重建，應當破除以男性、社會菁英爲中心的人文學科門戶，在文學教育與知識儲存上儘量吸納女性觀點、邊緣文化等多元論述的菁華。

〔註21〕參見陳東榮、陳長房編：《典律與文學教學》——第十六屆比較文學會議論文選集。台灣中壢市：中央大學英美文學系，1995年。及中國古典文學研究學會：《建構與反思——中國文學史的探索學術研討會論文集》上下冊。輔仁大學編。台北市：學生書局，2002年。

〔註22〕仔細分析此場論爭中所謂激進與保守的雙方觀點，其實也非截然對立的。由唐明信、羅賓森、以至傅柯等人，其論述雖以批判傳統典律出發，但其重點通常在「如何修正當代的典律觀？建立合理而具代表性的典律？」故其論述目的是切近當世而強調實際的；反之，阿帝耶律與亞當斯等人極力標榜典律的理想性和權威感，既強調了

播、文學基準的控制均有相當程度的影響力,是文學發展中不可忽視的因素。

2. 基於文學傳播的實際,「典律」的形成(如二家選集)與典律化的閱讀(如《昭昧詹言》)二者關聯緊密,是討論「典律」作用中不可偏忽的環節。

更重要的是,這些「典律」論述的成果,並非只對西洋的、現代的文學評論,與文學教育研究者有所啓示,對於傳統的、中國的文論研究而言,『典律』的分析,拓展了我們觀察文學發展的面向;有關「典律」的論爭,將使我們更理性的評估各時代「文學基準」形成中的主、客觀因素。換言之,「典律」的討論來自於文學史的研究省思,其效應也自然應回歸於文學史研究方法的修正。

同時,藉由近期典律研究中交叉引用女性主義、殖民論述等多種批評概念的現象,可驗證「典律」的討論原是文學評論中較基源的觀念,與其他的文論間應有較大的相容性,故本章除可探討中國傳統詩選集所形成的「典律」類型、代表意義、特色等相關問題外,對其選篇的典律化閱讀或評論接受等由典律衍生的批評形式,也可以藉「誤讀」理論的觀點來加以檢視,甚至對其批評方法、或觀念的確立,再以「典範」轉移的論點予以宏觀的評價,均應是借鏡於西方文論析理之長,以重新詮釋中國傳統詩學論述,且合理可行的研究方向。

三、中國詩選集與西方傳統典律說的契合

自《詩經》以來,「文學總集」便肩負著傳承文化、保存精髓的功能,雖號稱蒐羅放逸,但限於規模,各部總集通常會以文體、時代或宗旨來設限,有選擇性的篩選文學作品(文本)。因此,嚴格來說,

---

典律指導文學創作的功效,也提高了文學典律的藝術價值,其論述顯然偏重歷史特徵的歸納,與恆久精神價值的追求,二派學者著重處本有差異。

許多的總集都是有特定範圍的「選集」，其所謂「總」，亦多指「總合各家」的豐富性，而未必皆得收錄之全。特別是南朝昭明太子選編《文選》後，同樣以「刪汰繁蕪」「存其清英」爲標榜的選集與時俱增。此種依特定基準以決定文本取捨，再藉由政治權力推廣，以獲得廣大文人、學子認同的歷程，與西方傳統「典律」建置（正典化）的模式十分相近；而中國歷代文論中對「選集」的評價，與西方近代的傳統典律派的論述亦有諸多相近之處〔註23〕，以下便詳較其異同。

（一）在「典律」的產生基礎與流傳作用上，中國傳統詩選集與傳統典律派約有兩點相近處：

1. 推崇理想而權威的文學價值

傳統選集多強調「刪汰繁蕪、存其英華」，基本上便是相信：有一絕對的文學準則可以判別各家文本的高下，可替多數讀者進行優劣的評選、並作爲寫作的示範。故如昭明太子編《文選》時便自序曰：「歷觀文囿、泛覽辭林……自非略其蕪穢、集其清英，蓋欲兼功，太半難矣。」；李善〈上文選注表〉更以爲此選集「後進英麾，咸資準的」。這與西方傳統典律派的學者阿帝耶律解釋「典律」爲「是前人所有創造之的儲藏所。它是一種對吾人想要在某一文類或風格上做進一步發展之能力的挑戰〔註24〕。」其主張是相近的。所以，典律其重要性不只是詩美理想的準則，也是追求卓越的標竿，表面上雖是權威而唯一的，但是實質上它卻是容許並激勵後來者取代的。因此，各時期選錄詩篇的選集，既可說是前代優秀創作的成果匯集，更爲後來的詩人指明超越的底限。更重要的是這兩者都認爲典律應具有不容置喙

〔註23〕前世紀末典律論爭中傳統與改進二派交相論述、觀點多元以如上述，其二者對於國內學術研究的啓發，亦各自不同。但因本論文係以清代詩論的歷史研究爲主，故以下的相關論述多詳於對前一類學者論點的引述與評析。

〔註24〕參見蔡振興：〈典律／權力／知識〉，《中外文學》二十一卷第二期，第 47 頁。1992 年 7 月。

的公信力（標榜「客觀公允」），而且皆有意的標榜以文本（或文學作品）的藝術價值爲主要判定因素，而較少受主觀好惡、意識型態、權力運作等因素左右，此與前述詹明信（Fredric Jameson）、羅賓森（Lillian Robinson）等家所強調的外力介入是具有差異的，而與阿帝耶律、亞當斯等保守派維護傳統典律權威性的觀點相契，均崇信典律的示範價值。

2. 強調歷史材料的借鏡作用

自周秦以來，我國原本即有文化上的復古傾向，唐宋以後文學上更多見以「復古」爲標榜的論述〔註25〕。因此，詩學的創作論上常以「學古」「師法古人」爲學詩法門〔註26〕，甚至倡論「以故爲新」〔註27〕的創作奇徑。另外，由詩體發展觀察：自唐以後，詩的體裁剛經歷一個發展高峰，在未能有所超越前，多停留在對過去詩人或詩篇的追慕，積極者則亟思於轉益多師後「自成一家」〔註28〕。故宋以後的詩論，大多以唐詩爲重要典律，熱切於評析其技法，討論

〔註25〕 參見郭紹虞：《中國文學批評史》的分期，係將隋唐、北宋定爲「文學觀念復古期」，以彰顯期倡論復古的文學理論特色。可參見該書第147～430頁。台北：文史哲，1990年。

〔註26〕 參見宋、王禹稱有〈前復春居雜興詩〉二首，其中有欣於詩詣精進而暗和古人的詩句曰：『本與樂天爲後進，敢期子美是前身。』今由其詩序及《蔡寬夫詩話》、〈王元之春日雜興詩〉記載，皆可見時人以詩意近古人爲可喜可賀的心態。

〔註27〕 參見黃庭堅〈「再次韻楊明叔、小序〉曰：『蓋以俗爲雅，以故爲新，百戰百勝，如孫吳之兵；棘端可以破鏃，如甘蠅飛衛之射，此詩人之奇也。』是故學者歸納黃庭堅的詩論主張爲「以俗爲雅，以故爲新」，其詩論重點雖在於自鑄偉詞、進而創新，但須由取法古人而奠基的觀念，卻也是十分明確的。見黃寶華：《黃庭堅選集》。上海市：上海古籍，1991年。

〔註28〕 如黃庭堅等人承宋祁以來「自成一家」的意識，而於論書道時明確的標榜「自成一家始逼眞」。可參見王直方：《王直方詩話》第136則。見郭紹虞：《宋詩話輯佚》143頁。台北市：華正，1981年。
又如宋末劉辰翁強調「汲古生新，自成名家」參見顧易生等編《宋金元文學批評史》，上冊433頁。上海市：上海古籍，1996年。

其新變之道。此種「尊古」的意識與「學古」的主張，除反映在宋代詩話外，更具體萃集於古人精華的選集（典律）上。

　　所以中國選集中凸顯的詩學「典律」，不只是後人寫詩的示範，更是創新與開展的必要基礎。這與阿帝耶律的「典律」說中強調歷史的借鏡作用，其文學史觀也是相近的，他說「過去應被理解爲一座永久的舞台，幫助吾人塑造和判斷個人和社會價值；」甚至片面界定「把過去塑造典律，藉以建立價值堡壘」〔註29〕是文學研究的目的。這兩者對文學上的「創變」問題，都採取較保守的觀點，把前人與歷史材料的模仿、借鏡，當作創新的必經過程，對「典律」的倚重也相對的增加了。

（二）在「典律」的篩選基準與權力機制上，中國歷代較具規模的選集雖有名義上的總纂者，但大抵爲一群著名詩人或文士集團共同選編。因此，雖頗能反映當代主流文風，其普遍性、代表性仍有不足，故大多具有下列特徵：

　1. 典律的基準決定於社會菁英

　　如參考傅柯等由社會體制觀察「典律」運作的說法〔註30〕，基本上中國詩學的發展整體上僅是展演於士人階層的特殊舞台，故各個「典律」也只能代表社會中少數菁英份子的價值與品味，然而他們在政治資源、與社會結構上，卻往往是掌握權力，足以決定主流價值的少數菁英，某些欽定選本，甚至是以帝王的好惡爲取決。然而，當這些典律一旦建立，往往會主導當代風尚，甚至影響士人學子的習作方向。這也同樣是西方傳統典律最爲羅賓森等現代學者批評之處。

〔註29〕蔡振興：〈典律／權力／知識〉，《中外文學》二十一卷第二期，第53頁。1992 年 7 月。

〔註30〕同見蔡振興：〈典律／權力／知識〉一文對傅柯：〈主體與權力〉一文的簡單提要。見陳東榮、陳長房主編《典律與文學教學》78 頁。台北市：比較文學學會，1995 年。

2. 典律的建置取決於選編者知識領域、社會地位，甚至政治權力的大小

同時，需加辨明的是：中國詩學典律的形成，並不同於西方藉助宗教或政治力量的法典建立，中國漢魏以降的詩選集大多出於個人名義，卻標榜客觀公允，致力為當代「制定理想」的詩學準則（除少數勇於標榜流派主張的選集外），並維護古典而崇高的「溫柔敦厚」詩教傳統。表面上雖無強制性的權威，卻往往藉主編者的知識權力或社會地位，對詩壇具有相當程度的影響，譬如各地詩社或鄉賢的詩選，多成為詩學流派或地方文化的標榜。尤其到清代初期，許多詩選集多負有欽定、御選的政權優勢，企圖塑造更明確的「典律」地位。再配合以科舉制度中鄉會試便有五言排律詩〔註31〕的習作需求，詩學「典律」的權威與價值乃空前的提高，但與西方早期係由政權法定的典律相比，仍極為不同。

（三）在「典律」呈現的形式上，詩選集只是中國傳統文論眾多「典律」形式中的一種

由於結構主義派學者討論文學史研究時，多強調探求「文學基準」的重要性，而其廣泛瞭解、甚至重建這些基準的方法則在於「通過考查當時的主導文學理論、批評家經常討論的作品，以及文學總集與選集最常選錄的作品。」〔註32〕依此方向推求，則中國詩學材料中具有「典律」作用的形式頗為多元，除較具體存在於總集或詩選集外，詩話與評點亦有不同程度的輔成功用。

〔註31〕參見《欽定禮部則例》卷九十「鄉會試題目」中明訂「鄉會試題，第一場四書制義題三、五言八韻詩題一；第二場五經制義題各一；第三場策問五。」見楊學為等三人編《中國考試制度史資料彙編》「第八章、清代前期考試制度」338 頁。合肥市：黃山書社，1992年。

〔註32〕陳國球：〈試論唐七律於明復古詩論中的「正典化過程」〉一文中「前言」的界說。見《中外文學》第十六卷、第六期，65 頁。1987 年 11月。

　　其中「總集」（含「選集」）是最爲明確有力、而源遠流長的典律
形式。自昭明《文選》以來，歷代文學中的沈思翰藻多賴以流傳，蔚
爲中國文學評論的大宗之一。而其自始便標異於「詩話」的論述特徵，
就在於「刪繁取精」〔註33〕的精神，與「分體序列」〔註34〕的體例，
對建立歷代的詩學「典律」有示範作用。而這樣經由政治與文壇領袖
出面篩選、推介歷代詞人才子創作中的「清英」，通常以傳世久遠、
指導後人習作爲目標，而致產生「受書之士，均思熟精《選》理，以
潤色鴻業。〔註35〕」文學流傳與影響的過程，便是接受美學學者所謂
『正典化』的效用。故知，若綜觀建立過程、呈現形式與傳播效果，
詩選集可說是中國詩論傳統內比較正式而具影響力的「典律」形式。

　　此外，雖然各家詩話、詩文評點，也是中國詩學形成「典律」的
輔助資料。詩話的內容廣博而紛雜，主要因其論詩時而可及於事、及
於辭，更可「辭中即事、事中即辭」〔註36〕，故難免於士人隨意生發
的散漫感。至於另一類傳統的詩、文評點，基本上是依附於選集（典
律）而存在，通常係在典律評定之後，爲加強其論理的說服力與指導
寫作的功效，而藉圈點、詳註說明其成功之處。例如：宋末致力於評
點註述的劉辰翁，便依序針對杜甫、王維等大家的詩選集詳評〔註37〕，

〔註33〕參見〈文選序〉自序曰：「刪汰繁蕪，集其清英」。見李善注：《文選》，
　　　　第 1 頁下。台北：藝文印書館，1983 年。此後歷代總集亦多不出「蒐
　　　　羅放逸」「刪汰繁蕪」兩大類型（參遼欽立說）。
〔註34〕參見《文選》目次，可知其依文體區分爲三十五類，每類之中則又
　　　　依作者生卒年序列，遂成爲後世文學總集的基本體例。正如〈文選
　　　　序〉曰：「凡次文之體，各以彙聚。詩、賦體既不一，又以類分。分
　　　　類之中，各以時代相次。」見李善注：《文選》，第 2 頁上。台北：
　　　　藝文印書館，1983 年。
〔註35〕參見胡克家：〈重刻宋淳熙本文選序〉。見印文印書館影印《文選》
　　　　附考異【3】頁。台北市：藝文印書館，1983 年。
〔註36〕參見顧易生等著：《宋金元文學批評史》下冊第 460 頁「詩話之源起、
　　　　性質和宋詩話概說」上海古籍出版社：1996 年。
〔註37〕劉辰翁一生致力評點工作，先後著有：《杜工部詩集評》二十卷、《王
　　　　摩詰詩評》四卷、《蘇東坡詩評》二十五卷等。可參見明人彙刻《劉
　　　　須溪批評九種》。

一則印證個人獨特的文學批評理論，更藉圈點、眉批指出詩篇的藝術手法與審美意蘊﹝註38﹞，給學詩者具體的學習方向。故知，「評點」這種中國獨特的評論形式，自其生發便有輔助「典律」的功效，其作用則在強化「典律」的影響力，而其流傳，則已進入文學教育的傳播層面。所以評點可說是「典律」與一般士人間順暢聯繫的中介，通常也是官方的典律得以推廣、落實的輔助措施。唯因「典律」必經正典化的歷程以確立其地位，所以在當代通常是唯一而絕對權威性的準則；反觀「評點」，卻因只反映評論者個人詮釋的角度，因而有多種版本、多元的詮釋角度，甚至是創造性誤讀的可能，可為選集的「典律」詮釋帶來更豐富的內容。

第二節　近代詩選集的典律接受與詮釋

一、詩選集的體制與「典律」評論層次

由於詩歌的流傳普遍而久遠，詩選集在中國集部典籍中，持續佔有相當的份量。雖然，為避免研究題材過度擴充、無法周延，本文所謂「詩選集」已稍作限定（參見前節註 2）。但在中國文學發展的長流裡，詩選集仍是其中綿延不絕、歷久彌新的詩學形式。如依選集評論作用（層次）的簡、繁而言，可分兩階段來觀察：

（一）宋代以前

早自《詩經》《玉臺新詠》以來，詩選集的類型、體例、與評論作用便不斷創變、更新﹝註39﹞。但其蓬勃發展的關鍵期，大體在詩體

﹝註38﹞例如劉辰翁於《王摩詰詩評》卷一，評王維「藍田山石門精舍」詩。則於『遙愛雲木秀』以下四句用「、」點出，並眉批曰：「此景自常有之，亦若無意，故是佳趣。」如此類兼論詩歌藝術與詩韻精妙者甚為普遍。

﹝註39﹞詳細的詩選集類型區分、說明，可參見張滌華：《古代詩文總集選介》「導言」10～13 頁中，對「總集乙」類發展特色的說明。台北市：國文天地，1990 年。

發展成形、而理論尚未建立之際，如六朝時梁朝有《文選》、《玉臺新詠》等選集，以彙集漢魏古詩的創作成果；唐代中期則有《中興間氣象》《國秀集》《河嶽英靈集》等選集，先後標舉不同的宗旨以篩選唐詩英華〔註40〕。

可見此階段詩選集的纂輯，乃在累積相當的嘗試經驗、與創作成果後，為了刪汰繁蕪、建立典律的目的，集中呈現理想詩篇的藝術特質，提供後人最佳的文學欣賞與習作示範。因此，此類中國傳統詩選集，大多明顯具有「推崇理想文學價值」「強調歷史借鏡作用」與「取決少數菁英」等特質，是與前述近代典律論述中以維護傳統典律的一派——阿帝耶律、亞當斯等家的觀點甚為接近。而其共同的精神，則在於偏重歷史與藝術的價值，而對典律形成中權力運作與基準等政教問題較為忽視。

（二）宋代以後

由宋代以後，明清時期的詩選集看來，典律形成的主導力量、正典化的作用過程中，政治權力或編者價值觀的涉入，更為明顯，甚至成為一種權威性的標榜〔註41〕。所纂成選集的規模，在社會上的流傳、接受面等，也因雕版印刷、活字印刷等發行，隨之擴大〔註42〕，

〔註40〕參見《四庫全書集部》總集類中所錄各選集與序，並可參照紀昀：《四庫全書總目提要》對各選集的考辨。相較下大體可知：《河嶽英靈集》強調辨體格雅俗、疾當世詩「理則不足，言常有餘，都無興象」，欲刪略群才。而其選篇之精切亦獲後世肯定；《國秀集》則以「上繼風雅，成一家之言」標榜，但其選己詩入集，則為紀昀深譏之；《中興間氣象》選篇範圍則較晚，以「但使體格風雅，理致清新，期觀者易心，聽者竦耳」為理想。三家雖同為唐人選唐詩，卻如明人魏浣初序曰：「人各一臉，家各一宗，而骨格聲韻備重體之偏全。」以上所引分見《四庫全書集部》第 1332 冊，第 21、64～65、127、125 頁。台北市：台灣商務，1986 年。

〔註41〕參見宋代奉飭編：《文苑英華》、清代御選《全唐詩》《唐宋詩醇》等選集。

〔註42〕參見周彥文：〈宋代坊肆刻書與詩文集傳播的關係〉。《國立中央圖書館館刊》新 28 卷第 1 期，67～77 頁。1995 年 6 月。

詩選集與意識傳播、詩學評論的密切聯繫，已成為新趨勢。因此，詩選集的評論需求增加、既有的選集體例乃更加細分：

1. 原於作者姓名下，多附有簡評、小傳〔註43〕。此時則較詳於作者生平志趣、事跡，兼有考證、辨偽，可發揮知人論世的效用。

2. 南宋古文選集中，開始出現的批點標抹等作法，在明清的近代詩選集中，則圈點、句讀、考證、注釋兼而有之。

這樣的體例，給予選編者、或評註者較大的詮釋空間，也使得中國詩選集中「典律」的組成，具有「多層次詮釋」的獨特之處，實有深入探討、廣徵應用的研究潛力。因此，以下研究中國傳統詩選集「典律」的評論意義，便可按編輯體例的詳、略分為三個不同的層次：

其一，選集的主體（即選錄的詩篇）是具體的文本，是最簡明層次的「典律」示現，提供後人完整的創作型態、藝術形象等優良的楷模。因此，相較於詩話等批評形式，更能完整的呈現典律「何者為美？」的示範，但對於「為何以此為美？美於何處？」的典律意義與指導作用，則未能交代。

中國早期的詩選集最強調於此，通常僅以典律原貌呈現，保持客觀中立的形象。但大體不脫「重視體類」「依時序列」的傾向，故常見各選集依體裁將典律分成大類、各類中再據題材、時代、或句式編排。可見遵循體裁風格、依體（依題）仿作的學習觀，以及重視流變史觀、突顯時代風格的批評論，應是傳統典律建立的骨幹，對於詩人的特殊風格與成就較少詮釋。

其次，尚有選集的編排凡例、編者所撰序例、詩人小傳等，看似為「典律」外的附加形式，卻因常在說明作法中表露選編者的流變史觀、評詩基準、以及風格詮釋，等於是選集中「典律」意義與詩學價值的直接引導。因此，乃如同考辨、評註、導讀等第二層次

〔註43〕參見殷璠：《河嶽英靈集》《中興間氣集》等唐代選集的體例。見《四庫全書集部》第 1332 冊。台北市：台灣商務，1986 年。

的典律論述般，具有「典律化閱讀」的指導效果。或者，更進一步將各線索歸納、統整，與典律內容相印證，便得以形成有意識的詮釋體系，作爲接受成員間共同遵奉的詩學詮釋「典範」。早自唐朝的《國秀集》、《極玄集》等即稍見此類評論的運用，至於明清時的《古今詩刪》《古詩鏡》等，率多將第二層次的「典律」評論盡力發揮〔註44〕，以標明其選集宗旨。此類輔助形式多係選編者所撰，故可視爲選詩觀點的具體化或條理化，也是與「典律」同出源頭、一體兩面〔註45〕的參考線索。

但是，有些選集中附加的出版序、評註或註釋，則爲後代人（或後續的師承弟子等）所注釋，其與編輯旨趣、乃至於典律間便產生較大的文本空隙（Gaps），容許詩歌閱讀、中「創造性誤讀」（或背叛）〔註46〕的存在，當我們研究時，便應與前一類有所區別，歸入第三層次的討論。同時，在中國傳統選集中也常見以「續作」爲標榜的選集，則其序例、註釋，更涉及典律的接受、修正等問題，也同應屬於第三層次探討。

辨析至此，言歸正傳，回歸本文探究的對象——王漁洋撰《古詩

〔註44〕參見《四庫全書》集部、總集第 1382 冊《古今詩刪》。其除於 91 頁收有李攀龍自撰〈選唐詩序〉外，書前尚有王世貞〈古今詩刪、原序〉以說解評析之，而其全書於選唐詩後逕續選明詩，完全刪略宋元詩的做法，與編排上結合時代、詩體、句式，而以「唐五言古詩」「明七言排律」等類目區分的體例，均將主觀的評詩主張融入選集中。而第 1411 冊《古詩鏡》則體例更爲詳切。其書前除有「序」，並增加長篇「總論」以論詩體、時代、個別作品，甚至讀詩要領（如陶潛飲酒詩）、及相關問題（如李杜評價等）；各詩體、詩題下均附題解說明，詩人下則有傳略、簡評風格及詩篇短長。詩後則附評析、引名家評論。且於大家選篇後，亦有附錄其他詩篇以增其詳之例（如卷 35、36 增杜甫五律詩）。台北市：台灣商務，1986 年。

〔註45〕參見許經田：〈典律、共同論述與多元社會〉文中十分強調典律與典律化閱讀彼此間的關聯性。見《典律與文學教學》第 23～24 頁。台北市：比較文學學會，1995 年。

〔註46〕參見哈羅德·布魯姆著，朱立元、陳克明譯：《比較文學影響論——誤讀圖示》第五章，83～105 頁。台北：駱駝，1992 年。

選》，及其續作姚鼐《今體詩鈔》、與門人方東樹評註彙編的《昭昧詹言》相印證，則不難區分出前述三種研究層次：

1. 對《古詩選》《今體詩鈔》中所選入的諸家詩篇而言，無疑的是具體的、古今體詩學「典律」，對其類型的劃分、代表意義的探求，應是第一層次的典律意涵。

2. 倘若結合編排體例、序跋與分卷導論而觀，甚至配合王漁洋他處的詩論以相互印證，嘗試勾勒《古體詩》代表的詩學評價與詮釋體系，甚至與前代、同時或後繼的詩學典範相比較，則皆屬第二層次、需結合選集內外的輔助形式、或相關論述來討論典律意涵。

3. 至於姚鼐《今體詩鈔》是否全篇繼承《古詩選》的評論精神、爲同一詩學典範的延續？方東樹《昭昧詹言》的評註與分釋是否準確掌握二家選立「典律」的基準、及論詩的要旨？有無創造性的「誤讀」或詮釋可能？則必須借鏡於「接受」與「誤讀」理論的觀點來加以釐清。

由此可見，中國傳統詩選集這種素以「選錄詩篇精華」爲號召、標榜客觀公正的的評論形式，如藉由西方「典律」論述的觀點檢視，其中著實引含有許多主觀評價與詮釋的空間，更何況是如《昭昧詹言》般輾轉評註的論述形式，其所代表的評論立場與詮釋意義，確實有必要深入比較、分析，才能加以適當定位。

二、明清詩選集的典律類型與作用

對照於傳統總集的發展脈絡，宋代以後至明清時期詩選集的規模與體例多已較爲完整而明確。且如楊松年、陳國球等學者指出：明代刊刻詩選的風氣既盛，選本與詩論間又相互作用、刺激發展〔註47〕，可見，詩選集已成爲研究明、清以後詩論不可忽略的材料。

〔註47〕參見陳國球：《唐詩的傳承——明代復古詩論研究》第五章「唐詩選本與復古詩論」217～291 頁。台北市：學生書局，1990 年。

今概觀《四庫全書》集部「總集類」中所輯錄明清時期各家詩選集的結構，大抵趨於詳贍：整體上多按詩體編排，依古體、今體或古詩、絕句、排律等體裁序列，再依四言、五言、七言等句式層層詳分；一體中再據內容分類，類目下便有題解；或以人序詩，詩人後每列小傳，甚至對其詩篇成就與風格進行總評；詩篇之中，則詳錄詩序、舊註與評析。其結構層次清晰，且增加了更多給編撰者評註的格式、與讀者參考的資料，故體製上隸屬於「總集」，卻時時兼有「詩話」論詩及於人、及其事的評述性質。因此中國詩選集發展至明清時期的纂輯形式豐富，實更有利於「典律」建立（或支持）者的評論發揮與閱讀創造。

其中最值得注意是，各詩選集所基本具備——彙集菁英、標舉「典律」的第一層示範作用，也透過分卷或標目，將之區別得更為明確。例如《唐詩品彙》乃先分體標舉典律，再依各體內的流變而細分為：正始、正宗、大家、名家等九種標目〔註48〕，而各體的「大家」又是有關聯性、可相互參照瞭解的。可見明清詩選集中所呈現的「典律」型態，其實是涵括多種類型、並且相互重疊錯雜的。雖然以寬泛的角度而言，凡被選入總集的詩篇，基本上便表示是詩篇成就上受肯定的創作「典律」，但因中國詩選集中選錄的典律本身可能是單一的文（詩篇），或是許多文本的的刻意彙集，因序列與組合的方式不同，自然影響著所代表的評論義涵，故對此仍有必要區分。

如根據前述文學傳播、與文學教育上的實效細分，「典律」的評論效果大約表現於三方面：文體的典型示範；習作詩文的進程；詩人理想的標示。明清時期的詩選集其纂成旨趣雖異，但多不外於以上三

〔註48〕參見明、高棅：《唐詩品彙》的編排、分類。先分體為：五言古詩、七言古詩【長短句】；五言絕句【六言】；七言絕句；五言律；五言排律；七言律【排律】；再區分為九格：初唐——正始；盛唐——正宗、大家、名家、羽翼；中唐——接武；晚唐——正變、餘響、旁流「方外異人」。見：《四庫全書、總集》第 1371 冊，7 頁。台北市：台灣商務，1986 年。

者。於是，光是針對第一層次的「典律」示現，我們也可將選集內的文本示現——典律，再配合輔助線索〔註49〕，細分爲三種類型：詩體典律、詩人典律、和最高詩人典律。以下乃一一討論其代表的類型意義與作用：

（一）詩體典律

此種典律係爲標示各體詩創作的典型，便於初入門的學習者掌握體裁的基本風格，而能「立志取正」，是對學詩者最實用的典律，也是明清時期具規模的詩選集最常強調的典律類型。殆因當時「辨體」風氣普遍，故詩集多先以體分類、再依時代先後序列。雖然凡入選的詩篇都是可摹習的典律，但通常會以該體詩發展成熟時期的、最能表現此體基本風格的詩篇爲代表，因此，縱觀一體中各時期典律的集散，便自然呈現詩體盛衰的演變；考察於各家入選典律的詳略，便得知詩家之所專擅。凡此，得其時、得其體者，即所謂的『正宗』〔註50〕。

爾後，爲增進指導效果，部分選集通常也在詩體典律的編排、序列，或者註釋中暗寓創作修養論或學詩門徑。例如高棅《唐詩品彙》多將選篇明顯集中於詩體「正宗」，或者將之編排爲一卷之首，以提示學詩入門；而方東樹《昭昧詹言》則以有法可循、矯正時風者爲先，特重杜甫、韓愈、山谷等家，乃於七古詩體中廣取此三家詩爲典律（參卷十二），甚至藉評註將三家增列爲五古詩大家（參卷八至十）。但此類優選者，未必表示其詩學、藝術價值最高，純粹是針對學習者而言最明確易行。換言之，如配合選集的體例來探求其詮釋典律的基準，詩體典律乃兼有表現修養論、學習法的評論作用。

〔註49〕指前述的第二層次以下的選集體例（依詩體或題材分類）、選篇地位（數量的多寡、卷帙編排的先後等）、及典律化閱讀（如作者傳略、總評、註解等）等相線索，

〔註50〕參高棅：《唐詩品彙》序例中註曰：「正宗——使學者入門、立志取正於斯。」。見《四庫全書、總集》第1371冊，5頁。台北市：台灣商務，1986年。

（二）詩家典律

此類典律雖以詩人為標誌，但其選立通常以選編者獨特的詩論觀點為基準，對「各鳴所長，專於一體而氣格獨具〔註51〕」者予以特別標立，肯定其「自成一家」的創作成就。故各選集選取「詩家典律」時可呈現豐富多元的樣貌並存，或於各詩體內隨詩選的選編宗旨而特別標明某些詩家典律。例如：蕭統《文選》詩卷中對陶潛雜詩、王漁洋《古詩選》對杜甫七言古詩的偏好，皆有其詩學主張作為評價支撐。

概觀明清時期的詩選集，其詩家典律大多依時代序列，藉詩家典律的分佈狀況，以呈現詩風盛衰變遷的歷程；或與詩體典律交迭運用，有助於彰顯該詩體的流變、或顯現某詩家的創作專擅（可參見第七章第一節附表：《古詩選》以前重要詩選集典律類型與編排分析）。然而，與詩體典律稍異的是，這樣的詩家典律可能是分佈於詩體發展的興盛時期，眾家爭鳴、各顯特色的數家詩篇；更可能是詩風委靡時代中風格獨具、不隨流俗的詩人，選編者欲借此具體表現其獨特的詩美典型。

故在典律的評論功能上，詩家典律著重風格品評的特性，最能兼顧詩人情性與藝術形式的特色，而便於和相關詩論參照、比較，因此在典律的評論意涵上，此種詩家典律也自然較詩體典律更值得注意；而在創作指導上，則是較適合學詩已具相當基礎的進階者，在多方觀摩、追求獨立成家時，作為學習目標。

（三）最高的詩人典律

此種類型乃各類典律中地位最崇高者，也是一般所謂『集大成』者，其詩體通常不限古今，而廣涉各類題材，甚至風格上亦能「盡得古人之體勢，而兼昔人所獨專〔註52〕」。因此，最高詩人典律的選立

〔註51〕同見高棅：《唐詩品彙》序例中註曰：「名家——學者溯正宗而下觀此，前人各鳴所長，專於一體而氣格獨具，足成一家」。見：《四庫全書、總集》第1371冊，7頁。台北市：台灣商務，1986年。
〔註52〕同見高棅：《唐詩品彙》序例中註曰：「大家——盡得古人之體勢，

對一部選集的宗旨、或某一詩家的詩論，甚至某一時代的詩風而言，具有鮮明的指標作用，因爲此類典律代表的不只是對某家創作成就的肯定，而往往蘊涵一種詩學原理，或者交揉了詩人的品格、胸襟等主觀因素，作爲創作理想的標竿。例如：御選《唐宋詩醇》便基於「根於性情而篤於君上」、「根本風騷，驅馳漢魏」的評詩觀點，而將李白、杜甫並列〔註53〕。

　　在明清的傳統詩選中，這種「最高詩人典律」通常須累積長期的詩論評價、或前人的持續推贊而成，有時，經由前出選集中「詩家典律」的逐漸被接受、普遍被認同，也同樣能具有穩固的公信基礎，而其典律的評論功效也得以持續較久。如延續前述所引《文選》推讚陶詩的例證爲喻，其歷經宋代諸家詩論的持續推崇後，在明代《石倉歷代詩選》、陸時雍《古詩鏡》中均成爲五言古詩大家，到清代王漁洋《古詩選》中，已顯然成爲五古詩的重要詩體典律。

　　然而，「典律」基本上是後設的，此三類典律因其建立的目的與過程不同，對讀詩者（接受者）產生的示範作用也隨之有所差異。今由明清時期的諸多詩選集槪觀，其以地域性、或論詩主張爲標榜的小型詩選集多偏重詩家典律（例如：王士禎《二家詩選》、胡文學《甬上耆舊詩》及曾國藩《十八家詩鈔》等）；而以指導習作、選錄菁華爲號召的詩選集，則規模較大，且多兼具兩種以上的典律類型；尤其是「最高詩人典律」的選立，乃注重典律基準的嚴謹評選、多以李白、杜甫等盛唐詩典律爲核心，但亦能由蘇軾、韓愈、黃庭堅等次要詩人典律地位的排序、升降上，呈現評詩主張的異同。

三、《昭昧詹言》對前出典律的接受與詮釋

　　由評論作用與典律特性上追溯，我們發現中國詩選集的纂成與

而兼昔人所獨專。」見：《四庫全書、總集》第 1371 冊，3 頁。台北市：台灣商務，1986 年。
〔註53〕參見《御選唐宋詩醇》《四庫全書、總集》第 1843 冊，25 頁。台北市：台灣商務，1986 年。

流傳，有極鮮明的目的，是爲了成爲當代的文學正典，作爲詩篇習作的規範、或詩學批評的基準。尤其是明、清以後像《古詩選》般具推展優勢、順利完成正典化的選集，更不斷地向當代、後世推展其典律的影響力。然而，近期文學影響研究中接受理論學者對於「期待視野」的討論，喚醒我們注意：閱讀詩歌、或接受典律時，讀者既有的期待視野、與作品中作者或編者提供的潛在期待視野間存在一種相互作用、相互校正的關係〔註54〕。而當學者再由歷時性接受、或跨文化接受研究的角度宏觀，甚至於提出「接受本身就是批評。每一次接受，接受者都有意無意地作了選擇，而文化框架在文學接受中默默起著過濾作用〔註55〕。」的結論，這些論述，都再再引發我們對傳統影響研究的省思，提醒我們在面對傳統詩選集——詩論間平行地相互作用、或歷時地影響關係時，應正視接受者本身「期待視野」、或所處「文化框架」等因素，對典律接受活動可能產生的修正、或過濾作用。

　　本文的研究主體爲《昭昧詹言》，雖具有近似詩論的論述形式，卻依循王士禛、姚鼐二家詩選而鑑析詩篇，表面上似爲二家之後繼者，直接承受其影響、或遵循其詩學典律，但考其序跋、行文之際，並又未對此作明確的說解〔註56〕，以致一般學者也未留意，僅今人汪中先生等人著意於此〔註57〕，並在進行割裂各卷評註、分置於詩鈔下的工作中發現：《昭昧詹言》之「微言義法，悉桐城諸老之緒論……間亦有所說之詩，不見於詩鈔者亦附之」。由此可知，方東樹此一論

〔註54〕參見曹順慶：《比較文學論》第二章「影響研究」171～173頁。台北市：揚智，2003年。

〔註55〕參見金絲燕：《文學接受與文化過濾——中國對法國象徵主義詩歌的接受》，第2頁。北京市：中國人民大學，1994年。

〔註56〕或許在方東樹等桐城派師友間刊行、參閱時，配合王、姚二選檢閱原詩，是一種普遍週知的共識，故無庸再贅言。

〔註57〕參見汪中：〈方東樹平古今詩鈔序〉中論續集動機曰：「讀方氏之書，必檢閱二公詩鈔相對照，實不便於初學……」。見《方東樹評古詩選》【1】頁。台北市：聯經，1975年初版。

詩著作雖有接受前人典律、推闡前輩詩論的事實〔註58〕，但主觀上採取的卻是未全盤接受、甚至期許創變前人的態度。因此，其接受前人典律的確實狀況爲何？與詩論詮釋間的關聯性如何？便有待研究者參考接受史的觀點，於《昭昧詹言》中廣泛地尋找線索，並參考詮釋學的論述，以說明方東樹詩學詮釋上的特色或創意。

　　（一）當我們將焦點置於本書前二十卷評註詩篇中，勇於創變前人評論觀點、或嘗試進行所謂「創意的誤讀」的例證，大致可歸納爲兩種：

　　第一種是引用前輩評論後，附加個人見解補充。譬如《昭昧詹言》卷十總評黃山谷，曰：

> 涪翁以驚㧜爲奇，意、格、境、句、選字、隸事、音節著意與人遠，此即恪守韓公『去陳言』『詞必己出』之教也。故不惟凡、近、淺、俗，氣骨輕浮，不涉毫端句下，凡前人勝境、世所程式效慕者，尤不許一毫近似之，所以避陳言、羞雷同也。而於音節，尤別㧜一種兀傲奇崛之響，其神氣即隨此以見。（《昭昧詹言》卷十，第一，225 頁）

這樣的評論角度，其實是由姚範《援鶉堂筆記》中對黃詩「以驚㧜爲奇〔註59〕」的論點推衍、深化而來。其中將黃詩兀傲不俗的氣格，落實指陳爲詩篇中意、格、境、句、選字、隸事、音節的「著意與人遠」，甚至直接聯繫於韓愈「去陳言」的創變精神，則多爲方東樹獨特的評詩見解，或刻意的誤讀。

　　第二種，只針對前人詩論、或創作不足處稍加指疵。如其雖遵用王士禎《古詩選》爲教本，但對王士禎論詩仍有「由才氣局拘，不能包羅〔註60〕」的評析，並直指其詩篇有「多用料語，膚濫不精〔註61〕」

〔註58〕另參見汪紹楹「點校後記」中也以爲「本書方氏原評在家塾選本上」，可見由版本考校上亦知其乃與詩選相輔參閱。

〔註59〕參見姚範：《援鶉堂筆記》卷四十，「王阮亭五、七言古詩選」下評註「黃詩」，曰「」。見《援鶉堂筆記》第六冊，1545 頁。台北市：廣文書局，1971 年。

〔註60〕參見方東樹：《昭昧詹言》卷一，第一三九，45 頁。曰：「阮亭標舉

「用事不切，出於餖飣〔註62〕」的弊病。而其更著名的例證，則爲分論桐城方劉姚三家前輩詩，以爲「各得才、學、識之一〔註63〕」，更詳於辨析劉大櫆（海峰）詩之短長，提出「本源不深〔註64〕」「功力不及〔註65〕」、「再加苦思創造〔註66〕」的建言。

　　但以上所舉，多爲偶現創意的零星評論。其次，對於更完整而深

神韻，固爲雅音，然亦由才氣局拘，不能包羅，故不喜〈中州集〉。此杜公所譏『未掣鯨魚碧海中』者也。」台北市：漢京，1985年。

〔註61〕參見方東樹：《昭昧詹言》卷一，第一四○，45頁。曰：「阮亭多料語，不免向人借口，隸事殊多不切。……阮乏性情，不關痛癢，即是陳言。以自名家亦可，以爲足與古今文事則未也。」台北市：漢京，1985年。又見方東樹：《昭昧詹言》第一四一。曰：「阮亭、竹坨，多用料語襯貼門面，膚濫不精，苟以衒博而已。乍看已無過人處，入而索之，了無眞情勝概，所謂『使君肥如瓠而內實粗』者也。大約其用心浮淺，氣骨實輕。學者且從謝、鮑、韓三家深苦用功，久之自見。」台北市：漢京，1985年。

〔註62〕參見方東樹：《昭昧詹言》卷一，第一四三，46頁。曰「阮亭用事，多出餖飣，與讀書有得，溢出爲奇者向不侔。玩李、杜、韓、蘇所讀之書，博贍精熟，故其使事取字，密切贍給，如數家珍。今人未嘗讀一書，而徒恃販買餖飣，故多不切不確；切矣確矣，往往又磊砢不合。雖山谷不免此病。」台北市：漢京，1985年。

〔註63〕參見方東樹：《昭昧詹言》卷一，第一四六，47頁。曰：「愚嘗論方、劉、姚三家，各得才學識之一。望溪之學，海峰之才，惜翁之識，使能合之，則直與韓、歐並轡矣。」台北市：漢京，1985年。

〔註64〕參見方東樹：《昭昧詹言》卷一，第一四五，47頁。曰：「海峰才自高，筆勢縱橫闊大，取意取境無不雅，吾鄉前後諸賢，無一能望其項背，誠不世之才。然其情不能令人感動，寫景不能變易人耳目，陳義不深而多被激。此由其本源不深，意識浮虛，而其詞又習熟滑易，多襲古人形貌。」台北市：漢京，1985年。

〔註65〕參見方東樹：《昭昧詹言》卷一，第一四七，47頁。曰：「海峰才勝阮亭，而功力不及。阮亭頗有功力，但自處大曆，不敢一窺李、杜、韓，無論〈經〉〈騷〉矣。此是阮亭自量才分，其識又勝於不量力者，故亦足名家。」台北市：漢京，1985年。

〔註66〕同見方東樹：《昭昧詹言》卷一，第一四六，47頁。曰：「詩文以避熟創造爲奇，而海峰不免太似古人。以海峰之才而更能苦思創造，豈近世諸詩家可及哉！愚嘗論方、劉、姚三家，各得才學識之一。望溪之學，海峰之才，惜翁之識，使能合之，則直與韓、歐並轡矣。」台北市：漢京，1985年。

刻的繼承、或修正前人論詩觀點，則可藉前文第二、四、五章論述的成果而獲見線索：

　　其一，在第二章第一節，由《昭昧詹言》成書背景中，瞭解其奉行程朱理學、纂集治學嚴謹、及家學師門兼重詩文，是其接受前人詩學典律、評註詩篇前的「期待視界」，因此，其創作論中「重義蘊、講本領」，並推演義法說爲強調「文、理、法三者合一」，均是在桐城古文論的基礎上轉化、創變爲論詩觀點。

　　其二，經第四章的辨析，我們得以瞭解方東樹在依循明代「辨體」觀點的詩選體製中，加入的是宋代詩學「破體」革新、追求變化的體裁觀點，並以學古爲必要的學詩歷程，達成「自見面目」的變體企圖，表現出勇於創變的論詩趨向。

　　其三，由第五章的追溯中，我們得以發現方東樹論詩的特色，確實得自宋詩學「創作」意識的啓發、與「活法」論詩的示範，遂使其以宋詩家爲入門，建構一條依詩學淺深調整法度、以章法輔成氣脈、用逆筆增加氣勢等靈活變化的學詩方法論；並藉文章用語、文法原則等爲學人啓蒙徑，乃形成獨特的評詩風格，積極實踐了姚鼐的詩文同理的觀念。

　　（二）較鮮明的「修正主義」〔註67〕傾向，則須由《昭昧詹言》書末卷二十一「附論諸家詩話」中，可以清楚的看到：

　　首先，方東樹在第一則中自述其纂錄的原則，是「略采其言之尤雅而可爲要約者若干條……亦附按語以訂正之。〔註68〕」。可見，方東樹乃是秉持其以「雅正」論詩，注重實用可行的態度來撿擇歷代詩論中之適用者，換言之，他是以自己明確的「期待視野」爲基準，而選擇式的接受前人詩論，甚至勇於補充：「附按語以訂正之」的。然

<hr>

〔註67〕參見哈羅德、布魯姆著，朱立元、陳克明譯：《比較文學影響論——誤讀圖示》第 2 頁「導論」的界說；又見第五章，84 頁。台北：駱駝，1992 年。

〔註68〕參見方東樹：《昭昧詹言》卷二十一、第一，470 頁。台北市：漢京，1985 年。

而，據吳宏一先生初步查考：其實方東樹在這卷中提出訂正者少，贊同者多〔註69〕。

　　另由對照抄本中，也發現方東樹論詩好惡分明，對前人詩論的態度其實是相當不客氣，甚至流於情緒化的批評的，例如同在第一則中另見抄本異文，曰：

> 如鍾記室多妄談，思空表聖《二十四詩品》亦多不可解，皎然《詩式》似墮儉陋，唯「用事」「取境」兩條精湛……。
>
> （《昭昧詹言》卷二十一，第一，470頁。見所附抄本文字）

倘若我們僅從其現存評註，或抄錄詩話的現象判斷，而不留意其抄本中原有的評論，非常容易誤以為方東樹對前代詩論是客觀平和的接受（如評註曰：「其言亦互有得失」），甚至是極贊同鍾嶸、皎然論詩觀點的。但經查對抄本所刪略的文字，乃知其實方東樹對此二家詩論是經過大量篩汰的「選擇性的接受」。並且，除了如吳宏一先生所說：有許多是表示贊同或稍加補充之外，更有不少是「刻意的誤讀」、或追求「青出於藍」式〔註70〕的借題發揮。

　　對此，吳宏一先生在〈方東樹《昭昧詹言》析論〉的緒論中雖已考辨出一些線索，但卻因未能瞭解方東樹的接受態度，而以引述不完整、標註未明晰，給予「信筆雜書、漫無系統」「刪節太甚」……等評論〔註71〕。現經檢視，其中固有刪節太甚、跳接無端，或併合失當、間出雜見〔註72〕等引註體例鬆散的問題存在，但也有部分例證在評論

〔註69〕參見吳宏一：〈方東樹《昭昧詹言》析論〉之「緒論」。見《清代文學批評論集》第321頁。台北市：聯經，1998年。

〔註70〕此處是指布魯姆「六種修正比」中之第一Clinamen「故意誤讀前人」與第四種Daemonization「青出於藍，更甚於藍」。而其中的中文譯名，則參用張漢良先生的說法。見《比較文學理論與實踐》，55～56頁。台北市：東大圖書，1986年。

〔註71〕參見吳宏一：〈方東樹《昭昧詹言》析論〉，見《清代文學批評論集》第314、317頁。台北市：聯經，1998年。筆者以為無先生論點，或有未明撰者態度，及以今律衡古失之過嚴的可能。

〔註72〕參見吳宏一：〈方東樹《昭昧詹言》析論〉，第317～320頁中所引論的卷二十一章第五十九引呂本中《童蒙詩訓》、第八十二則引姜白石

上其實仍有待商榷。由於累積了前幾章研究《昭昧詹言》詩論義涵的認識，筆者嘗試將這幾處被指疵的詩論內容，聯繫前文歸結的論詩觀點，發現其中或爲別具用心的改動，或爲刻意的刪節、摘取，纂錄者未必不瞭解學術規則，其擷取現象的背後，應有欲藉此表明的論詩觀點。以下分別論述：

1. 可能爲刻意刪節、摘要者。其例證之一，如卷二十一第五則，引《詩式》之例。其目前所見的文字看似簡短，曰：

> 氣足而不失於怒張，……力勁而不露，情多而不暗，……意度槃礴，由深於作用，……勿以虛誕爲高古，以緩慢爲沖淡，亦詭怪爲新奇。……但見性情，不睹文字，蓋詣道之極也。（《昭昧詹言》卷二十一，第一，471 頁。）

但經吳先生考辨，其中乃串接了《詩式》中五處的文字而成（參見前註吳宏一文 317～319 頁）。不明根源，而順序閱讀下來，確實有跳接錯愕的閱讀障礙。但若僅以重點摘取的筆記視之，將摘錄者等同於原文中的紅筆圈點，則不難理解，方東樹此處只是主觀地選取符合其論詩旨趣的「微言」，例如僅摘取「氣足」「力勁」二句乃因其偏好氣力剛健的詩風；截取「意度」句，正符合其論詩強調「作用」的揣摩與變化；「但見性情」一段則正是方東樹重視個人「性情」表現、追情自家面目的理想。大略檢證，其所擷取均是前文第四、五章特別深入溯源的論詩特色。可見此應是方東樹有心的刪減冗文、僅摘要供後人參閱，並不以客觀周備爲能，也確實如其自述所謂「略采其言之尤雅而可爲要約者」〔註73〕。

同時，若還原本文第二章所探討：《昭昧詹言》成書，係晚年爲教習子孫而撰、作爲教習詩文的運用方便性上看，在參酌前人詩論時採取略引、或刪節敷衍之文、或跳接兩處要點，應該是可以理解的，

《詩說》、及第二二○至二二二三則，皆有標註不明、文義混淆的閱讀困難。

〔註73〕同見方東樹：《昭昧詹言》卷二十一，第一，470 頁。台北市：漢京，1985 年。

我們恰可藉此取捨、詳略，以印證方東樹詩論的獨特處。只是，當其作爲公開刊行的典籍流傳時，除刪略激切文字（見抄本異文）外，對此亦應有所增補。

2. 於引述中稍加改動文字，看似爲傳鈔的異文。如吳先生比對卷二十一第七一則，引張表臣《珊瑚鉤詩話》中「斯文盛於漢魏之前，而衰於齊梁之後」語，方東樹逕去「之前」「之後」等數字，使文義有別〔註74〕。倘若我們細察引文後所下按語，則可發現方東樹其實別具用意。其原文曰：

> 斯文盛於漢魏，衰於齊梁。樹按：杜公云「縱使王揚操翰墨，劣於漢魏近風騷。」又云「竊攀屈宋宜方駕，恐與齊梁作後塵。」杜公意屈宋當攀，但不可沿其流弊，至爲齊梁耳：始終鄙薄齊梁，言王揚尚不至此。又論杜公無美不備，有窺其一二，便可名家，況深造而具體者乎！由表臣之言，則李及韓蘇，實皆未能及也。（《昭昧詹言》卷二十一，第七一，489 頁）

概觀方東樹此處按語的整體語態，是在贊同、附和引文所述，甚至附和張表臣截引杜甫〈論詩六絕句〉中的兩段名言爲輔證。但細按其評論焦點，卻集中於鄙薄「齊梁」詩，實已轉移了張表臣原文「衰於齊梁之後」的流變觀，更對杜詩原意作了創意的詮釋。但此種以漢魏詩爲正宗、鄙薄齊梁詩的觀點，卻正是我們在分析《古詩選》五言詩卷的選篇與評註中，可以獲得印證的詩體評價（參見「詩體分析表」），故以爲方東樹應非抄寫闕漏，而極可能是刻意的誤讀或更改。此外，筆者在本則考辨中發現：引文後半謂「杜公無美不備……」等，張表臣原文乃另見於卷一更前幾則〔註75〕，並不緊接於此，且評論至「況

〔註74〕參見吳宏一：〈方東樹《昭昧詹言》析論〉，見《清代文學批評論集》第 316～317 頁，細析此二處文字的異同，並以其意義實有很大的差別。台北市：聯經，1998 年。

〔註75〕參見張表臣：《珊瑚鉤詩話》，卷一，葉五至七。見何文煥：《歷代詩話》，269－270 頁。台北市：藝文印書館，1991 年五版。

深造而具體者乎」即止，所謂「李及韓蘇，實皆未能及也」根本是方東樹參見他處、自行推測之言。則由此也側見：方東樹於本卷附錄，確實有隨興地援引前人論述，與創意地詮釋他人觀點的傾向。

　　類此者又見例證二、本卷中第二十五則，引謝榛《四溟詩話》中論近體詩作法，曰：「『凡作近體詩，誦要好，聽要好，觀要好，講要好。……此詩家四關。一關不過，即非作家。』余謂尤在講之精深，有法律運用。」雖然此處只見「即非佳句」一句稍作改動〔註76〕，但其強調「作用」、以「作家」稱譽詩藝之極至者，則由前文第五章第一節中已深入辨析，故知應非筆誤，而確實是改動古人、以孚己意。

　　按語中強調「講之精深，有法律運用」，乃是指詩中意脈的安排，可使詩中所寓義理精深，故與前文第五章中「重詩意」「以活法論詩」的創作觀點可相互印證。但是此處特別標舉「講」的重要，實與謝榛論詩主旨背道而馳。謝榛雖於此處兼顧情意、聲韻、詞采等各方面論七律作法，但事實上，他是非常反對「講」於詩中運用太多，故曰「凡用虛字便是講，講則宋調之根……〔註77〕」，主要便是要減少「論說」（telling）、敷演，以免近似於文章，失卻詩篇擅於「呈現」（showing）的韻趣。我們由此處方東樹評七言律詩重講論、好虛字，正可聯繫於另一處訂正范德機詩論的例子，相互參照。

　　方東樹於卷二十一第九則引「范德機云：『實字多則健，虛字多則弱。』」後，明確以按語表示不認同，並分引杜詩、李義山詩爲正、反例證，以強調「虛字」運用之妙處與重要。吳宏一先生對此例甚爲看重，評論方東樹對前人詩論訂正中肯〔註78〕。而我們聯繫於上述改

〔註76〕參見謝榛：《四溟詩話》卷一。見丁仲祜：《續歷代詩話》，下冊第1345頁。台北市：藝文印書館，1983年四版。

〔註77〕參見謝榛：《四溟詩話》卷四，「七言近體體，起自出唐應制。……凡用虛字便是講，講則宋調之根……」。見丁仲祜：《續歷代詩話》，下冊第1459－1460頁。台北市：藝文印書館，1983年四版。

〔註78〕參見吳宏一：〈方東樹《昭昧詹言》析論〉文中所舉訂正前人詩論之二例。見《清代文學批評論集》第322頁。台北市：聯經，1998年。

動謝榛文字之例，則確定方東樹重視「講」、並強調詩篇中「虛字」的運用，基本上是接近於宋詩「以文爲詩」的作風，故知，「附錄諸家詩論」其實只是在摘取合於己意的前人論述時，伺機「借題發揮」、申論己見。

同樣的情況，還見於同卷第六則的例證三：摘述謝榛「詩有三等語」說中，方東樹刪略原文中「學宋者則墮下乘而變之難矣。」等對宋詩「以文爲詩」傾向的駁斥；並改以「自得」詮釋堂上語的氣度、以「流於俗」爲堂下語之病〔註79〕，也算是一種避重就輕的摘錄、並有意轉爲己說。

因此，透過《昭昧詹言》卷二十一中對歷代詩話的取捨、按語，我們可以更確切的驗證方東樹對前人詩論是採取「勇於取捨」的接受態度，凡不合其「期待視野」者便刪去；而合於其「期待視野」者，亦每每概括其意、變異次序、略節要點、甚至改動字句，以爲其評詩或論詩主張的輔助，故常與前二十卷評註中呈現的論點「深相契合」〔註80〕，卻在引用體例、學術方法上留下諸多弊病。但整體而言，卻如同其對學詩創作的主張一般：是以學古爲根柢，而更強調創變前人、追求自成一家的。

此種不隨意接受傳統、強調創變的態度，與期待超越前人、追求獨立的心理背景，實與近代美國學者布魯姆用「誤讀」（misreading）解說啓蒙運動後英美詩人中的「強者」企圖走出前代巨擘（如密爾頓、華滋華斯等）的影響陰影，以嶄露頭角、創造獨特風格的心態〔註81〕

〔註79〕參見謝榛：《四溟詩話》卷四。見丁仲祜：《續歷代詩話》，下冊第1440頁。台北市：藝文印書館，1983年四版。

〔註80〕參見吳宏一：〈方東樹《昭昧詹言》析論〉例舉本卷內容與前文比較後的評論。見《清代文學批評論集》第323頁。台北市：聯經，1998年。

〔註81〕美國文學評論家哈羅德、布魯姆（～）的成名作是一九七三發表的《影響的焦慮》。他基本上反對傳統文學影響論中對詩的傳統、詩論傳統影響後人的過度強調，而採取所謂「逆反式批評」（Antithetical Criticism）。認爲「一部詩的歷史，就是詩人中的強者爲了廓清自己

相當貼近。雖然，布魯姆此「誤讀」理論乃奠基於現代「解構主義」質疑詩的傳統、否定傳統影響論的整體趨向〔註82〕上，對於語文的指涉、文學史的詮釋，均抱持不確定的態度進行多元考察。故與中國清代桐城派方東樹等詩論家推崇傳統典律的評論價值、示範功用，並強調「學古」為創變的必經過程等觀念，有某種程度的差異。同時，布魯姆將後代詩人別裁創獲、期於自成的創作心態，聯繫於尼采的「逆反理論」、及弗洛伊德所提出的「戀母情結」〔註83〕，也與中國詩學的論述基礎、讀者接受有某種程度的文化疏隔。

　　然而，因其說頗能深刻抉發古今、中外文學創作上，後出者「若無新變、不能代雄」的自我期許、與抗拒前輩影響的內在焦慮，對於探討文學創作心理、辨析文學評論的因革均有相當有助益。如能在考慮論述特質、文化差異的情況下，妥切運用布魯姆此一「以心理分析觀點，討論一國文學史（詩史）中的傳統與繼承問題」〔註84〕的論述於方東樹的詩典律詮釋，應當可作為借鏡現代西方文論、進行中西比較詩學研究的適當題材。

　　在布魯姆諸多關於「誤讀理論」的論著〔註85〕中，比《影響的

　　　　的想像空間，而相互"誤讀"對方的詩的歷史。」並提出「六個修正比」分章詳析「誤讀」前人的六種抗拒影響的模式。詳見徐文博譯：《影響的焦慮》「緒論」。第 3～16 頁導讀，及書中各章論述。北京市：三聯書店，1989 年。

〔註82〕由當代文學、美學的批評學派區分而言，哈羅德、布魯姆通常被歸為美國「解構主義」中耶魯學派的四大重要成員之一。見朱立元、陳克明譯：《比較文學影響論──誤讀圖示》，第 1 頁「譯者前言」。台北縣：駱駝，1992 年。

〔註83〕同見哈羅德、布魯姆著，徐文博譯：《影響的焦慮》「緒論」中的自述。第 7 頁。北京市：三聯書店，1989 年。

〔註84〕參見張漢良：《比較文學理論與實際》中「比較文學的影響研究」，第 49 頁註 43 中對布魯姆論著的評論。台北市：東大圖書公司，1986 年。

〔註85〕可分別參見見哈羅德、布魯姆著，徐文博譯：《影響的焦慮》，第 1 頁「譯者前言」中所列四種。北京市：三聯書店，1989 年；又朱立元、陳克明譯：《比較文學影響論──誤讀圖示》，第 1～2 頁「譯者

焦慮——一種詩歌理論》(The Anxiety of Influence：A theory of Poetry)
稍後才於 1975 年論著的《比較文學影響論——誤讀圖示》，因受學者
評論、推崇爲：對其誤讀理論作了「進一步完善與發展」〔註86〕，乃
特別引起筆者的關注。尤其，本書中將創造性誤讀由對詩人創作前的
批評，擴大於指讀者的詩歌閱讀，進一步申論爲「修正論」
（revisionism），以「限制——替代——表現」三歷程具體闡釋，並用
辯證法的形式具體詮釋其特色〔註87〕。細察布魯姆此階段的論述，比
早期所提「六種修正比」〔註88〕的觀點更爲簡明扼要，也更適切於方
東樹《昭昧詹言》的評註特性與精神——表面上爲詩論，實質爲對詩
典律的閱讀、與對前人文本的詮釋。因此，以下兩節乃嘗試將二者結
合，以《昭昧詹言》中的「典律」詮釋爲焦點，逐一選擇典律的三種
類型爲驗證。

第三節　典律的創意詮釋——「限制」與「表現」

　　雖然，由前述典律評論的層次上觀察，方東樹在《昭昧詹言》中
對《古詩選》的評註、與姚鼐《今體詩鈔》爲《古詩選》續作，同屬
於藉典律進行詩學評論的第三層次。但《今體詩鈔》大體依循傳統選
集體製，在論述形式上未有大突破；而方東樹看似爲典律進行「正典
化的閱讀」，於論述形式、論詩觀點上，卻勇於創變舊說、批評時弊，
相對地，也爲自己的評註爭取了較大的創意詮釋空間。

　　　　前言」中詳列其相關論著六種。台北縣：駱駝，1992 年。
〔註86〕同見朱立元、陳克明譯：《比較文學影響論——誤讀圖示》，第 3 頁
　　　　「譯者前言」。台北縣：駱駝，1992 年。
〔註87〕參見 Harold Bloom：A Map of Misreading. Pp3,4. oxford：oxford
　　　　University Press,1975. 又見朱立元、陳克明譯：《比較文學影響論—
　　　　—誤讀圖示》，正文第 1,2 頁「導論：對誤讀的沈思」中說明，其後
　　　　用辯證的術語說：「重新發現是一種限制，重新評價是一種替代，重
　　　　新瞄準是一種表現」。台北縣：駱駝，1992 年。
〔註88〕同見哈羅德、布魯姆著，徐文博譯：《影響的焦慮》「緒論」中的「說
　　　　明」。第 13～15 頁。北京市：三聯書店，1989 年。

　　其具體的論證，除了前節所列對前人詩評、詩話的「誤讀」外，最明顯的是方東樹常在詩篇評註中將某些重要詩體典律的示範意義加以重新詮釋、或將詩家的代表詩篇另加選擇、地位重新評定，這些摻雜於評註、賞析中的典律新詮釋，以往學者多含混或片面的撮舉一二，本節則欲藉現代「誤讀」理論的觀點，篩選書中重要的幾家典律，較深入地論析其採取「創造性誤讀」的類型、與創意詮釋的內容。

　　至於借鏡於美國現代學者布魯姆（Harold Bloom 1930～）〔註89〕所提出「影響即誤讀」「影響取決於詩人間的相互批評、誤讀和誤解」等現代影響研究的觀點，乃因方東樹詩論本身具有強調「創、變」的取向，雖非布魯姆早先《影響的焦慮》中所謂「強者詩人」（strong poets），卻完全切合其在《比較文學影響論——誤讀圖示》中擴大「影響」關係所指的「高明有力的讀者」（strong reader）。布魯姆在本書「導論：對誤讀的沈思」中，除了再次強調：影響關係「取決於一種批評行為，即取決於誤讀或誤解」外，更有意地將此種「影響」關係擴大於一般的詩歌閱讀中，而說〔註90〕：

　　　　這種批評行為，同每一位有能力的讀者對他所遇到的每一
　　　　個文本所做的必然的批評行為，在性質上並無不同。
　　　　這種行為支配著閱讀，就像它支配著寫作一樣，因而閱讀
　　　　是一種誤寫，就像寫作是一種誤讀一樣。（朱立元等譯《比較
　　文學影響論——誤讀圖示》第1頁）

〔註89〕對於理念倡論者布魯姆的生平簡介，可詳參朱立元、陳克明譯：《比較文學影響論——誤讀圖示》[1]頁「譯者前言」、3～15頁「緒論——對優先權之反思、術語說明」。台北縣：駱駝，1992年。

〔註90〕現引見本段原文於後，以利對照：「These relationships depend upon a critical act, a misreading or misprision ,that one poet performs upon another, and that does not differ in kind from the necessary critical acts performed by every strong reader upon every text he encounters. The influence ~ relation governs reading as it governs writing, and reading is therefore a miswriting just as writing is a misreading. 」見 Harold Bloom：A Map of Misreading. Pp3. oxford：oxford University Press,1975.

在此種拓展誤讀理論的企圖下，布魯姆將創作時對前人影響的焦慮，引伸爲閱讀時修正者的兩難困境，在本書中積極的發揮「修正論」（revisionism）的論點，深刻的討論了詩歌閱讀中讀者「源自修正論原則所形成的矛盾心理〔註 91〕」。故與其早期《影響的焦慮》的論述相較，本書的觀點更爲寬宏，且與方東樹《昭昧詹言》在接受前人詩學「典律」（詩選）、並藉評註以進行創意批評、誤讀與誤寫的特性頗爲近似，藉其心理因素的釐析，應可深化我們解讀方東樹詩論的層面。

特別是此「修正論」既是布魯姆「誤讀」理論後續拓展的核心，其書中除勾勒「誤讀版圖」的形成外，也借拉雷的創造辯證法的術語——「限制」「替代」「表現」以指稱「修正論」中先後出現、交互辯證的三個階段〔註 92〕，而解釋說：「重新發現是一種限制，重新評價是一種替代，重新瞄準是一種表現。〔註 93〕」。如能藉此三種概念的區分，以詮釋方東樹《昭昧詹言》中對前出典律（如《古詩選》、《今體詩鈔》等所選詩篇）的重新估量或再評價〔註 94〕，應有助於更細緻

〔註 91〕同見朱立元、陳克明譯：《比較文學影響論——誤讀圖示》，第 1,2 頁「導論：對誤讀的沈思」中自述本書的論旨是「做爲詩歌閱讀的創造性誤讀或延遲的研究，也是就修正論進一步研究的緒論，是對源自修正論原則所形成的矛盾心理的研究的緒論」。台北縣：駱駝，1992年。

〔註 92〕可參見朱立元、陳克明譯：《比較文學影響論——誤讀圖示》，「導論」第 2 頁，及第五章 83～85 頁。台北縣：駱駝，1992 年。

〔註 93〕引見其原文於後：「「These relationships depend upon a critical act, a misreading or misprision ,that one poet performs upon another, and that does not differ in kind from the necessary critical acts performed by every strong reader upon every text he encounters. The influence ~relation governs reading as it governs writing, and reading is therefore a miswriting just as writing is a misreading. 」見 Harold Bloom：A Map of Misreading. Pp3. oxford：oxford University Press,1975」見 Harold Bloom：A Map of Misreading. Pp4. oxford：oxford University Press,1975.

〔註 94〕根據布魯姆對「修正主義」的界說是「一種導致重新估量或再評價的重新瞄準或重新審視。……修正論者力圖重新發現，以便作出不同的估量和評價，進而 "矯正地" 達到目的。」同見前註朱立元、陳克明譯：《比較文學影響論——誤讀圖示》第 3 頁「導論——對誤

的釐析方東樹中接受、或創變前人詩論的現象，以便於對其詩論的創變性進行較客觀的評價。另一方面，將此修正論的觀點應用於中國傳統詩學的詩歌閱讀與接受，或許可藉比較詩學的視角，對布魯姆「誤讀」論述做具體的檢證，加深我們對此說的瞭解。因此，本節乃基於主客觀條件的種種考量，援用布魯姆《比較文學影響論──誤讀圖示》中修正主義的辯證法「限制」「替代」「表現」三種概念，分別於《昭昧詹言》各類典律中擇要討論，期能較深入的瞭解方東樹對前代典律是如何進行「創造性的誤讀」？並藉此「誤讀」角度的重新發現、重新瞄準、或重新評價，塑造原有典律的新形象？

一、典律的發現──對詩體典律的「限制」

本文第四章第四節的「文行合一，詩寓品格」析論中，已發現方東樹在評釋「阮籍」詩篇時，能詳於考辨前人注釋的適切性〔註95〕、斟酌前出選集錄取典律的詳略〔註96〕，並特別由「文法高妙、志氣宏放」〔註97〕的新角度來詮釋阮詩的典律價值，而後，將之聯繫於「屈原之志」「小雅之世」來討論，藉以推演出「知人論世」的評論原則

讀的沉思」。台北縣：駱駝，1992 年。

〔註95〕參見方東樹：《昭昧詹言》卷三，第一，80 頁。其分別評論顏延年、何義門、二家對阮詩解說上的短長，並引姚範說折衷之。見漢京版《昭昧詹言》。台北市：漢京文化，1985 年。

〔註96〕同見前書方東樹：《昭昧詹言》卷三，第三，81 頁。方東樹簡明交代其以為王選過寬，故所評阮詩的詳略介於文選與古詩選之間。「公詩八十一首，昭明選十七，阮亭選三十二，何義門云：『昭明所選，要旨已具』。姚薑塢先生云：『詠懷雖云歸趣難求，要其佳處，不過十餘首。阮亭所取，亦在可否之間』，」見漢京版《昭昧詹言》。台北市：漢京文化，1985 年。

〔註97〕同見前書方東樹：《昭昧詹言》卷三，第五，81～82 頁。曰：「太白胸襟超曠，其詩體格宏放，文法高妙，亦與阮公同；但氣格不相似，又無阮公之切憂深痛，故其沈至亦若不及又之。然古人各有千古，政不必規似前人也。阮公為人志氣宏放，其語亦宏放，求之古今，惟太白與之匹，故合論之。」；又可參證方東樹：《昭昧詹言》卷三，第四十。見《昭昧詹言》。台北市：漢京文化，1985 年。

〔註98〕。可見其詩篇評註基本上具有「重新發現」前人典律、並確定新意義的評論特性。

如聯繫於布魯姆的誤讀理論來解釋，則「重新發現是一種限制」〔註99〕，可說明後輩詩人在審視、閱讀前輩的作品時，往往能發現他人未發現的東西，而這種獨特的發現，事實上又是一種對前人作品意義的限制和確定，限定了只有他一人看得到的意義域。可見，其所謂的「限制」，在文學研究上乃具有發現新的評論視角、開發新的意義詮釋等較具創造性的修正作用。

進一步驗證於評詩的實際面，則《昭昧詹言》卷二對漢魏「古詩」的詮釋，確實有其獨特的意義發現，是與前人的評論不太相同的。

雖然，在選擇五言古詩的詩體典律時，方東樹仍以漢、魏爲宗，古詩與三曹、阮、陶詩的正宗地位不變，但方東樹卻特別指出古詩具有「興寄遙深，文法高妙」的特質，以矯正往昔別解，且認爲有加以澄清、闡明的必要。其言曰：

> 五言詩以漢、魏爲宗，用意古厚，氣體高渾，蓋去〈三百篇〉未遠；雖不必盡賢人君子之辭，而措意立言，未乖風雅。惟其興寄遙深，文法高妙，後人不能盡識，往往昧其本解，而徒摭其句格面目，遞相倣效，遂成熟濫可厭。李空同、何大復輩旦蔽於此，況其他乎？（《昭昧詹言》卷二，第一，51頁）
>
> 漢、魏詩陳義古，用心厚，文法高妙渾融，變化奇恣雄俊，用筆離合轉換，深不可測，古今學人多不識。如顏延之、沈休文之解阮公，尚多誤會亂道，何況流俗。（《昭昧詹言》卷二，第五，52頁）

〔註98〕同見前書方東樹：《昭昧詹言》卷三，第二、第一則評論，80頁。見漢京版《昭昧詹言》。台北市：漢京文化，1985年。

〔註99〕參見朱立元、陳克明譯：《比較文學影響論——誤讀圖示》第五章第83～96頁，及「導論——對誤讀的沉思」第2頁。台北縣：駱駝，1992年。

　　藉兩段引文的上下參照，可知爲方東樹矜爲獨得之秘、足以澄清前人的誤解的獨特發現，乃集中於「文法高妙」說，且此處所謂「文法」應是較寬泛的意涵，概括篇章結構、用筆修辭等一切藝術形式的設計，故可以「變化奇恣雄俊，用筆離合轉換」形其高妙，又與「興寄」對稱，顯現「自然渾融」的風格。

　　此一觀察點的提出，與古詩在歷代詩論中所累積「眞實自然、氣韻天成〔註100〕」的形象有極大的差距，顯然是方東樹對古詩十九首等漢魏古詩的典律價值有了新的發現，而這發現乃源自於對前人評語的「創意式的誤讀」。

　　鍾嶸《詩品》早於南朝時期，即評論古詩中陸機所擬十四首等作品爲：「文溫以麗，意悲而遠，驚心動魄，可謂幾乎一字千金。」（上品，第一）；又王士禎曾況喻古詩之妙「如無縫天衣。後之作者，顧求之針縷襞績之間，非愚則妄」〔註101〕。後世詩論家在讀解這類評語時，大多聯繫上文「驚心動魄」的抒情力量，而將「一字千金」理解爲動人的閱讀效果；或者順觀下文「不可求之於針縷襞績之間」，而著重於「天衣」的渾成無跡。

　　但方東樹卻在「一字千金，天衣無縫」的評論中獨特解會，而追求「以人巧奪天工」，認爲此類典律的動人力量應來自用字的精準、與修辭的精煉自然，且根本皆歸因於「文法高妙」，此由其自述可確切印證。其曰：

〔註100〕參見常振國、絳雲編：《歷代詩話論作家》中「古詩十九首」，上冊46～50頁。台北市：黎明文化，1993年；又可參馬茂元：〈古詩十九首集評〉。見：《古詩十九首探索》第175～243頁。高雄市：復文圖書，1988年二版。：又沈德潛：《古詩源》卷四、葉七，〈古詩十九首〉後，註曰：「……清和平遠，不必奇闢之思，驚險之句，而漢京諸古詩皆在其下，五言中方員之至。」見中華書局聚珍仿宋版印《四部備要》：集部第582冊。台北市：中華書局，1981年。

〔註101〕參王士禎：《帶經堂詩話》卷四。又可參考郎廷槐編：《師友詩傳錄》一卷，第九則，阮亭答：「古詩十九首如天衣無縫，不可學矣。……」。見丁福保編：《清詩話》，133頁。台北市：木鐸，1988年。

> 昔人稱漢、魏詩曰：「天衣無縫。」又曰：「一字千金，驚
> 心動魄。」此二語最說得好。今當即此二語深求，而解悟
> 其所以然，自然有得力處。《唐書》稱王昌齡詩「緒密而思
> 清」，此誠勝境。然此只可對粗才為說。若漢、魏文法高妙，
> 詎止此耶？（《昭昧詹言》卷二，第二，頁52）
> 《十九首》須識其「天衣無縫」處，「一字千金，驚心動魄」
> 處，「冷水澆背，卓然一驚」處。此皆昔人甘苦論定之言，
> 必真解了證悟，始得力。（《昭昧詹言》卷二，第十，頁53）

可知，方東樹乃是由前人的評語中引發想像、逆向思考〔註102〕，因
而能發現由「文法」評析的新切入點，試圖對古詩可為「典律」之「所
以然」進行詮釋；並將此評語引申、擴大為古人創作的「得力處」，
兼具為後代學詩者指出「門徑」的作用。例如其於〈行行重行行〉詩
篇下必詳註其結構變化、敘寫筆法〔註103〕，而後曰：

> 凡六換筆換勢，往復曲折。古人作書，有往必收，無垂不
> 縮，翩若驚鴻，矯若游龍。以此求其文法，即以此通其詞
> 意，然後知所謂如無縫天衣者如是，以其針線密，不見段
> 落裁縫之跡也。此詩用筆用法，精深細意如此；亦非獨此
> 一篇為然，凡漢、魏人、鮑、謝、杜、韓無不精法。（《昭昧
> 詹言》卷二，第一一，54頁）

藉由「文法」探求的角度，方東樹轉換了前人「驚心動魄」「卓然一
驚」的情意欣賞，改以理性而縝密的態度來觀察創作手法，因而能詳
切有據地、將各詩篇（典律）產生動人的接受效果的緣由一一說明。

〔註102〕此處「逆向思考」是指方東樹逆轉「無縫天衣」必然『無縫』的思
　　　　考，改以：「衣」之必然剪裁、縫合，唯其針黹精細，故巧妙而如
　　　　無縫跡。
〔註103〕參見方東樹：《昭昧詹言》卷二，第一一，54頁。古詩〈行行重行
　　　　行〉下註曰：「此只是室思之詩。起六句追述始別，夾敘夾議，『道
　　　　路』二句頓挫斷住。『胡馬』二句，忽縱筆橫插，振起一篇奇警，
　　　　逆攝下遊子不返，非徒設色也。『相去』四句，搖接起六句，反承
　　　　『胡馬』『越鳥』，將行者頓斷，然後再入己今日之思，與始別相應。
　　　　『棄捐』二句，換筆換意，繞回作收，作自寬語，見溫良貞淑，與
　　　　前『衣帶』句相應。」台北市：漢京，1985年。

其評析典律的層次，乃由前人僅作詩學接受表象的評述，進入到對接受的成敗因素探究。

　　並且，藉由全篇行文風格、結構變化等因素的考量，更有助於對詩篇的章句、旨趣進行最妥切的理解。倘具體驗於詩例，則前例中「衣帶日以緩」詩句，歷來雖有指遊子、居者不同的說法，但方東樹乃根據文法運用的原則區別其作法高下，而論斷應解為居者自言，方有「文勢突兀奇縱」〔註104〕之美：兼能逆對下句「浮雲日已遠」、並呼應「思君令人老、努力加餐飯」的自寬慰語。類此之例甚煩，無暇一一列舉〔註105〕，但凡此，都是方東樹採用新觀察視野來評析詩篇的優點，因能發現新意義、突顯個人對前人典律的獨特詮釋。

　　然而，這種獨特詮釋其實也是一種閱讀者（或評論者）的主觀限定，限制了觀察的視野，也可能產生某些偏離作品的缺失。譬如在前例「行行重行行」的實例印證中，我們發現：原本「古詩」便是以意象具體、抒寫自然為特色，詩意的解說雖模糊而不確定，卻因此而留給讀者極大的接受空間，故此「意象化」「模糊性」原屬於詩體的基本美感。現經由方東樹在結構、修辭上的釐析，使原本可能出於「意興自然」的詩篇，一律呈現出營造謹嚴的文章之美，在閱讀情致上便產生了較大的改變，此便可視為方東樹對漢魏古詩典律的一種「限制」式的誤讀。

　　另外，在〈青青河畔草〉詩中，我們也看見他對於僅講求文法的缺弊提出批評：方東樹雖於評析中一一指明其比、興等敘寫手法，並總括曰「用筆渾轉精融」，但卻也不避諱的批評：「以詩而論，用法用

〔註104〕同見前註方東樹：《昭昧詹言》卷二，第一一，54頁。其評註曰：「『衣帶』句，如姚薑塢據〈穀梁傳〉解作優游意，則是指行者，連下二句作一意，然無理無味。如解作『思君令人瘦』意，則為居者自言，逆取下『浮雲』句，含下『思君』『加餐』，文勢突兀奇縱。」台北市：漢京，1985年。。

〔註105〕另可見〈青青河畔草〉、〈今日良宴會〉、〈西北有高樓〉、〈冉冉孤生竹〉等詩篇下，方東樹均針對文法析論。

筆極佳，而義乏興寄，無可取。」〔註106〕。可見其本身也意識到，
單是藉由文法來分析詩篇、講求結構上的完善變化，並未能眞正涵括
漢魏古詩的精彩處，以此教後學，更無法掌握古體詩的精神。對此，
方東樹乃有自覺的加以修正、調整：

（一）評詩時常兼及文法與義理，以提示讀詩者應對詩體典律建
立理性的認識：除前文所引見卷二，第一，第五兩處作了「用意古厚，
氣體高渾……興寄遙深，文法高妙」等對應式的陳述外，其評析單篇
詩作，也必考察其是否兼具義理與文法之美。如於古詩〈上山採蘼蕪〉
一首下，評曰「奇情奇想，奇詞奇勢，文法高妙至此，而陳義忠厚，
有裨世教。〔註107〕」以爲此詩的特殊藝術形式本源於詩人情感、與
構思的獨到，而其足稱「高妙」，則不僅因文法修辭之巧，更在其抒
情溫良敦厚。故又於〈四作且莫誼〉等篇古詩，也在印證此評論原則
〔註108〕中，愷切點醒學習者：應由意涵知其詩之所以好，不可僅復
學其外現文采之奇麗，否則，皆爲「陳言」。因此，方東樹提示學詩
者應依據這樣的基準來觀摩、考察漢魏各家的古體詩典律，乃曰：

〔註106〕 參見方東樹：《昭昧詹言》卷二，第十二，55頁。〈青青河畔草〉詩
　　　　下曰：「『草』與蕩子，『柳』自比，二句橫作影。案『盈盈』四句，
　　　　始言自己，夾寫夾敘。『昔爲』四句，敘情歸宿，用筆渾轉精融。
　　　　以詩而論，用法用筆極佳，而義乏興寄，無可取。此詩以疊字爲奇，
　　　　凡三換勢。何義門云：『倡樂閒之總章。』按總章見〈晉陽秋〉。」。
　　　　台北市：漢京，1985年。
〔註107〕 參見方東樹：《昭昧詹言》卷二，第三十，60頁。曰：「古詩〈上山
　　　　採蘼蕪〉此君臣之悁，奇情奇想，奇詞奇勢，文法高妙至此，而陳
　　　　義忠厚，有裨世教。『新人』以下，夫答也。『新人從門入』二句，
　　　　橫擔在中，追言前日新故相易之際，乃作者之詞。『素』非協，古
　　　　人四聲便讀。姝，好也，非指顏色，故下別言之。末二句以『素』
　　　　『故』相協。」。台北市：漢京，1985年。
〔註108〕 參見方東樹：《昭昧詹言》卷二，第三十一，61頁。〈四作且莫誼〉
　　　　下曰：「此亦奇情奇文，古色而陳義古厚，與前綺被並工，而此文
　　　　法變態更多也。言己雕飾之好，德音之美如是，而曾不能保其終好，
　　　　與〈〈橘柚〉〉篇同，此皆奇麗非常。然在今倘不知而復學之，則爲
　　　　陳言，不直一唾矣。故學又須識。」

讀阮公、陶公、杜、韓詩，須求其本領，兼取其文法，蓋
義理與文辭合焉者也。謝、鮑但取其琱言造句及律法之嚴，
謝又優於鮑。若小謝、小庾，不過句法清新，非但本領義
理未深，即文法亦無甚深妙。（《昭昧詹言》卷四、第四，98頁）

其目的在使讀詩者了解：在習作漢、魏古體詩時，文法雖算是極重要
的法門，但就典律的評鑑而言，卻還有更基本的要素——情意應先考
察，因此陶潛、阮籍詩雖無辭采眩人，卻仍優於其他各家。另對創作
素養而言，培養詩人具鑑賞力的「識」，並厚植本領，尤為根本要務。

（二）澄清所謂的義理，除表現為詩意上「陳義高厚」，更來自
於詩人的胸襟與性情（即所謂「興寄」）：因出於自家胸襟，故詩意自
然而敦厚；因順應性真，故辭語簡易卻氣格鮮明。此由方東樹對〈迢
迢牽牛星〉詩的評析可以檢證。其評曰：

只陳別思，恉意明白。妙在收處四語，不著論議，而詠歎
深致，託意高妙。（《昭昧詹言》卷二，第十九，57頁）

今對照全詩看來，純寫相思之情，詩語纍疊中流暢而響亮，並無刻意
雕琢的痕跡；而方東樹所指「詠歎深致，託意高妙」的結尾四句詩，
更只是直寫仰望星空的意象，或許原只是詩人的即目直書、直賦所
感，卻因用典貼切中又含蓄地抒情，而感覺情韻無限。類此者，猶可
驗證於〈攜手上河梁〉等詩的評註中〔註109〕。

可見方東樹所看重的「義理」，不止於作品詩意、興寄的深刻，
還聯繫於儒家義理的積極性〔註110〕，偏重詩人在詩境中自然流露的

〔註109〕參見方東樹：《昭昧詹言》卷二，第四十五，45頁。〈攜手上河梁〉
詩下，曰：「游子，自謂：行人，指行者。『安知』二句，意極忽變，
如驚鴻脫兔，矯尾掉首，乃政是古人用筆文法絕勝處，與子建『憂
思疢疾』二句同。……本言月而挾句言日，言安知不再有會時。『努
力』二句，忽又放筆，作無可奈何哀慰之詞。蓋自悲無奈何，而祝
故人以崇德，此情曷有極耶？」台北市：漢京，1985年。

〔註110〕方東樹：《昭昧詹言》卷二，第二十五，頁59。對儒家「義理」中
積極入世、修身兼善品格的重視，可由其〈生年不滿百〉一詩的評
例得證。其註曰：「〈生年不滿百〉萬古名言，即前〈驅車〉篇意。
而皆重在飲酒，及時行樂，是其志在曠達。漢、魏時人無明儒理者，

眞實感受、或進取品格而言。此乃與前文分析所見：《昭昧詹言》評註古體詩偏好以「氣格」辨高下的現象頗具一致性，皆緣於其「注重性情、追求自具面目」的詩學理念。

（三）文法的變化高妙、運用自然，是古詩顯得「氣韻渾厚」的原因。最具體的例證，便是以「草蛇灰線」法尋繹古詩文法變化的手法。所謂：

> 漢、魏人大抵皆草蛇灰線，神化不測，不令人見。苟尋繹而通之，無不血脈貫注生氣，天成如鑄，不容分毫移動。昔人譬之無縫天衣，又曰：「美人細意熨貼平，裁縫減盡針線跡。」此非解讀〈六經〉及秦、漢人文法，不能悟入。試取〈詩〉〈書〉及〈大學〉〈中庸〉經傳沈潛玩味，自當有解悟處。（《昭昧詹言》卷一，第八十，27頁）

因爲方東樹認爲：文法的運用得當，應能含斂其氣、詞留餘意。故相較之下，後人的騁氣奔放，便傷於太露。故評曰：

> 漢、魏人如龍跳虎臥，雄渾一氣，觸手變化，而歸於重厚。不似後人尚氣勢，騁馳驟，詞意筆勢，或傷太盡，轉致筋弛脈散，通篇無含蓄留人處也。（《昭昧詹言》卷二，第八，53頁）

> 高邁雄恣，終是漢、魏人氣格，非晉、宋以下人所及。（甄后：〈塘上行〉下，《昭昧詹言》卷二，第五十七，69頁）

因此，《昭昧詹言》雖同樣推崇漢魏古詩作爲五言古詩的理想「詩體典律」，是學詩者應用心揣摩的古體詩創作典型，卻以「文法高妙」爲獨特發現，嘗試對此典律的價值、意義，提出較合理而完整的詮釋，比前人「自然高妙」「無跡可求」的模糊評語補充更確實可學的典律內涵。雖如所述，是有所變異和侷限的，但其評論機制本身卻也產生自覺性的修正，故仍不失爲一種有創意、積極性的「誤讀」。

故極其高志，止此而已。君子爲善，惟日不足，一息不懈，死而後已，固不可以是繩之耳。起四句奇情奇想，筆勢崢嶸飛動。收句逆接，倒捲反掉，另換氣換勢換筆。」台北市：漢京，1985年。

　　同時，方東樹也將這一創意詮釋放入發展脈絡中驗證，認為李、杜、韓、蘇等，皆因深得其變化之妙而為大家〔註111〕，但一般人如未厚植本領、學識，或如前述兼顧義理與文法的摩習要領，則至多僅能如鮑謝學得古人「作用」，或者如明代前後七子專學皮毛、難免於「客氣假象」〔註112〕的缺弊。是故，方東樹又引述先人「毋輕學漢、魏」的論點，強調此一「文法高妙」的觀察角度並非初學者所能領悟，而將漢魏古詩的典律，更準確的定位為「用力稍深，漸有所悟」〔註113〕的學詩進階者追求精進、自成一家時的學習示範。

　　至此，我們乃得以全盤瞭解方東樹對漢魏古詩等典律所採取的「限制」式的創意詮釋，不但是以「文法高妙」為獨特領會，務求論述的周延、合理，也為歷代詩論對古詩典律的模糊讚美，補充了較明確的解釋。類似的「限制」式評論，還出現於對曹魏詩的典律詮釋：一則評論曹操詩的「氣勢雄壯」、用筆「沈鬱頓挫」為杜甫詩所繼承〔註114〕；再則詮釋曹植詩的才氣，乃來自於博學〔註115〕，而兩家皆

〔註111〕 參見方東樹：《昭昧詹言》卷二，第六，53頁。曰：「漢、魏人用筆，斷截離合，倒裝逆轉，參差變化，一波三折，空中轉換專挽，無一滯筆平順迂緩俟塞。謝、鮑已不能知。後來惟李、杜、韓、蘇四家，能盡其變勢。」台北市：漢京，1985年。

〔註112〕 參見方東樹：《昭昧詹言》卷二，第三，52頁。曰：「古人各道其胸臆，今人無其胸臆，而強學其詞，所以為客氣假象。漢、魏最高而難知，而其詞又學者所共習誦。以易襲之熟詞，步難知之高境，欲不為客氣假象也得乎？」台北市：漢京，1985年。

〔註113〕 參見方東樹：《昭昧詹言》卷二，第九，53頁。曰：「先人嘗教不肖，毋輕學漢、魏，蓋誠知其難到，恐未喻其深妙，而出骨蒙皮，如明何、李輩所為耳。今不肖年長，用力稍深，漸有所悟，然後知先人之言，有至慈存焉。」台北市：漢京，1985年。

〔註114〕 參見方東樹：《昭昧詹言》卷二，第五十四，68頁。〈苦寒行〉下註曰：「不過從軍之作，而取境闊遠，寫景敘情，蒼涼悲壯，用筆沈鬱頓挫，比之《小雅》，更促數瞧殺。後來杜公往往學之。大約武帝詩沈鬱直樸，氣真而逐層頓斷，不一順平放，時時提筆換氣換勢；尋其意緒，無不明白；玩其筆勢文法，凝重屈蟠，誦之令人意滿。後惟杜公有之。可謂千古詩人第一之祖。」台北市：漢京，1985年。

可以文法爲學習門徑。則知方東樹對建安詩「風骨」奇高的特徵，既以獨特的見解加以限定、詮釋，其最終的目的，則藉以上各種漢魏詩的典律爲示範，將學詩的重點導向於文法的揣摩。

二、典律的重新瞄準──對詩家典律的「表現」

布魯姆在誤讀圖示中將「表現」解釋爲「重新瞄準」。所謂「重新瞄準」乃是指後輩作家對前人作品的中心點的重新選擇和闡釋。這種選擇和闡釋何以集中於此點、而不集中於彼點，完全取決於誤讀者（後輩作家）主體的思想、意圖、視界、心境等〔註116〕，換言之，重新瞄準所產生的意義或詮釋，往往正是主體的上述諸心理因素的表現或外化。因此，我們探討《昭昧詹言》中對詩人「典律」重新瞄準的現象，表面上是辨析方東述對某些詩人作品進行創意詮釋的現象，目的卻在藉以深入瞭解評註者由此典律所「表現」的評詩基準或詩學理念。

由第三章進行選篇統計、與評詩內容分析中，我們發現：一般而言，《昭昧詹言》對詩家典律的呈現，大多可由卷帙的分合中找到線索。例如：自卷三至卷十，採獨立一卷專論之者，皆屬於五言古詩中風格獨具的詩家典律；而於卷十七、十九、二十中所專予評論的，也都是七言律詩中，選篇多而地位重要的詩家典律。但唯獨於七古一體，乃綜觀各期流變於一卷之中，較廣泛也較平均的選錄唐宋元三代的詩家，並自述以「自成一家，各有特長」爲原則，故曰：

> 王、李、高、岑別有天授，自成一家；如如來下又有文殊、
> 普賢、維摩也，又如太史公外別有莊、屈、賈生、長卿也。

〔註115〕參見方東樹：《昭昧詹言》卷二，第六十五，72 頁。〈遠遊篇〉下曰：「〉氣體宏放，高妙恢閎，勝景純。景純警妙，而局面閎大不及此。大約陳思才大學富，力厚思週，每有一篇，如周公制作，不可更易。非如他家以小慧單美，取悅耳目也。『曲陵』『時風』用字法，非餖飣所知。『金石』四句，總詠歎之，若繼〈〈大人賦〉〉而言。」。台北市：漢京，1985 年。
〔註116〕參見美、哈羅德、布魯姆著、朱立元、陳克明譯：《文學影響論──誤讀圖示》「譯者前言」第 5 頁。台北縣：駱駝，1992 年。

（《昭昧詹言》卷十二，第一，243 頁）

　東川纏綿情韻，自然深至，然往往有痕。所謂無意爲文而
　意已至，闊遠而絕無弩拔之跡，右丞其至矣乎！高、岑奇
　峭，自是有氣骨，非低平庸淺所及；然學之者亦須韻句深
　長而闊遠不露乃佳，不然，恐不免短急無餘韻，仍是俗手
　耳。（《昭昧詹言》卷十二，第二，243 頁）

第一則評註以佛法、文風爲喻，乃爲彰顯詩文創作有如佛法修練，本
隨人性情而表現各異，無論遲速，一但領悟得法，皆能證道成菩薩。
第二則進一步分揭四家風格特色，並指出學詩要領。僅撮此一例可
知，《昭昧詹言》中詮釋七言古詩的「詩家典律」，是較他體選取更平
均，且相當尊重性情、強調表現個人風格特色的。而在這其中，對李
白詩的評論角度尤其獨到，具有集中選取某些典律的現象，目的應是
爲了特別「表現」某種評詩取向、或評論者的獨特思考，故正可作爲
探究「表現」誤讀型態的實例。

　　由歷代詩論中檢索李白詩的典律評論，最常見以「才、氣天具」
來說明李白詩「放逸奇縱」的風格〔註117〕，乃至有「謫仙」「神於詩

〔註117〕評論李白詩風超逸者，首見殷璠：《河嶽英靈集》卷上，曰：「……
　　　　故其爲文章，率皆縱逸，至如《蜀道難》等篇，可謂奇之又奇，然
　　　　自騷人以還，先有此體調也……」。見《四部叢刊初編》集部第 405
　　　　冊。上海：商務印書館，1965 年初編。又見於孟棨：《本事詩、高
　　　　逸第三》評其地位曰：「白才逸氣高，與陳拾遺齊名，先後合德。」。
　　　　見丁仲祜編訂：《續歷代詩話》上冊，24 頁。台北市：藝文印書館，
　　　　1983 年四版。：晁公武：《郡齋讀書志》卷十七。則針對其才氣飄
　　　　逸而曰：「白天才英麗，其詞逸蕩雋偉，飄然有超世之心，非常人
　　　　所及。」。見王雲五編《國學基本叢書》。台北市：商務印書館，1968
　　　　年：嚴羽：〈詩評〉則就此特色而指出讀詩要領，曰：「太白天才豪
　　　　逸，語多率然而成者。學者於每篇中，要識其安身立命處可也。」。
　　　　見《滄浪詩話》88 頁。台北市：金楓，1986 年。至於明代高秉更
　　　　對李白推崇備至，於《唐詩品彙》〈五言古詩敘目〉曰：「李翰林天
　　　　才縱逸，軼蕩人群，上薄曹劉，下凌沈鮑……」。見《四庫全書、
　　　　總集》第 1371 冊，【3】頁。台北市：台灣商務，1986 年。
　　　　　對於以上李白詩的評論線索，筆者乃分別參見以下四種資料彙
　　　　編，撮其要者再一一查證原典：

者〔註118〕」等評語，常與杜甫對稱、或並列爲唐詩中兼擅各體的大
家。而王士禎、姚鼐評論盛唐詩，也分由各體推崇李白詩爲典律，以
爲：五古可上追阮籍〔註119〕；七古「自成一家」〔註120〕；至於五律
則以仙勢逸思「獨成一境」〔註121〕，可見李白在整體盛唐詩人中的
評價地位應是屬一屬二的。

　　但方東樹對此類評價似乎未予繼承，對李白的評論也顯現出重新
選擇與闡釋的企圖。其具體的線索之一，便是典律地位的變動：《昭

（1）臺靜農主編 ：《百種詩話類編》，三冊。台北市：藝文印書
　　　館，1974 年。

（2）陳伯海主編：《唐詩論評類編》，三冊。濟南：山東教育出
　　　版社，1992 年。

（3）常振國、絳雲編：《歷代詩話論作家》中「李白」，第一冊
　　　214〜245 頁。台北市：黎明文化，1993 年。

（4）裴斐、劉善良編：《李白資料彙編》。北京市：中華書局，
　　　1994 年。

（5）陳香：「李白作品的缺點與特點」。見《李白評傳》，144〜
　　　149 頁。台北市：國家，1997 年。

〔註118〕至明代，評李白詩者乃常見以「神於詩」推崇之論。如方孝孺：〈蘇
　　　太史文集序〉。曰：「莊周、李白，神於文也。非工於文者所及。」。
　　　見《遜志齋集》卷十二，367 頁。按：此所謂「文」，應是廣義的概
　　　括文章歌詩而言。見王雲五編：《國學基本叢書四百種》第 308 冊。
　　　台北市：台灣商務，1968 年；又謝榛：《四溟詩話》卷一乃評李白
　　　七言歌行曰：「雖用古題，體格變化，若疾雷破山，顚風簸海，非
　　　神於詩者不能道也。」見丁仲祜：《續歷代詩話》，下冊第 1345 頁。
　　　台北市：藝文印書館，1983 年四版。

〔註119〕參王士禎：〈五言詩凡例〉。曰：「太白又繼之，《感遇》、《古風》諸
　　　篇，可追嗣宗……李詩篇目浩繁，僅取《古風》，未遑悉錄……」，
　　　《古詩選──五言》【葉六】。見：中華書局聚珍仿宋版印四部備要：
　　　集部第 582 冊《古詩源、古詩選》。台北市：中華書局，1981 年。

〔註120〕參王士禎：〈七言詩凡例〉。曰：「李太白馳騁筆力，自成一家。」，
　　　《古詩選──七言》【葉一】。見：中華書局聚珍仿宋版印四部備要：
　　　集部第 583 冊。台北市：中華書局，1981 年。

〔註121〕姚鼐：〈五七言今體詩鈔序目〉。曰：「盛唐人，禪也，太白，則仙
　　　也。於律體中以飛動票姚之勢，運曠遠奇逸之思，此獨成一境
　　　者……」《今體詩鈔》葉一至二。見：中華書局聚珍仿宋版印四部
　　　備要：集部第 584 冊。台北市：中華書局，1981 年。

昧詹言》特別於七言古詩卷詳評李白詩的整體特色、學習要領，並且擇要詳析詩篇結構、技法，在五言古詩卷則僅見「補遺」中簡述《古風》組詩中的二十一首。故與書中其他詩家典律相較，其評論地位大體接近於專擅一體的詩家典律，與前人「李杜」並稱，甚至譽爲「唐之雄也」〔註122〕的推讚，實頗有差距。其二，是對李白詩「才氣」問題的創意詮釋：方東樹雖順承李詩風格「高逸」「奇橫」〔註123〕的批評，卻重新瞄準典律的中心，提出全然不同的解釋，甚至改以「章法」爲門徑來詮釋其詩篇對學子的示範作用。以下，我們乃以評註爲例證，一一詳究方東樹對李白詩典律意義的新詮釋：

（一）以避免流弊爲名，轉移詮釋焦點。順承於歷代李白詩奇縱如天仙的風格認知，方東樹首先論斷李白詩不易學，應善加篩選，藉以重新瞄準王士禎選詩的基準。乃曰：

> 太白飛仙，不可妄學，易使流於狂狙熟濫，放失規矩，乃
> 歸咎於太白，太白不受也；須善學之。此選皆取其繩尺井
> 然者，俾令後學知太白實未嘗不有法度。漁洋老眼苦心，
> 鑑裁美善如此。（《昭昧詹言》卷十二，第二十六，248 頁）

由引文中，方東樹明顯告知所取典律是不完全的、經過篩選的，並以爲篩選基準在於「繩尺井然」，目的在「令後學知太白實未嘗不有法度」，因而推讚王士禎別具苦心、善於鑑裁。論述看似客觀而合理，事實上，這應是方東樹後設的闡釋，甚至是刻意添加的創意詮釋。因爲就典律的編列而言，主要早選定於王士禎，方東樹僅能稍作調整〔註124〕；且王

〔註122〕參見李調元：〈重刻太白全集序〉。曰：「凡詩賦，一代有一代之雄……李太白，唐之雄也，而論者必幷少陵而稱之，曰『李杜』，意非子美不足以幷李白。而吾謂太白不借子美而後尊也。」見《童山文集》補遺，第一冊，卷五，第 58 頁。《叢書集成初編》第 2515～2517 冊。北京：中華書局，1985 年新一版。

〔註123〕參見方東樹：《昭昧詹言》卷十二，第三十七，251 頁。於李白詩〈灞陵行送別〉下評曰：「敘起。『上有』二句，奇橫酣恣。天風海濤，黃河天上來。『我向』句倒點題柄，更橫。『古道』句入『送』。」

〔註124〕如前文所分析，方東樹通常只在評註詳略、及少數篇目增補上呈現其評價高低。

漁洋於「七言詩凡例」中只對李白的七古詩概稱：「李太白馳騁筆力，自成一家。」並未曾以法度爲基準評選李詩，故方東樹逕曰「此選皆取其繩尺井然者」顯然與論述立場、評選事實不符，故是背離前人的創造性詮釋。

（二）其將詮釋焦點重新瞄準於詩篇的「法度」，則可能有表、裡不同層次的考量。表面上，他詮釋李白的「奇縱」風格是來自深厚的胸襟涵養、超曠的構思、與變化章法的功力，以支持其所謂「不可妄學」的說法。故於該卷稍後又曰：

> 太白當希其發想超曠，落筆天縱，章法承接，變化無端，不可以尋常胸臆摸測：如列子御風而行，如龍跳天門，虎臥鳳閣，威鳳九苞，祥麟獨角，日五彩，月重華，瑤臺絳闕，有非尋常地上凡民所能夢想及者。至其詞貌，則萬不容襲，蹈襲則凡兒矣。（《昭昧詹言》卷十二，第二十九，249 頁）

自「列子御風」「龍躍天門」等形象譬喻推測，方東樹雖也認同李白詩的風骨超逸，有其先天才氣上的優勢，但卻同時強調其亦具有源於構思、筆法、章法等後天的素養，而尤其在於胸襟的涵養。因此乃漸進地轉換前人「人力不可施〔註125〕」「不可得而效之〔註126〕」的觀點，而爲前述引文的「不可妄學」、甚至「須善學之」，於是李白詩並非不可學，只是對初學者而言有摩習的困難度、及「放失規矩」的危險性，故不宜太早（認識不清）、或隨意（僅摩習其詞意）的學習。至此，方東樹已藉論證的合理性改變了李白詩如仙人、不可學及的形象。

進一步，則欲藉李白作爲其印證學詩「活法」的具體典律。前章第二節中已指出方東樹在宋代活法觀的啓發下，有意地建構一種「有

〔註125〕參見曾鞏：〈代人祭李白文〉。曰：「白之詩連類引義，雖中於法度者寡，然其辭閎肆俊偉，殆騷人所不及，近世所未有。」見《元豐類稿》卷三十八，葉七。見楊家駱主編：《中國文學名著》第六集第八冊。台北市：世界書局，1984 年。

〔註126〕參見方孝孺：〈蘇太史文集序〉。曰：「當二子之爲文也，不自知……」。見《遜志齋集》卷十二，367 頁。見王雲五編：《國學基本叢書四百種》第 308 冊。台北市：台灣商務，1968 年。

法而無定法」的學詩門徑，因此，有無「法度」可循乃是其詮釋學詩
典律的重點。李白詩在前述歷代詩評的放逸形象下，論者多謂其詩「中
於法度者寡」〔註127〕，惟見朱熹獨爲之辨析曰「李太白詩非無法度，
乃從容於法度之中，蓋聖於詩著也〔註128〕」，此評論特殊在融入了儒
家修德而至於「聖」的修養觀，而其由法度入門，而至從容中法的境
界，更是以「活法」學詩的追求目標，對於深諳理學，並服膺朱子文
論的方東樹〔註129〕而言，此一論點應有相當程度的啓發。

　　因此，由「法度」觀點評李白詩雖前有所見〔註130〕，卻是經由
方東樹的重新瞄準、擴充意義，而得以憑藉王士禎選立典律的權威，
將李白詩的典律意義轉換成功。而其最具創意的詮釋，便在於明確指
出了「典律化閱讀」的重點——學其文法高妙，以及閱讀典律的次第：
先訓詁——典故——意脈。故在《昭昧詹言》第十二卷，可見方東樹
總評李白詩時，也爲學詩者指明李白典律的特色、和閱讀此典律時應
掌握的要點（即所謂「典律化的閱讀」）。其言曰：

　　讀太白者，先詳其訓詁，次曉其典故，次尋其命意脈絡及
　　歸宿處，而其妙全在文法高妙，大約古人不可及，只是文
　　法高妙，令人迷離莫測。如世之俗士，亦非無學不能用典，
　　亦非無筆不能使才，只是胸襟卑，用意淺，故氣骨輕浮。
　　若不遜志學古人，苦心孤詣，印古人不傳之心，又不解文

〔註127〕 參見曾鞏：〈李白詩集後序〉《元豐類稿》卷十二，葉一、二。見楊
　　　　　家駱主編：《中國文學名著》第六集第八冊。台北市：世界書局，
　　　　　1984年。
〔註128〕 參見朱熹：〈論文〉下「詩」。見黎靖德編《朱子語類》第六冊、第
　　　　　3326頁。台北市：文津，1986年。
〔註129〕 方東樹對朱子詩文論接受的直接證據，乃是《昭昧詹言》中經常可
　　　　　見的引述「朱子曰」等評論；間接例證則見於其書第二十一卷、第
　　　　　九十九至一一四則，引述朱子評論詩文的文字。
〔註130〕 誠如前述，此說雖出於南宋朱熹所評，也曾爲明代高木秉引述，卻
　　　　　未作進一步發揮。可參見高木秉：〈五言古詩敘目〉見《四庫全書、
　　　　　總集》第1371冊《唐詩品彙》，【3】頁。台北市：台灣商務，1986
　　　　　年。

法，所以不通。韓子云：『不登其堂，不齊其戲。』又曰：
『用功深者其收名也遠。』不可不知此義。(《昭昧詹言》卷
十二，第二十八，249頁)

當李白詩的形象重新被塑造，其典律作用的詮釋空間隨之而生。在這
段短短的評論中，方東樹清楚完成對李白典律的導讀，更順勢闡揚其
厚植學識、苦詣文法的「學古」要領，其欲借李白這個著名的詩家典
律以「表現」其獨創論點的用心也由此得知。至於，方東樹如何在詮
釋上發揮創意，則直接由評析典律的實例來看，應更爲清楚。今且以
方東樹對其評註最詳切、並以爲得見「章法大規」的〈梁園吟〉一篇
爲代表。先引見李白原詩如下：

我浮黃河去京闕，挂席欲進波連山。天長水闊厭遠涉，訪
古始及平台間。平台爲客憂思多，對酒遂作梁園歌。卻憶
蓬池阮公詠，因吟淥水揚洪波。洪波浩蕩迷舊國，陸遠西
歸安可得？

人生達命豈暇愁，且飲美酒登高樓。平頭奴子搖大扇，五
月不熱疑清秋。玉盤楊梅爲君設，吳鹽如花皎白雪。持言
把酒但飲之，莫學夷齊事高潔。昔人豪貴信陵君，今人耕
種信陵墳。荒城虛照碧山月，古木盡入蒼梧雲。梁王宮闕
今安在？枚馬先歸不相待。舞影歌聲散淥池，空餘汴水東
流海。沈吟此事淚滿衣，黃金買醉未能歸。連呼五白行六
博，分曹賭酒酣持暉。歌且謠，意方遠。東山高臥時起來，
欲濟蒼生未應晚。

方東樹《昭昧詹言》的評註，筆者採分段呈現，以利分析：

1. 〈梁園吟〉起四句敘。「平臺」二句入題情，正點一篇提局。
「卻憶」句轉放開展，用筆頓挫渾轉。「平頭」二句，酣恣肆
放。「玉盤」四句鋪。「昔人」數句，詠嘆以足之，情文相生，
情景相融，所謂興會才情，忽然湧出花來者也；「空餘」句頓
挫。「沉吟」句轉正意。太白亦自沉痛如此。──（依「起」
「入題」「轉」等結構作用分析筆法）

2. 其言神仙語，乃其高情所寄，實實有見。小兒子強欲學之，便有令人嘔吐之意。讀太白者辨之。——（小結本篇章法，並轉移至前述「涵養胸襟」「從容中法」二項重點）

3. 因見梁園有阮公、信陵、梁王諸跡，今皆不見，足為憑弔感慨。他人萬手，同知如此用意，而不解如此作法。此卻從自己遊歷多愁說入，又自解不必如此。所謂借他人酒杯，澆自己壘塊。死活仙凡，全在如此。尋常俗士，但知正衍故實，以為詠古炫博，或敘後人議論，炫才識，而不知此凡筆也。此卻以自己為經，偶觸此地之事，借作指點慨歎，以發洩我之懷抱，全不專為此地考古跡發議論起見。——（點出本篇特殊作法——以仙凡對比強調李白筆法不凡）

4. 所謂以題為賓為緯，於是實者全虛，憑空御風，飛行絕跡，超超乎仙界矣，脫離一切凡夫心胸識見矣。——（提撮技法原理——指出李白仙氣所自，並回應前述重點一）

5. 杜公〈詠懷古跡〉，便是如此——（與其他名家相印證）。

6. 解此可通之近體，一也。詩最忌段落太分明，讀此可得音節轉換及章法大規。（《昭昧詹言》卷十二，第四十二，252 頁）
　　——（歸納此典律的閱讀、摩習要點，甚至推衍其應用範圍）

　　觀其評析內容大體可分三部分：首先逐句分析詩篇中筆法、作用等簡評部分，筆者已將之附註於詩文中，以方便對照檢覽。由此可發現：方東樹於《昭昧詹言》中詳析詩篇的評註，確實如第二章第二節所論，兼有詩文評點與讀書筆記的詳切。而依照詩意轉折處而加註所形成的章節段落，正與篇中詩韻的轉換配合巧妙，此即是李白詩最為方東樹稱道的「層次插韻」〔註131〕特色，乃是他將評析重心重新瞄

〔註131〕參見方東樹：《昭昧詹言》卷十二，第二十七，248 頁。曰：「太白層次插韻，此最迷人，真太史公文法，玩〈烏棲曲〉可悟。」又見方東樹：《昭昧詹言》卷十二，第三十三，250 頁。曰：「〈烏棲曲〉太白層次插韻，此最迷人，真太史公文法矣。」台北市：漢京，1985年。

準於文法後，有意結合意脈與聲律的轉折而為章法變化，對李白典律的新詮釋，故應視為詮釋重點之一。

其後，舉凡歸結章法原理、技法特色等層次的評論，則多針對本篇「以實寫虛」——藉前人故實抒自家胸臆的特殊技法而論，也順勢解說李白仙逸風格的根源、強調涵養胸襟的必要，則是其新詮釋的重點之二。

雖然，評註中並未論及「詰詞」等李白特有的修辭、語勢特徵〔註132〕，但藉由詳贍的結構分析，方東樹得以歸結本詩〈梁園吟〉是最能啟發文法原理（通用於古、近體詩），並具體示範「音節及章法變化之規制」的典律，這樣的典律意義與評價，乃大幅轉變了對本詩「箋釋不明、疑為糟粕」〔註133〕的負面批評。類似本篇般結合詩意等深層形式，以深入顯示李白詩詩篇章法、提供學者摹習的評註仍有許多，如前章所論「草蛇灰線法」「逆筆法」中所引證的〈襄陽歌〉、〈鳴皋歌〉、以及結構簡明的〈夜泊黃山〉等詩，都可作為輔證。方東樹在此類近於「評點式」的典律詮釋中，重新將李白詩以文法妙造、情與韻和的角度瞄準，遂使原以「仙逸曠放」著稱的李白詩轉變形象，因而「表現」出方東樹評詩的獨特觀點，故適可以布魯姆所謂「表現」式的誤讀型態稱之。

如進一步將此評論現象聯繫於方東樹對李白、蘇軾一脈天才派詩人的評論而觀，則更能看出方東樹由此角度重新瞄準的用意。在方東樹的詩人流派觀念中，李白、蘇軾乃源自莊子，皆是以先天才氣取勝的詩人，故妙在變化無端，不露人工，所謂：「太白詩與莊子文同妙，

〔註132〕 一般學者分析李白詩修辭特色，大多會注意其善用「詰詞」（或稱反問）的語勢或修辭技巧。如陳香便認為「詰詞為李白詩格的特色」且詰詞是李白詩「助長詩格陡高、曠放、飄逸、獨步的最大原因」。見陳香：《李白評傳》181～188頁。台北市：國家，1997年。

〔註133〕 參見安旗：〈梁園吟考辨〉。其研究前言便以為：此詩時、地、內容意義向來缺乏明確箋釋和公正評價，以至被視為糟粕，當代選本均不著錄。見《李白研究》185頁。台北市：水牛圖書，1992年。

意接詞不接，發想無端，如天上白雲，卷舒滅現，無有定形。〔註134〕」，便極為讚嘆。但是，經由前文探究，我們也清楚瞭解：方東樹在《昭昧詹言》中，基本上是以「賦得〔註135〕」的態度談創作詩，因此以杜甫為宗，講求學詩的實用性、與完稿的效率性，此殆著眼於科舉據題應試、或平日仕宦間酬作等實際需求，所提出的循序學詩之法。故偏重「傍題命意，傍意吐辭」〔註136〕的要領，對於率意興發、筆到「偶成」的詩才駿發者，則論述較略，未必適用。這本是方東樹詩論的侷限處、不足處，方東樹應有此自知，故在討論李白、蘇軾等天才型詩人時，便刻意重新瞄準其詩篇的中心，為其先天才氣奇縱（虛者）的表現尋找文法轉折、變化上的原理依據（實之）。一來使學詩者有脈絡可循，同時也得以補強其「由學而能」「以有法變於無法」的創作原理。

第四節　典律的新評價──對最高詩人典律的「替代」

　　倘如前節所論，將選集中的「典律」視為選家批評價值與美感取向的凝現，則其中「最高詩人典律」類型的建立，其宣示的效用更大，對一部選集的宗旨、或某一詩家的詩論，甚至某一時代的詩風而言，都具有鮮明的指標意義。因此，如從表達詩學原理、或體現創作理想上看，「最高詩人典律」都理所當然應居於「典律」評論的最高層次，故本文置於最後一類詳予論述；另由選集接受的角度而觀，「最高詩人典律」往往也是讀者最易辨識各家評論差異、或選編者最易於發揮詮釋創意的類型，以致於比較文學或影響研究中，也常以「最高詩人

〔註134〕 參見方東樹：《昭昧詹言》卷十二，第三十，249 頁。台北市：漢京，1985 年。
〔註135〕 參見朱光潛：〈作文與運思〉一文。見《談文學》第 66～68 頁。台北市：金楓出版社。
〔註136〕 參見方東樹：《昭昧詹言》卷十八，第四，421 頁，評劉文房〈將赴嶺外留題蕭寺遠公院〉詩曰：「大約有一題須認清一題安身立命處，然後布置周旋，皆望此立命歸宿，挫注而作用之，所謂傍題命意，傍意吐辭，如文房此詩可見。」台北市：漢京，1985 年。

「典律」作爲觀察指標。

　　最爲人熟知者，如北宋蘇軾推讚陶詩。黃庭堅也以詩評論杜詩陶詩曰：「拾遺句中有眼，彭澤意在無弦〔註137〕」後，宋人多習於將陶淵明、杜甫相提並論，視爲詩學的最高範式〔註138〕。到清初王士禎《古詩選》中，杜甫已卓然獨立古今，陶淵明則只是漢魏古詩中的名家之一；及至方東樹以《昭昧詹言》評註《古詩選》，則著意提高韓愈詩的典律地位，儼然以杜、韓並稱爲古今最高詩人的態勢。此種重要典律的「替代」現象中，實蘊含了評註者豐富的詮釋創意在其中。

　　布魯姆於文學影響論中提出限制（發現）、替代（重新評價）、表現（重新瞄準）三種創造性誤讀的類型區分，雖根緣於創世故事的三階段演進，但他本身也承認：在研究詩的影響的永恆衝突中，這三種誤讀的類型其實是會有近似、或交錯運用的存在〔註139〕。因此，雖爲了貼近於「替代」Shevirathhakelim 原文中分崩離析、或形式取代的義涵，我們將《昭昧詹言》中方東樹有意將最高詩人典律由宋人的「陶杜」並稱、替代爲「杜韓」並稱的現象，稱爲典律的新評價（替代）。但討論過程中，仍可見方東樹對韓詩的重新發現、對杜詩的重新瞄準等誤讀創意，自然地交錯於其間，共同形成對杜韓典律的新評價。因此，爲了閱讀、理解上的順暢，並遷就傳統選集中「最高詩人典律」的典律義涵和評價地位，乃留於本節討論。

　　方東樹在《昭昧詹言》中突出「杜、韓」的典律地位是極顯見的評論特色，不僅於分卷標目中尊稱二家爲「杜公」「韓公」〔註140〕，

〔註137〕參見黃庭堅：〈贈高子勉四首〉之四，見《豫章黃先生文集》卷十二。見《四部叢刊》正編第 49 冊。台北：台灣商務，1979 年。
〔註138〕張宏生先生於〈陶詩範式與和陶詩〉中詳析元祐詩壇極推杜詩的思想性與藝術性，並在以人爲努力達到崇高境界的詩藝成就上，將陶、杜兩個典範合一，符合宋人的審美理想。見《宋詩：融通與開拓》第 6～9，28～30 頁。上海市：上海古籍，2001 年。
〔註139〕參見朱立元、陳克明譯：《文學影響論》「導論」第 3～4 頁。台北縣：駱駝，1992 年。
〔註140〕《昭昧詹言》所評的三體，皆尊稱杜甫爲「杜公」，「韓公」則僅於

書中以杜、韓並稱之例，更多不勝數，故是極具代表性的重新評價。但因此類詩評常與分體推崇杜詩、或綜論「李、杜、蘇、韓」等家的論述重疊錯置，故線索紛紜，前輩學者對此雖有所現，卻常易偏重焦點，僅針對推崇杜詩的內容〔註141〕、或杜韓並稱的現象進行分析〔註142〕。筆者以爲，如將其置於歷代詩論的演變中評比，則較能尋繹其詮釋的重點應在「韓愈詩」，特別是對其五言古詩典律的提昇。

因之，本文主要以韓愈詩的典律詮釋爲焦點，分別針對韓詩詮釋的新發現、杜韓詩足以並稱的緣由等方面，仔細探究方東樹評註中的誤讀現象。

一、對韓詩詮釋的新發現

杜、韓並稱，在宋代早已啓其端。歐陽脩讚韓愈詩曲盡人、物之妙，並工於用韻〔註143〕；元祐詩人則首推杜詩爲體現詩藝的最高範式〔註144〕，其中秦觀亦曾以「才氣學術」深厚的角度，推崇杜、韓乃「集詩文之大成者」〔註145〕。其後，因韓愈詩的受關注，爭議隨

五古、七古中尊爲典律；另五古詩中尚有陶潛、阮籍二家亦以「公」尊稱之。

〔註141〕參見郭正誼：《方東樹詩學源流及其美感取向之研究》第六章第二節「方東樹何以推崇杜甫？」，109～115頁。成功大學史語所：碩士論文，1993年。

〔註142〕謝錫偉：《方東樹詩論研究》第四章之（一）「杜韓並稱的問題」，115～119頁。香港浸信學院：哲學碩士論文，1994年。

〔註143〕參見歐陽脩：《六一詩話》第二十七則。其曰：「退之筆力無施不可，而嘗以詩爲文章末事……然其資笑談，助諧謔，敍人情，狀物態，一寓於詩，而曲盡其妙。此在雄文大手，固不足論，而余獨愛其工於用韻也。……」見吳文治主編：《宋詩話全編》第一冊，219頁。南京市：江蘇古籍，1998年。

〔註144〕參見張宏生：〈陶詩範式與和陶詩〉。見《宋詩：融通與開拓》，第8頁。上海市：上海古籍，2001年。

〔註145〕參見秦觀：〈韓愈論〉。《淮海集》卷二二。曰：「故自周衰以來，作者班班……然總而論之未有如韓愈者也。……然則列、莊、蘇、張、班、馬、屈、宋之流，其學術才氣皆出於愈之文，猶杜子美之餘詩，實積眾家之長……杜氏、韓氏亦集詩文之大成者歟！」見秦觀撰、

起〔註146〕，雖以「自成一法」〔註147〕「沈著痛快」〔註148〕的風格而常被舉與杜詩共同討論，但對其詩「鋪敘無含蓄」〔註149〕「要非本色」〔註150〕等負面評論也隨代有之。

面對前人如此「愛憎相半」〔註151〕的評論，方東樹對韓詩典律的評論便顯得深沈而有保留，可說是明貶暗褒：表面上他經常於杜、韓並論中表示韓詩「不逮杜詩」「有所不能」……，但經由屢次的並論，韓詩的典律地位無形中提升至僅次於杜甫。具體而論，在七言古詩部分，由於王士禎推極杜詩之變體，並以「學杜者唯韓文公一人耳」，推崇其嗣起之地位（詳參下章析論），方東樹乃承其觀點而發皇，除於卷十二詳評韓詩，更具體指出杜——韓相襲的詩體特徵

徐培均箋注：《淮海集箋注》，中冊，751～752 頁。上海市：上海古籍，2000 年。

〔註146〕 參見劉攽《中山詩話》。評曰：「韓吏部古詩高卓，至律詩雖稱善，要有不工者。而好韓之人句句稱述，未可謂然也。」見吳文治主編：《宋詩話全編》第一冊，442 頁。南京市：江蘇古籍，1998 年。：魏泰：《臨漢隱居詩話》第二一則，乃記沈括、呂惠卿、王存、李常等人在館下談詩，其中對韓詩之爭議頗大、交相詰難。見吳文治主編：《宋詩話全編》第二冊，1212～1213 頁。南京市：江蘇古籍，1998 年。

〔註147〕 蔡絛：《蔡百衲詩評》。曰：「韓退之詩，山立霆碎，自成一法：然譬之樊侯冠佩，微露粗疏。」錄自《竹莊詩話》卷一。見吳文治主編：《宋詩話全編》第三冊，2518 頁。南京市：江蘇古籍，1998 年。

〔註148〕 劉克莊：《後村詩話》。見吳文治主編：《宋詩話全編》第八冊，8353 頁。南京市：江蘇古籍，1998 年。

〔註149〕 晁說之：《晁氏客語》。見吳文治主編：《宋詩話全編》第二冊，1114～1115 頁。南京市：江蘇古籍，1998 年。

〔註150〕 陳師道：《後山詩話》。第四十九則評韓詩曰：「退之以文爲詩，子瞻以詩爲詞，如教坊雷大使之舞，雖極天下之工，要非本色。」見吳文治主編：《宋詩話全編》第二冊，1022 頁。南京市：江蘇古籍，1998 年。

〔註151〕 張戒：《歲寒堂詩話》卷上，第十五則，評韓愈詩曰：「韓退之詩，愛憎相半。愛者以爲雖杜子美亦不及，不愛者以爲杜子美於詩本無所得，自陳無己輩皆有此論。」見吳文治主編：《宋詩話全編》第三冊，3243 頁。南京市：江蘇古籍，1998 年。

與篇章〔註152〕。至於五言古詩卷，則如前文第三章分析所發現：方東樹以黃庭堅爲學詩入門，而杜甫、韓愈爲詩家之極至（不僅是詩人），故於卷八至十增加三卷「專論」於謝朓之後，爲初學五言古詩者完成向上「學古」的路徑。在這段增補的典律傳承中，韓愈詩應居於關鍵地位。

若由側面觀察，此一傳承其實顯示了方東樹對重氣格宋詩，尤其是黃庭堅五古骨鯁風格的接納。黃庭堅爲免流於風調圓美的俗格，刻意在、虛字、用語、節奏、押韻上追求生新，形成奧硬的「山谷體」〔註153〕，究其根源當來自於韓愈詩，更可遠溯於杜甫五古。故桐城詩派自姚範以來，便對黃庭堅詩「兀傲、崛奇」的神氣特別欣賞，方東樹並曾加以接受〔註154〕。至於看重氣格而強調杜、韓五古詩的地位，更並非方東樹一己之偏見。至少由其同承教於姚門的梅曾亮《古文詞略》中，亦見尚氣格、而增錄杜韓五言古詩〔註155〕的相近主張。

但其最重要的關鍵則應在於對韓愈詩詮釋角度的新發現，並由此確立其在五言古詩的評價地位。於是，以「去陳言」貫串五古詩流變的創作精神，並代表杜、韓學古的成就。爲增強說服力，乃藉由歷時性觀察詩體發展，而曰：

〔註152〕參見方東樹：《昭昧詹言》卷十二，第一〇二，269 頁。曰：「七言古詩，易入整麗而近平熟，（韓）公七言皆祖杜拗體。」：又於方東樹：《昭昧詹言》卷十二，第九十五，267 頁。〈魏將軍歌〉下，曰：「此與〈寄韓諫議〉，皆開昌黎派。」。

〔註153〕參見郭紹虞：《滄浪詩話校釋》中對黃庭堅詩提出「山古體」的界說；又見黃寶華：《黃庭堅選集》「前言」，【19】頁。上海市：上海古籍，1991 年。

〔註154〕方東樹：《昭昧詹言》卷十，第一、第四、第五則評論，226 頁。台北：聯經，1985 年。

〔註155〕參見梅曾亮：〈凡例〉，曰：「……詞所以載吾氣者也。……子建叔夜之文，未嘗非古文也，然其則靡矣。今取王漁洋《古詩選》爲鵠，而汰其大半，於李、杜、韓之五古，則增入之。」。見《古文詞略》【葉一】。台北市：廣文書局，1964 年。

大抵古詩皆從《騷》出，比興多而質言少。及建安漸變爲
質，至陶公乃一洗爲白道，此即所謂去陳言也。後來杜、
韓遂宗之以立極。其實《三百篇》本體固如是也。（《昭昧詹
言》卷二，第三十七，62 頁）

「唯陳言之務去」，本是韓愈自述學爲古文過程的一種學習訓練、或
自我要求（註156）。方東樹卻將之引伸、擴大，用以概括詩體演進中，
後出詩人在面對前人遺產時勇於創作的企圖心，故以爲此「本體」精
神始自《詩經》即有。藉此要領的提挈，乃凸顯了韓詩「善於造創」
的特性，發現其詩於格、意、句等皆能獨開新面，並對宋代詩學造成
影響。此由其總評韓愈詩、及於〈桃源圖〉下的評註可見：

韓公去陳言之法，眞是百世師。但其義精微，學者不易知。
如云「公詩無一字無來歷」，夫有來歷，皆陳言也，而何謂
務去之也？則全在於反用翻用，故著手成新，化朽腐爲神
奇也。非如小才淺學，剽剝餖飣，換用生僻之可厭，適見
其內不足而求助於外，客兵又不服用，但覺齟齬不安而已。
（《昭昧詹言》卷九，第十一，220 頁）

自李、杜外，自成一大宗，後來人無不被其凌罩。此其所
獨開格，意句創造已出，安可不知。歐、王章法本此，山
谷句法本此。此與魯公書法，同爲空前絕後，後來豈容易
忽！……凡一題數首，觀各人命意歸宿，下筆章法。輞川
只敘本事，層層逐敘夾寫，此只是衍題。介甫純以議論駕
空而行，絕不寫。（《昭昧詹言》卷十二，第一○八，271 頁）

自引文可明顯看出：方東樹對韓愈所提「去陳言」的概念，進行了創
造性的誤讀，一則將「陳言」由修辭層次拓展爲涵意境、章法、句法
等藝術要素；一則強調「務去」，把避用陳言熟調的消極性，轉換爲

〔註156〕參見韓愈：〈答李翊書〉自述其爲文第一階段的修養，曰：「始者非
三代兩漢之書不敢觀，非聖人之志不敢存。處若忘，行若遺，……
當其取於心而用於手也，惟陳言之務去，戞戞然其難哉。」見楊
家駱主編文學名著第三集第一冊《韓昌黎文集》卷三「書」，99 頁。
台北市：世界書局，1960 年。又見羅聯添：《韓愈古文校注彙集》
第一冊，718 頁。台北市：國立編譯館，2003 年。

積極創作、獨樹風格的態度。更充分結合韓愈本身創作實踐〔註157〕，與宋代歐陽脩、王安石、與黃庭堅等家在章法、句法，以及詩意翻案反用上的詩藝成就作爲例證（詳參前文第五章論述）。甚至，對韓詩卷後所附李義山〈韓碑〉一篇，方東樹也謂其「但句法可取」，並推斷其乃對詩人「去陳言」的精神「無所解悟」，以致缺乏章法氣脈之妙〔註158〕。

　　因此，累積這許多典律的重新詮釋，遂使「去陳言」成爲韓愈詩典律的主要意義，轉移了前代相關的負面評價，也成功的重塑新的典律形象。至於，進一步對韓愈詩篇的具體描述，則集中於三方面：

（一）筆力強

　　此本是韓愈才氣灌注於詩文之得力處，前人詩論中多已指出。但方東樹對此說雖亦部分接受，卻有意避開舊說，另行發現新論點。例如評其骨鯁奇險的詩句，輒歸因於其胸襟不凡、善於創意造語。而曰：

> 凡結句都要不從人間來，乃爲匪夷所思，奇險不測。他人百思所不解，我卻如此結，乃爲我之詩。如韓〈山石〉是也。不然，人人胸中所可有，手筆所可到，是爲凡近。（《昭昧詹言》卷十一，第三十一，239頁）

> 〈和虞部盧四酬翰林錢七赤藤杖歌〉怪變奇險。只造語奇一法，敍寫各止數語，筆力天縱。起二句敍。「滇王」二句追敍。「繩橋」句議。「共傳」二句虛寫。「幾重」句敍。「光照」句寫。「空堂」二句衝口而出，自然奇偉。（《昭昧詹言》

〔註157〕可參見方東樹：《昭昧詹言》卷十二，第一一〇，269～275頁。間對韓詩的評註，如其中第一一〇則，評〈謁衡岳廟遂宿嶽寺題門樓〉詩曰：「莊起陪起。此典重大題。首以議爲敍。中敍中夾寫，意境託句俱奇創。以己收。凡分三段。『森然』句奇縱。」類此者尚可見於第105、109、117等多篇。台北：聯經，1985年。

〔註158〕參見方東樹：《昭昧詹言》卷十二，第一二五，275頁。附李義山〈韓碑〉下，曰：「此詩但句法可取而已，無復章法浮切氣脈之妙，由不知古文也。歐、王皆勝之。此詩李、杜、韓無所解悟。此詩之病，一片板滿，而雄傑之句，勝介甫作。」台北：聯經，1985年。

卷十二，第一一七，273 頁）（11 卷末）

如此一來，則不僅輔成前述對韓愈詩「去陳言」精神的檢證，也同時符合方東樹重本領、文理義合一的基本詩觀，顯現了《昭昧詹言》評註偏重獨創風格的主張（詳見第四章第四節），因此，應屬於方東樹有意的「限制」式誤讀。

此外，我們更可發現，《昭昧詹言》中評論爲韓詩「筆力」者，多強調其「老鍊」﹝註 159﹞簡易的筆法，而非前人所謂詰屈奇險的表現。最具代表性的例子，便是韓愈〈山石〉詩。方東樹對此篇修辭自然、敘寫簡妙極爲讚賞，引爲韓詩「筆力」的最佳例證。其論曰：

> 不事雕琢，自見精彩，眞大家手筆。許多層事，只起四語了之，雖是順敘，卻一句一樣境界。如展畫圖，觸目通層在眼，何等筆力。五句六句又一畫。十句又一畫。「天明」六句，共一幅早行圖畫。收入議。從昨日追敘，夾敘夾寫，情景如見，句法高古。只是一篇游記，而敘寫簡妙，猶是古文手筆。他人數語方能明者，此須一句，即全現出，而句法復如有餘地，此爲筆力。（《昭昧詹言》卷十二，第一〇五，270 頁）

因此，《昭昧詹言》中雖亦可見由「筆力強」的角度評析韓詩者，但其所引證已非才氣直逞、鋪敘無含蓄的詩篇，此因方東樹對韓詩「筆力」作了新詮釋。類此之例甚繁，又於本卷第 104、106、119、112 則，皆可參見作爲佐證。

（二）文法高

《昭昧詹言》專論韓公詩，首先以「文法高妙」歸結其上追杜甫的藝術表徵﹝註 160﹞。爲使其「去陳言」的詮釋論點更加周延，方東

﹝註 159﹞ 參見方東樹：《昭昧詹言》卷十二，第一一三，272 頁。〈石鼓歌〉下評曰：「一段來歷，一段寫字，一段敘初年己事，抵一篇傳記。夾敘夾議，容易解，但其字句老鍊，不易及耳。」又見方東樹：《昭昧詹言》卷十二，第一一五，亦類於此。台北：漢京，1985 年。

﹝註 160﹞ 參見方東樹：《昭昧詹言》卷九，第一，218 頁。曰：「讀李杜二家，……而同於文法高古，奇恣變化……」，第二則曰：「……至杜韓始極其揮斥，……」。台北市：漢京，1985 年。

樹乃引朱子之評論爲據，認爲韓愈創作詩文，實兼有「力去陳言」「文從字順」雙重思考，並視爲旨要深趣、貫精粗而不二的要領，批判於當代詩病。現引見如後：

> 朱子曰：「韓子爲文，雖以力去陳言爲務，而又必以文從字順各識其職爲貴。」……淺俗之輩，指前相襲，一題至前，一種鄙淺凡近公家作料之意與辭，充塞胸中喉吻筆端，任意支給，雅俗莫辨，頃刻可以成章，全不知有所謂格律品藻之說，迷悶迎拒之艱。萬手雷同，爲儉俗可鄙，爲浮淺無物，爲粗獷可賤，爲纖巧可憎，爲凡近無奇，爲滑易不留，爲平順寡要，爲遣詞散漫無警，爲用意膚泛無當，凡此皆不知去陳言之病也。又有一種浮淺俗士，未嘗深究古人文律，貫序無統，僻晦瞀昧，顛倒脫節，尋其意緒，不得明了。或輕重失類，或急突無序，或比擬不倫，或疏密離合，浮切不分，調乖聲啞，或思不周到，或事義多漏，或贅疣否隔，爲駢拇枝指，或下字懦，又不切不確不典，凡此皆爲不知文從字順各識其職之病。（《昭昧詹言》卷一，第四十五，16頁）〔註161〕

自其所謂「不知去陳言」而生的凡近無奇、滑易不留、平順寡要，遣詞散漫無警，及用意膚泛無當等弊病看來，已是不講求修辭鍊句所造成；至於意緒不明、輕重失類、急突無序，或比擬不倫等，則更是章法、句法粗疏的緣故。而方東樹總括之爲「文法」，力陳其重要，並訂爲「去陳言」之後「須實下深苦功夫」的具體內容。

　　今概覽《昭昧詹言》卷一第三十九至第五十二的十幾則評論〔註162〕，大多在闡明「去陳言」的奧旨、及講求字句文法的要領，並時時引韓詩與杜甫、謝靈運、鮑照等家爲典律，其實都可視爲

〔註161〕可續參本則後第四六、四七～五二等則評註，其內容均在揭示討論去陳言的精深與實際作法。

〔註162〕參見方東樹：《昭昧詹言》卷一，第三十九至五十二則，14～19頁。其中第42、44、45、47、48、50、52，七則均直接引韓詩爲論據。台北：漢京，1985年。

一種『借題發揮』，係方東樹在發掘「去陳言」爲韓詩典律的新意義後，充分展現評論者的獨特看法。

（三）詩思苦

　　方東樹具體描述「去陳言」的作法，固一一指陳韓詩於用意、取境、使勢，乃至發調、選字、隸事等前述文法上的功夫，而後更強調所難乃在「力戒前人習熟」之『苦』〔註163〕。換言之，便是《詩式》所謂「苦思」〔註164〕，是一種需精思冥會、通詣於古人辭、意，卻又欲離而去之以自立，所致力於建立個人藝術風格（作用）的用心。

　　方東樹既歸結此「深苦」創作、有意于爲詩的態度，是謝、鮑、韓、黃等大家間共具的功夫〔註165〕。更有意提昇之，鼓勵後人寬廣所學、並追求「出艱苦於平易自然」的風格。故期勉學子曰：

> 以謝、鮑、韓、黃深苦爲則，則凡漢、魏、六代、三唐之熟境、熟意、熟詞、熟字、熟調、熟貌，皆陳言不可用。非但此也，須知《六經》亦陳言不可襲用，如用之則必使入妙。（《昭昧詹言》卷一，第四十八，18頁）

如此，方東樹乃將韓愈、黃庭堅等家鍛鍊詩篇的功夫，定位爲「去陳言」態度的實踐，且凸顯其藉由「苦思」轉化經史學識，甚至成篇後

〔註163〕參見方東樹：《昭昧詹言》卷九，第二，218頁。曰：「……而文法所以高古，由其立志高，取法高，用心苦，其奧秘在力去陳言而已。去陳言，非止字句，先在去熟意，凡前人所已道過之意與詞，力禁不得襲用，於用意戒之，於取境戒之，於使勢戒之，於發調戒之，選字戒之，於隸事戒之，凡經前人習熟，一概力禁之，所以苦也。」。台北市：漢京，1985年。

〔註164〕參見方東樹：《昭昧詹言》卷二十一，第四。中引《詩式》曰：「……又曰『不苦思，苦思則喪自然之質。』此亦不然。夫不入虎穴，焉得虎子。取境之時，須至難至險，始見奇局。成篇之後，觀其氣貌，有似等閒，不患而得，此高手也。」。台北市：漢京，1985年。

〔註165〕參見方東樹：《昭昧詹言》第一卷，第四十一，15頁。曰：「字句文法，雖詩文末事，而欲求精其學，非先於此實下工夫不得。此古人不傳之秘，謝、鮑、韓、黃屢以召人，但淺人不察耳。」。台北市：漢京，1985年。

自然無見雕痕的創作歷程，也正如皎然所謂「取境之時……至難至險；成篇之後……等閒似不思而得」〔註 166〕的理想，是創作優秀詩篇必經的運思、審美過程。藉此創作過程的詮釋，乃使讀者對韓詩典律多了一份諒解：艱澀兀傲者知其取難；老鍊簡妙者見其自得，乃逐漸擺脫前代「要非本色」的評價，更為學詩者指出一條簡明可學、不流於率易的門徑。

　　或基於此種考量，方東樹乃於《昭昧詹言》中刻意強調韓詩在險怪後歸於平淡自然的境界，重新發現其〈南溪始泛〉、〈寄元協律〉、〈送李翱〉等篇應為典律，並向上追附於杜詩真率樸直的層次。而評註曰：

> 韓公云：「艱窮怪變得，往往造平淡。」後人只是出之容易。須是苦思，勿先趨平淡。（《昭昧詹言》卷十四，第十四，379 頁）杜、韓有一種真率樸直白道，不煩繩削而自合者。此必須先從艱苦怪變過來，然後乃得造此。若未曾用力，便擬此種，則枯短淺率而已。如公〈南溪始泛〉三篇、〈寄元協律〉四篇、〈送李翱〉、〈寄鄂岳李大夫〉等，皆是文體白道，但序事，而一往清切，愈樸愈真，耐人吟諷。山谷、后山專推此種，昔人譏其舍百牢而取一臠。余謂此詩實佳，但未有其道腴，而專學其貌，則必成流病，失之樸率陋淺，又開偽體矣。（《昭昧詹言》卷九，第八，220 頁）

經此辨明，愈加驗證，方東樹所以重新發現韓詩的新典律、或對其既選詩篇特質重加「限定」，皆基於全書為初學者指點迷津、度人金針的考量，故殷殷告誡：學者先厚植本領，再用力於苦思，以免率易學於杜、韓之樸質「白道」，便僅能得其形貌、失之淺陋。更唯恐學子妄從率意淺近之風，故主觀評價上雖以為「蘇韓並稱」，卻仍「不敢以為宗，而獨取杜、韓」〔註 167〕。然而，誠如方東樹的評論「學詩

〔註 166〕參見方東樹：《昭昧詹言》卷二十一，第四則，471～472 頁。曰：「取境之時，須至難至險，始見奇局。成篇之後，觀其氣貌，有似等閒，不思而得，此高手也。」台北市：漢京，1985 年。

〔註 167〕參見方東樹：《昭昧詹言》卷九，第六，219 頁。曰：「杜韓並稱，然蘇如公……不敢以為宗，而獨取杜、韓。」台北市：漢京，1985

先必用力，久之不見用力之痕。所謂絢爛之極，歸於平淡，此非易到」〔註 168〕，故即使方東樹已指出韓詩具有筆力強、文法高、苦作用的落實功夫，仍嫌其「橫空生出」「縱橫變化」的自然流暢上有所不及〔註 169〕。凡此種種特色，兼及短長，皆屬於方東樹對韓詩典律意義的創意誤讀。

二、杜韓並稱爲最高典律的緣由

藉由前述「去陳言」觀點的闡述，方東樹開發了「筆力強」等韓詩新特徵的詮釋，既修正了韓詩原有的負面形象，也爲彰顯韓詩典律的價值。但其真正的目的並不止於此，基於對韓、黃一脈詩人骨氣奇高、苦思創作等因素的認同，方東樹除以減少流弊爲由，刪減某些詩人作爲典律的適合性（如前文曰：不敢以蘇軾爲宗），並隨筆而至、不斷的從各種角度並稱杜韓，尋找二者間的相同點〔註 170〕，企圖漸進的提昇韓詩評價，以便積極地將韓愈推上「最高詩人典律」。而其採取的有利措施有二：

年。

〔註 168〕參見方東樹：《昭昧詹言》卷十四，第十六，380 頁。台北市：漢京，1985 年。

〔註 169〕參見方東樹於《昭昧詹言》卷十二評析杜詩單篇時，常舉韓詩顯其略勝一籌，如方東樹：《昭昧詹言》卷十二，第五十二，255 頁。曰：「杜公自有縱橫變化，精神震蕩之致。以韓公較之，但覺韓一句跟一句甚平，而不能橫空起倒也。韓、黃皆學杜，今熟觀之，韓與黃似皆著力矣。杜公亦做句，只是氣盛，噴薄得出。學詩者先從此辨之，乃有進步。」又於方東樹：《昭昧詹言》卷十二，第五十四，255 頁〈兵車行〉下評曰：「起段夾敘夾寫，一起噴薄。『道傍』句接敘，絕不費力，而但覺橫絕而不平。『漢家』段憑空生來，韓所不能。……」。台北市：漢京，1985 年。

此外，亦在評韓愈詩時，明析其雖不及杜，卻仍有可取。曰：「韓詩無一句猶人，又恢張處多，頓挫處多。韓詩雖縱橫變化不逮李、杜，而規摹堂廡，彌見闊大。」同見方東樹：《昭昧詹言》卷十二，第一〇三，269 頁。台北市：漢京，1985 年。

〔註 170〕參見謝錫偉：《方東樹詩論研究》第四章 115～119 頁。香港：浸會學院哲學碩士論文，1994 年。

　　首先，是刻意強化韓愈與杜甫間的傳承性，以造成韓詩善學杜詩、得其精髓的形象。因此，將前述對韓詩的詮釋核心——「去陳言」向上追溯，接軌於杜詩「語不驚人死不休」的自我期許，而於總評韓詩時，先曰：

> 朱子譏公：「生平但飲酒賦詩，不過要語言文字做得與古人一般，便以為是。」按，此論學則誠不可，若論學詩學文，都是不傳之秘。杜公云：「語不驚人死不休。」今誦公詩，真有起頑立瘏之妙。七言古詩，易入整麗而近平熟，公七言皆祖杜拗體。（《昭昧詹言》卷十二，第一○二，269頁）

此則表面上為朱子文論下按語，客觀分析杜甫與韓愈在創作態度、甚至詩體風格上的確切相關性。熟思其上下文義，則可知方東樹乃委婉地為韓愈辯解，強調其在詩文「創作」上的執著與自我要求，其實可比附於詩聖杜甫，是其詩篇得以超越「平熟」、成為佳作的關鍵。如此，便為韓詩的精神——「去陳言」找到來自最高詩人的成功借鏡，以確定二者在創作精神上的貫通。

　　但由最末句將韓愈七言古詩明確溯源於杜甫拗體，亦可看出這原是一種有選擇的繼承，是方東樹對杜詩典律重新瞄準後的偏折印象，正如同書中對杜詩特色的簡要概括：「潔淨、遠勢、轉折、換氣、束落、參活語；不使滯筆重筆；一氣渾轉中留頓挫之勢，下語必驚人；」〔註171〕，而以「務去陳言」為消極要求，「力開生面」為積極效用。或者提出所謂「學於杜的四要點」〔註172〕，皆非對杜詩的全面性觀察，都有其論述時的特殊語境或特定目的。譬如引文中後半部分的評語，雖歸納杜詩的「作用」，其實是因應韓詩特質，而對杜詩的重新

〔註171〕此為方東樹：《昭昧詹言》卷八，第十三，214頁。中歸結杜詩作法，以為可通於「古文作字」的要領。台北市：漢京，1985年。

〔註172〕參見方東樹：《昭昧詹言》卷十四，第二十一，382頁，曰：「學於杜者，須知其言高旨遠，一也；奇景出於自然，流吐不費力，二也；隨意噴薄，不裝點做勢安排，三也；沉著往來，不拘一定而自然中律，四也。……」。又見方東樹：《昭昧詹言》卷八，第十二，213頁。台北市：漢京，1985年。

瞄準，而這些新詮釋，正足以輔證方東樹對韓詩典律具有更高的企圖。

其次，在發展史上為韓詩定位，是方東樹對典律進行重新評價的重要步驟，藉此將杜、韓上接阮、陶，續成漢魏詩統。故方東樹於卷一開宗明義論畢詩學原理後，便宏觀詩史，溯源於《經》《騷》、而將詩人格分莊、屈二派；後舉漢魏曹、王、阮、陶諸家，評其兼有經之義理、詩人情采，「皆不得僅以詩人目之」〔註173〕。以下則分析四大家短長，曰：

> 其後惟杜公，本〈小雅〉、屈子之志，集古今之大成，而全渾其跡。韓公後出，原本〈六經〉，根本盛大，包孕眾多，巍然自開一世界。東坡截橫古今，使後人不知有古，其不可及在此；然遂開後人作滑俗詩，不求復古，亦在此。太白亦奄有古今，而跡未全化，亦覺真實處微不及阮、陶、杜、韓。蘇子由論太白，一生所得，如浮花浪蕊，好事喜名，不知義理之所在。今觀其詩，似有然者。要之皆天生不再之才矣。南宋以來詩家，無有出李、杜、韓、蘇四公境界，更不向上求，故亦無復有如四公者。一二深學，即能避李、蘇，亦止追尋到杜、韓而止。乃若其才既非天授，又不知杜、韓之導源〈經〉〈騷〉，津逮漢、魏，奄有鮑、謝處，故終亦不能到杜、韓也。(《昭昧詹言》卷一，第十四，5頁)

由所摘錄文字看來，基本上同尊李杜蘇韓四大家，客觀地分評詩家特色，但在短長往來間，杜詩已集古今大成、韓詩自開一世界，杜、韓儼然鶴立古今。故知方東樹在短短評註中，實已寄寓了其獨特的典律評價於其間，值得我們一一尋繹：

1. 整個詩體發展，是站在「文道合一」的傳統詩教立場進行的歷時觀察。故大家必學有本源（涵經、史、子、詩、騷），以

〔註173〕參見方東樹：《昭昧詹言》卷一，第十四，5頁。曰：「莊以放曠，屈以窮愁，古今詩人，不出此二大派，進之則為經矣。漢代諸遺篇，陳思、仲宣，意思沈痛，文法奇縱，字句堅實，皆去經不遠。阮公似屈，兼似經；淵明似〈莊〉，兼似〈道〉：此皆不得僅以詩人目之。」台北市：漢京，1985年。

學古而能化其跡、自創風貌者爲高。正因於此，杜、韓二家
以「導源〈經〉〈騷〉，津逮漢、魏，奄有鮑、謝處」爲優勢，
冠於群倫；而韓詩更因學識寬宏「原本〈六經〉，根本盛大，
包孕眾多，巍然自開一世界」，得以上臻典律。諸如此者，皆
已表明其評選典律的準據。而杜韓典律所表徵的，便是興觀
群怨等儒家詩統價值〔註174〕的振復。

2. 雖顧及一般評價，兼論曹植、王粲，李白、蘇軾等家，但其
主要的脈絡則在於：阮籍——陶潛——杜甫——韓愈四家。
由此上接漢魏、《詩》《騷》傳統，乃成爲方東樹心目中的古
詩譜系。此外，參考上二則的評註，正可見此一正宗譜系轉
化爲學詩進路的效用，所謂：

以三百篇、離騷、漢魏爲本爲體，以杜、韓爲面目，以謝、
鮑、黃爲作用，三者皆以脫盡凡情爲聖境。(《昭昧詹言》卷
一，第十二，5頁)

其中謝、鮑、黃應屬於鍛鍊詩藝的基礎訓練，較適於初學者入門；
唯晉階者須以杜、韓爲取法，方可能獨具風格、自成一家。故又曰：
「學黃必探源於杜、韓，而學杜、韓必以經……此亦詩家極至之詣
也〔註175〕」

3. 對照前輩所論詩人地位的高下，方東樹在典律評價上的創
舉，明顯集中於「貶抑蘇李、尊崇杜韓」，尤其是韓詩地位的
提昇。所以特愛韓詩，除前述評論所指「本原六經〔註176〕、

〔註174〕 參見方東樹：《昭昧詹言》卷八，第二，210 頁。曰：「又如聖人說
興、觀、群、怨，及李習之論《六經》之恉與詞，惟杜公、韓公詩
足以當之。」台北市：漢京，1985 年。

〔註175〕 參見方東樹：《昭昧詹言》卷十，第十，227 頁。曰：「學黃必探源
於杜、韓，而學杜、韓必以經，〈騷〉漢、魏、阮、陶、謝、鮑爲
之源。取境古，用筆銳，造語樸，使氣奇，選字堅，神兀骨重，思
沈意厚，此亦詩家極至之詣也。」台北市：漢京，1985 年。

〔註176〕 另見於方東樹：《昭昧詹言》卷一，第九、第十，4頁。皆分辨前人
用功於六經、而培養才識不凡的成效。台北市：漢京，1985 年。

創化卓越」外，應在於韓愈較接近其理想的詩人氣格——卓然自立，冥心孤詣，信而好古，敏以求之，洗清面目，與天下相見者。〔註177〕簡言之，便是前項所謂「脫盡凡情」的士人傲骨。

經由前述種種論證和評析，方東樹推崇「杜、韓」爲最高典律、爲韓愈詩重新評價的創意，乃在卷一的「通論」中便完成了合理的論據與大體的輪廓。爾後的各卷，方東樹經常以「杜韓並稱〔註178〕」，甚至不斷強調學者應「以杜、韓爲依歸〔註179〕」，遂成爲學者歸納方東樹詩論的重要特徵之一，唯前出學者多未從上述根源觀點釐清，便不易掌握方東樹在本書中詮釋典律的獨特處。

對眾多「杜韓並稱」的評註實例，筆者以爲：毋需盲目將這些論證歸納、條例，而應視之爲杜、韓典律地位確定後，方東樹爲周延其說，對杜詩典律的「重新瞄準」。唯有將論證過濾、將探討焦點集中於「杜韓並稱」後杜詩詮釋的轉變，方東樹詮釋典律的創造性「誤讀」才會呈現得更清楚。

三、杜韓新典律的詮釋意義

方東樹在確立杜、韓爲學詩正統、最高詩人典律後，經常於評析中引「杜韓並稱」爲論證，刻意強調某些二家共具、且優於前人的創作成就。正面看來，是說明「最高詩人典律」的價值、以作爲支持典律的依據；由側面解讀，則必不免「重新瞄準」杜詩典律，或藉此新典律「表現」其評詩創見。綜合這些評論方向，適足以顯現方東樹獨特的評詩重點或創作理想。有此，也才眞正顯現方東樹對杜韓新典律

〔註177〕參見方東樹：《昭昧詹言》卷一，第九、第十一，4 頁。台北市：漢京，1985 年。

〔註178〕參見謝錫偉：《方東樹詩論研究》第四章 115 頁。香港：浸會學院哲學碩士論文，1994 年。

〔註179〕參見方東樹：《昭昧詹言》卷一，第九十三，31 頁。曰：「以杜、韓爲之歸，則足以盡習之論〈六經〉之語而無不包矣。」台北市：漢京，1985 年。

進行「替代」式誤讀的詮釋意義。

　　因此，在審視眾多評例後，我們發現「詩中富含義理」「筆勢氣脈壯闊」「表現自家面目」三者，是方東樹在並論杜、韓中最獨出前人、具有創意的詮釋方向，應一一加以辨析：

（一）詩中富含義理

　　由前文討論方東樹對韓詩典律的重新發現中，我們瞭解到他是秉持文道合一的原理，以「詩藝」與「義理」兼具的基準來詮釋韓詩、推崇杜韓典律。故其在詮釋韓詩典律時，也同時表明「典律化閱讀」的要點──「韓公當知其『如潮』處」，便是由強調韓詩中義理的層見疊出而著眼，認為詩中意涵應使讀者「讀之攔不住，望之不可極，測之來去無端涯，不可窮，不可竭〔註180〕」，乃足為取法。

　　因此，其推崇杜、韓詩，不同於前人僅讚賞映現於詩篇上的才氣、筆力，更以詩人胸襟寬宏、見識精深為可貴。故曰：

> 李、杜、韓、蘇，非但才氣筆力雄肆，直緣胸中蓄得道理多，觸手而發，左右逢原，皆有歸宿，使人心目了然饜足，足以感觸發悟心意。餘人胸無所欲言而強為，筆力既弱，章法又板，議論又卑近淺俚，故不足觀。山谷筆稍強猶可；放翁但於詩格中求詩，其意氣不出走馬飲酒，其胸中實無所有。故知詩雖末藝，而修辭立誠，不可掩也。（《昭昧詹言》卷十一，第二十九，239 頁）

由其要求詩篇中應發揮道理、具有「歸宿」，以饜足人心、引發感觸看來，方東樹閱讀詩文的趣味是較偏重知性、義理的，因此，曾明白表示「杜集、韓集皆可當一部經書讀〔註181〕」，可見其讀詩態度的慎

〔註180〕方東樹：《昭昧詹言》卷九，第四，219 頁。曰：「韓公當知其『如潮』處：非但義理層見疊出，其筆勢湧出，讀之攔不住，望之不可極，測之來去無端涯，不可窮，不可竭。當思其腸胃繞萬象，精神驅五岳，奇崛戰鬥鬼神，而又無不文從字順，各識其職，所謂『妥貼力排奡』也。」台北市：漢京，1985 年。

〔註181〕參見方東樹：《昭昧詹言》卷八，第十八，215 頁。曰：「杜集、韓集皆可當一部經書讀。而僻儒以一孔之見，未窺底蘊，浮情淺識，

重，與對杜、韓典律推崇的獨特角度。若參考陳文華先生對杜詩評論的考辨，此種沾染著儒家詩教觀色彩、由「憂時傷國」、「稷契自許」等思想內涵推崇杜詩的觀點，是宋人討論杜詩的重要特徵。方東樹對杜、韓詩典律標榜詩中「義理」豐富，與此一接受史的現象應該有關。

　　另外，藉此亦可知方東樹是以研讀經書的態度來閱讀詩篇，故對於漢、魏、阮、陶、杜、韓等他視為詩家正統的篇章，都慎重其事的依循「求通其詞——求通其意」的原則研讀：

> 讀漢、魏、阮、陶公、杜、韓，必求通其詞，求通其意。不獨詩也，凡讀古書皆然。鮑、謝意雖短淺，然必有其歸宿，亦古大家作者無不歸宿之意。此是微言，聖凡正俗之分以此。（《昭昧詹言》卷九，第二十，223 頁）

由引文可見，方東樹雖以「先詞、後意」為次序，但所著重則在詩意、探求「歸宿」，甚至以此為「大家」詩篇的常備條件。於是，此種精研詩篇、分析鑑賞的讀詩法，便成為方東樹「學古」的基本功夫，甚至自詡為「微言」，頗令吳闓生不以為然〔註182〕。

（二）氣脈筆勢壯闊

　　方東樹在分體評論典律時，於五言古詩部分通常以漢、魏古詩為典型，而勾勒正宗詩統時，也以「杜韓典律」能上承漢、魏、阮、陶的自然天成、文法高妙為可貴。但在衡較之際，卻也顯現杜韓典律有項特色，是超越前述各家的，其原文曰：

> 漢、魏、阮公、陶公，皆出之自然天成。惟大謝以人巧奪天工。太白文法全同漢、魏，渾化不可測。杜、韓短篇皆然，惟五言長篇不免有傷多之病，而氣脈筆勢壯闊，亦非漢、魏人所能及。（《昭昧詹言》卷一，第一二六，41 頁）

妄肆膚談，互相糾評，以為能事，遂奮筆而著之說，亦烏足為有亡哉！」台北市：漢京，1985 年。

〔註182〕參見廣文書局版：《昭昧詹言》卷九，第二十二，387 頁。上按語曰：「此說未是。大約方氏泛論多精而實指輒謬。」台北市：廣文書局，1962 年初版。

可見杜、韓等家的五言古詩，雖未必盡合漢魏古詩正體的風格體式，但其藉長篇抒寫所表現出的氣脈變化、筆勢壯闊，卻已形成超越前人的特色。方東樹之所以在「杜韓並稱」中常論及此，明顯的表現出對「氣脈、筆勢雄壯」的讚賞，主要原因有二：

1. 由詩體發展上看，古體詩流衍到唐以前（彙於文選中的詩），普遍已偏向奇巧而無生命力，故杜、韓分別在氣脈、筆勢求變化，本具有振衰起弊的作用。（可參見卷八，第五則原文〔註183〕）。

2. 方東樹評論詩文，雖偏好「豪宕奇偉有氣勢」的風格，卻又恐流於猛屬粗硬，故又強調精研詞理文法，以筆勢變化之法壯其勢而渾其跡。（可參見卷九，第十五、十六兩則原文〔註184〕）

因此，方東樹特別藉杜韓典律創變有成的例子為示範，鼓勵後人在古詩的文法上用心經營，以使意脈、氣勢上表現出特色。

同時，方東樹也由詮釋杜韓典律中，具體指出氣脈變化之妙，應自於經、史等古文的「作用」中揣摩；而筆勢的雄壯，則須在詩篇的起、接、結處經營。故曰：

> 讀杜、韓兩家，皆常以李習之論〈〈六經〉〉之語求之，乃
> 見其全量本領作用。至其筆性選字，造語隸事，則各不同；
> 而同於文法高古，奇恣變化，壯浪縱宕，橫跨古今。（《昭昧

〔註183〕 見方東樹：《昭昧詹言》卷八，第五，211 頁。曰：「觀《選》詩造語奇巧，已極其至，但無大氣脈變化。杜公以《六經》《史》《漢》作用行之，空前後作者，古今一人而已。韓公家法亦同此，」台北市：漢京，1985 年。

〔註184〕 參見方東樹：《昭昧詹言》卷九，第十五，221 頁。曰：「詩文以豪宕奇偉有氣勢為上，然又恐入於粗獷猛屬，骨節粗硬。故當深研詞理，務極精純，不得衿張，妄使客氣，庶不至氣骨粗浮而成傖俗。」。

又見方東樹：《昭昧詹言》卷九，第十六，222 頁。曰：「詩文貴有雄直之氣，但又恐太放，故當深求古法，倒折逆挽，截止橫空，斷續離合諸勢。唯有得於經，則自臻其勝。」台北市：漢京，1985 年。

詹言》卷九，第一，218頁）

漢、魏、曹、阮、杜、韓，非但陳義高深，意脈明白，而
又無不文法高古硬札。其起處雄闊，劈頭湧來，不可端倪，
其接處橫絕，恣肆變化，忽來忽止，不可執著，所以爲雄。
康樂似犯騃寒滯病，而實則經營苦思，凝厚頓折，深不可
測，高不可及。（《昭昧詹言》卷一，第九十九，33頁）

杜公以《六經》《史》《漢》作用行之，空前後作者，古今
一人而已。韓公家法亦同此，而文體爲多，氣格段落章法，
較杜爲露圭角；然造語去陳言，獨立千古。至於蘇公，全
以豪宕疏古之器，騁其筆勢，一片滾去，無復古人衿愼凝
重，此亦是一大變，亦爲古今無二之境，但末流易開俗人
滑易甘多苦少之病。今欲矯世人學蘇之失，當反之於杜、
韓，然欲學杜、韓而不得其氣脈作用，則又徒爲陳腐學究
皮毛，及兒童強作解事，令人嘔噦而已。（《昭昧詹言》卷八，
第五，211頁）

以上引見之三篇，其評註重點雖稍異，但大體皆以讚賞、學習杜、韓
在詩篇氣韻脈絡、筆力氣勢上的獨特表現爲前提。第一則評註乃基於
典律化閱讀的立場發言，認爲摹習杜、韓等大家詩篇應專取而深造，
有如鑽研經典般一一用功〔註185〕，方能領悟其內涵和作用，並以「文
法高古，奇恣變化，壯浪縱宕」簡要概括杜韓二家共同的特色；第二
則評註中，則具體提出古人詩篇結構、意脈分布上的特色與訣竅。其
言雖涵括漢魏以下大家，所謂「雄闊、橫絕」卻主要針對杜韓典律的
文氣特色；第三則評註則一一評析杜甫、韓愈、蘇軾的氣格優劣。其
中特別指出蘇軾詩雖以器識疏宕見長，卻因馳騁筆勢、而失卻古詩的

〔註185〕原文原意可參見方東樹：《昭昧詹言》卷一，第二十五，9頁。曰：
「李習之曰：『創意遣詞，皆不相師。故其讀《春秋》也，如未嘗
有《詩》』云云。竊謂此所謂入蒼葛之林，不嗅餘香者。當其讀時
學時，先須此意識，以專取之。既造微有得，然後更徙而之他。
如曹、阮、陶、謝、鮑、杜、韓、蘇、黃諸家，一一用功，實見各
開門戶，獨有千古者，方有得力處。否則，優孟笑啼，皆僞也。」
台北市：漢京，1985年。

衿慎凝重，相對地，所謂杜公「作用」、韓詩「家法」，均承自於經、史的筆法，而顯得渾厚凝練，故無蘇之失、又能救其弊，其中最值得注意者，是標舉「氣脈、作用」爲學習杜韓詩的精華，不可輕忽。

（三）表現自家面目

在前述建構以杜韓上溯的學詩正統中，方東樹藉「以杜韓爲面目」〔註186〕一語表徵杜韓典律的示範特色，其中雖有推崇意義，表彰杜韓極力開拓漢魏古詩境界的創變有成〔註187〕；回歸於摹習詩文的實際面，則更在欲學者勇於表現自家面目，而非爲求變而變。如此，方能顯現創作個性，也避免前人流弊。譬如，在討論宋詩易見「虛字承遞、時文詞意」等缺點時，方東樹也特別讚賞杜韓詩能「橫空盤硬……自然高古」〔註188〕，此乃與其詩論中「勇於變化、自見面目」的論點相契合，故以發自內心，映現詩人性情者爲可貴。有時，又以「元氣」稱之，以強調杜韓詩共同具有純任天眞的醇厚，及反應個人氣質的率直。其曰：

> 杜公如造化元氣，韓如《六經》，直書白話，皆道腴元氣。
>
> （《昭昧詹言》卷九，第三，219頁）

從這則對杜、韓元氣的詮釋可知，方東樹所謂「元氣」，有決定於天生氣質差異的因素，也會因個人涵養的重點而不同，唯杜韓皆以深厚的學養、寬宏的胸襟爲本領，故詩篇形似簡樸直書，卻因思想的豐富而精彩，且此思想雖得自古人義理的啓發，事實上須端賴個人的觀察、體會，才足以深刻而獨特。故方東樹分析其原理在於「原本前哲，卻句句直書即目，所以非蹈襲陳言」〔註189〕。其中，「直書即目」便

〔註186〕參見方東樹：《昭昧詹言》卷一，第十二，5頁。台北市：漢京，1985年。

〔註187〕參見方東樹：《昭昧詹言》卷六，第十，166頁。曰：「若杜韓則是就漢魏極力開拓，而又能包有鮑、謝。」台北市：漢京，1985年。

〔註188〕參見方東樹：《昭昧詹言》卷一，第五十三，19頁。台北市：漢京，1985年。

〔註189〕參見方東樹：《昭昧詹言》卷九，第十二，221頁。曰：「原本前哲，

是一個極能表現詩人性情、發揮變化創意的關鍵。

因此，方東樹雖以「辨體」爲前提、「學古」爲素養，甚至以「杜韓」爲典律來勉勵學詩者，只要人人能自道己意、表現性眞，依舊能「自具面目」，不至於蹈襲陳言，也不流於千篇一律。

四、陶潛詩的重新定位

在瞭解方東樹極力重塑韓詩形象，並且重新瞄準杜詩特色，以加強二家的傳承性，建立杜韓新典律的用意後，我們另需追究的是：對於原本在古詩中具有崇高地位、與杜詩並稱的陶淵明詩，方東樹又是以何種態度評論、給予定位？

首先，由第三章詩體分析表、及分卷編排等因素略觀，方東樹對陶詩相當看重，評註也極爲爲詳切。今以《昭昧詹言》全書觀之，除卷一「通論五古」中偶見引證外〔註190〕，主要集中兩處：第四卷共涵總評十八則、分評六十七則（共八十五則）詳評陶詩；又卷十三所收附錄三種以「陶詩附考」共四十六則，乃詳細考辨陶潛家世、生平，以明其志事。在這眾多的評述中，方東樹大抵承續鍾嶸《詩品》以來對陶詩「眞古、質實」〔註191〕的印象，並採取宋人謂其「語平淡、意深腴」〔註192〕的論點，而強調陶詩出於「何嘗有意

卻句句直書即目，所以非蹈襲陳言：此是三昧微言。苟能於言下契悟，比於禪家參證，一霎直透三關矣。」台北市：漢京，1985 年。

〔註190〕如可參見方東樹：《昭昧詹言》卷一，第三十一，11～12 頁。第一〇四、一〇五，35 頁。

〔註191〕參見鍾嶸：《詩品》〈上品第〉文體省靜……篤意眞古，辭興婉愜……世歎其質直……風華清靡（偏重修辭風格而評）

〔註192〕參見吳文治：《宋詩話全編》。南京市：江蘇古籍，1998 年。宋以來多沿詩品之評：或摘句歎賞之；或辨出於應璩說（《石林詩話》下）；或考詩題年號之用意（《艇齋詩話》、《韻語陽秋》）；此外，則漸有由詩義涵上評論者：

1. 論其「平者」：原指心中無愧之「平」（《彥周詩話》卷九），後則用於語平淡（應由質直的評語來），但妙在其中（《竹波詩話卷二五》），遂形成言平意遠的特殊風格。

2. 論其「意深、腴」者：如「癯而實腴，乃斂意在內」（《藏海詩

於詩」〔註193〕，故具有「直書胸臆，逼眞而道腴」的特色〔註194〕。
此外，也延續前節對漢魏詩文法高妙的「限制」，認爲陶詩是「義理
與文法合焉者也」〔註195〕。

其次，由前述二處評註中，常見考辨與商榷前人評詩觀點之說，
可知方東樹對陶詩自有其衿爲「微言勝理」〔註196〕的詮釋。其中明
顯表露方東樹對陶詩評價的例證，則是由詩中義理方面指疵陶詩於聖
人之學未達、識抱不夠正大，故不足爲最高詩人典律，不及杜、韓。
其註曰：

> 〈形〉、〈影〉、〈神〉三詩，用莊子之理，見人生賢愚貴賤，
> 窮通壽夭，莫非天定。人當委運任化，無爲欣戚喜懼於其
> 中，以作庸人無益之擾。即有意於醉酒立善，皆非達道之
> 自然。……然似不如屈子〈九歌〉〈司命〉之有下落。……

話》)、有出處之心（《藏溪詩話》卷八、第四）、詞隱難解《吳
禮部詩話》、不可由字句學《白石道人詩話》卷二。
　　明七子續讚陶詩，但角度已不同：宋人以陶詩澹而遠；明人以
陶詩屬對切、字字有味、造語極工，卻渾然天成、自然無痕。如（東
坡：質而實綺、癯而實腴）；（王世貞：托旨沖澹，造語極工）正好
相反。

〔註193〕參見方東樹：《昭昧詹言》卷四，第六，98 頁。台北市：漢京，1985
　　　　年。
〔註194〕參見方東樹：《昭昧詹言》卷四，第三，97 頁。曰：「讀公詩，須
　　　　知其直書即目，直書胸臆，逼眞而皆道腴，乃得之。質之「六經」、
　　　　孔、孟，義理詞恉，皆無倍焉，斯與之同流矣；否則，止不過詩人
　　　　文士之流。」又見於方東樹：《昭昧詹言》卷四，第十五，引東坡
　　　　評論：方東樹：《昭昧詹言》卷四，第十一，100 頁。引山谷評曰山
　　　　谷云：「『謝、鮑諸人，鑪錘之巧，不遺餘力，有意於工拙也。淵明
　　　　直寄焉耳。』」台北市：漢京，1985 年。
〔註195〕參見方東樹：《昭昧詹言》卷四，第四，98 頁。曰：「讀阮公、陶公、
　　　　杜、韓詩，須求其本領，兼取其文法，蓋義理與文法合焉者也。……」
　　　　又見於同卷方東樹：《昭昧詹言》卷四，第六十九、第七十。二例，
　　　　又分別推舉第五十九〈羲農去我久〉一篇義理可冠集；而第三十四
　　　　〈羊長史〉一篇文法可冠集。台北市：漢京，1985 年。
〔註196〕參見方東樹：《昭昧詹言》第四卷，第十八，102 頁。台北市：漢京，
　　　　1985 年。

> 於聖人大中至正盡人理之學，皆未有達。此洛、閩以前人，
> 其學識到此而止。由今觀之，杜公悲天憫人，忠君愛國，
> 而不責子之賢愚，其識抱較陶公更篤實正大也。(《昭昧詹言》
> 卷四，第十七，101 頁)

前人解陶詩情志，多舉〈詠荊軻〉以見其深懷〔註197〕，方東樹則以爲
陶淵明的「本量」，應由〈歸去來辭〉〈形〉〈影〉〈神〉等詩中呈現。
引文中以爲陶詩中本用《莊子》之理，而未達聖人盡人理之境，可見
方東樹基本上希望詩篇應表現儒家積極入世的精神，故認爲陶詩於「義
理」上有所不足，甚至明白下評論曰：「陶公所以不得與於傳道之統者，
墮《莊》、《老》也。〔註198〕」同時，他又從詩篇體製上分析，發現陶
潛所存五言古詩大多偏重於「風」的格調，而缺乏經制大篇，以致「於
雅頌之義爲缺，故不及杜韓之爲備體，奄有六藝之全也。〔註199〕」由
此可知，方東樹乃奉儒家詩教傳統中講求的「理」爲基準，從詩意與
體裁兩方面指出陶詩的缺陷，而後以「韓詩」取代其典律地位。

　　不過，在骨子裡方東樹對陶詩卻情有獨鍾，極讚賞其「眞」，甚
至最常以自己的情志作爲「期待視野」，移情式的解讀陶詩。譬如由

〔註197〕見方東樹：《昭昧詹言》卷四，第十二，100 頁。引湯漢臣〈序陶詩〉，
　　　　曰：「『陶公不仕異代之節，與子房爲韓義同。即不爲狙擊之舉，又
　　　　無漢高可託以行其志，故每寄情於首陽、易水之間。又以荊軻繼二
　　　　疏、三良而發詠，所謂「撫己有深懷，履運增慨然」者。』按此論
　　　　亦形似影響，殊不得眞。陶公本量，不在此數詩，讀〈歸去來辭〉
　　　　及〈形〉、〈神〉等詩自見。」；方東樹：《昭昧詹言》卷四，第十四，
　　　　100 頁。引朱子論點曰：「『人皆說淵明平淡。據某看來，他自豪放，
　　　　但放得不覺耳。其露出本領來，是《詠荊軻》一篇，平淡人如何説
　　　　得這樣言語。』」台北市：漢京，1985 年。
〔註198〕參見方東樹：《昭昧詹言》卷四，第三十八，111 頁。〈神釋〉下曰：
　　　　「……陶公所以不得與於傳道之統者，墮莊、老也。其失在縱浪大
　　　　化，有放肆意，非聖人獨立不懼，君子不憂不惑不懼之道。」。台
　　　　北市：漢京，1985 年。
〔註199〕參見方東樹：《昭昧詹言》卷四，第八，99 頁。曰：「陶公詩，於聖
　　　　人所言詩教皆得，然無經制大篇於雅頌之義爲缺，故不及杜韓之爲
　　　　備體，奄有六藝之全也。」台北市：漢京，1985 年。

〈羲農去我久〉詩的詳註便可見：

> 陶之飲酒，即莊之寓言，植之之日記；然植之正言不如莊，
> 質言又不如陶，而心則一也。少眞，謂皆從於苟妄也。舉
> 世習非，不得一眞，欲彌縫之，道在《六經》。崇尚乎此，
> 庶可以反性情，美風教，成治化，著誠去偽，反樸還淳。
> 無如世竟無一人問津，此其可痛可恨；而己之所懷，則願
> 學孔子，從事於此，亦欲彌縫斯世，而有志不獲，惟有飲
> 酒遣此悲憤也。以用意論，極其恍惚，以文法論，極其恣
> 肆奇妙不測。收言舉世皆庸奴，無可莊語，只有飲酒。愈
> 緩愈肆愈遠。經所以載道也，達道則無苟妄，而無不任眞
> 矣，故歸宿孔子及諸儒。言己非徒獨自任眞，亦欲彌縫斯
> 世，此陶公絕大本量處，非他詩人所能及。(《昭昧詹言》卷
> 四，第五十九，117 頁)

方東樹於評註中力倡「彌縫世道、崇尚六經；有志不獲、飲酒遣悲」
等觀點，其實應是方東樹胸中塊壘，而於註釋中藉題申論；另於評〈始
作鎮軍參軍經曲阿作〉詩，亦乘機辨君子仕隱、出處之道〔註 200〕。
故知其對陶詩獨有一種深刻體會，正如引文中自述「陶之飲酒，即莊
之寓言，植之之日記……」，方東樹雖未將陶潛標為最高詩人典律，
卻藉評註陶詩、考辨陶詩以寄情志，引為千古知己。

　　透過對杜、韓典律的反覆觀察，我們發現：方東樹藉由闡發韓詩
「去陳言」的精神，重塑其形象，並聯繫於杜詩，以勾勒出理想詩人

〔註200〕 參見方東樹：《昭昧詹言》卷四，第十九，102 頁。曰：「惟以公志
求之，則言外事外，別見高懷本量，非石隱激訐，亦非求富貴利
達……並非如沈約、蕭統所言，忠義介節，的然較然，不可浣也。
蓋仕非公所樂，而不妨仕。其曰：『時來苟冥會，聊且憑化遷。』
事時偶合，適當如此，便且如此，隨運化而遷轉，不立己以違時，
此孔子『仕止久速，無可無不可』之義。究竟不害道，亦未為失己
失義。此境此見，古今不數覯，可不表而出之乎？蓋當平時，無難
處矣。當危疑之際，庸人非作巢幕奏豭，即鷹犬爪牙。一種高人，
見幾行循。一種仁人，殉國立節。公於前二等不屑為，人知之。公
於後二等亦不求同，則非人所知。沈約、蕭統，智不足以識公，強
為傅會，轉失之誣。」台北市：漢京，1985 年。

形象。我們也藉以尋繹出強調「詩中富含義理」、「筆勢氣脈壯闊」、「表現自家面目」等，潛伏於方東樹詩論中、較不易見的評論基源。對照於第二章中由方東樹文學觀念開展的「重義蘊、講本領」「文理法合一」等論詩大要，乃具有深化論點、標立理想風格的功用。

　　同時，也由於本章三、四節分別以「詩體典律」「詩家典律」「最高詩人典律」的限制、表現、與替代為指標，我們得以一一檢視方東樹在遵循《古詩選》《今體詩鈔》典律選錄的表象下，其實藉融合筆記、評點式的評註，乃有意地進行各種形態的創造性「誤讀」，這樣的詮釋創意，通常都自然的融入選集註解中，藉選編者的公正性為偽裝，不知不覺地便改變了原有典律的形象、甚至於詩篇評價、創作地位。而今，透過布魯姆「誤讀圖示」中三類型的分析，我們乃得以釐清其詮釋的過程與特質，增加了對方東樹詩學詮釋型態的瞭解，也更確定了方東樹詩論中強烈「修正主義」的傾向。

　　但值得注意的是，方東樹雖有對前人「典律」進行種種創造性詮釋的現象，其目的並不在建構新的「典律」，而只是藉此給予新詮釋、或發揮學詩的新主張。因此，對於其典律轉移所代表的意義，以及其評論模式的遞變等現象，便有深入探究的必要。故本文後二章將參酌當代相關選集、桐城派的論述等，持續進行探究。

第七章　《古詩選》《今體詩鈔》與桐城詩學典範

第一節　選集批評與詩學詮釋的典範

一、以詩選集建立詩學典範的可能性

　　中國的傳統詩選集普遍倚重客觀化的形式包裝、或主編者的社會威信，以維持公正公平的典律權威性。因此我們只能經由選集體例的詳略，選篇的數量、分佈等細微的線索中辨析、比較。但事實上，以選集進行詩學評論的空間，並不止於此。

　　首先，經由「典律」類型的區分，我們可以發現：在看起來近似、甚至雷同的傳統詩選集體制中，由於設立「典律」類型的差異，其呈現的詩學評論意義也自然有別。

　　其次，「典律」的擁立者或後續擁立者便會藉由導讀、序例、附錄、註釋等較詳盡的體例，或評註、總論、總評等更直接的評論方式，向讀者引介「典律」的內涵，同時表達見解、企圖獲得更多正面接受、產生更強的影響力，這樣的作法，我們概稱之爲「典律化的閱讀」〔註1〕，以凸顯其指導、與示範的共同性。

〔註1〕 參見許經田 ：〈典律、共同論述與多元社會〉一文、第「一」。見陳

在前節的典律流變、類型區分中，我們便已發現：明清以來詩選集交叉運用各種典律類型、以及典律化閱讀的體例的結果，使得詩選集不止具有典律的評價、示範作用，藉典律的傳播、與文本示現，也常能有效的凝聚典律支持者的觀念，形成明確的詩學「典範」。並約束團體中的成員應遵此典範的基本定律以建立典律、或依其方法模式進行評論。

二、以典律的誤讀作詩學「典範」變遷的標記

本文在第六章的討論中，我們也發現明清詩選集不但具有多元的評論效能，藉由對重要典律的種種有創意的「誤讀」或詮釋，往往表現出後來詮釋者在閱讀理解、或詩學觀念上的新發展。

譬如前文所探討《昭昧詹言》對於漢魏「古詩」及建安曹氏父子等典律重新發現，將其典律的意義刻意「限制」於「文法高妙」、或氣勢雄壯、學養淵深，表面上雖未曾改變其作爲五言古詩「詩體典律」的地位，但典律意義由「天衣無縫——章法細密」的改變，卻使選立五古詩典律的基準（創作法則、或美感定律）明顯轉變，甚至評析的方法（「須求其本領、兼取其文法」〔註2〕）也隨之變更。類此者又如對李白典律的重新瞄準，也同樣將典律意義轉移在其詩「章法承接，變化無端」上，說明其「才氣縱逸」的緣由。試圖藉此將典律評論的模式確定在文法評析、結構講求的層面，以符應其循序摹習、以「賦得」佳篇的創作原理。

至於，《昭昧詹言》將最高詩人典律由宋代以來的陶、杜並稱，改以「杜韓典律」替代，則不僅是詩學理想、創作目標上的明顯轉變，由其對韓詩的重新發現、對杜詩的重新瞄準，乃至對陶詩的重新定位

長房等主編：《典律與文學教育》第 24 頁。台北市：中華民國比較文學學會，1995 年。

〔註 2〕參見方東樹：《昭昧詹言》卷四、第四，第98頁。「讀阮公、陶公、杜、韓詩，須求其本領、兼取其文法，蓋義理與文辭合爲者也。」台北市：漢京，1985 年。

中，我們發現方東樹和緩地在修正前人的評詩基準、轉移其詩學原
理，進而建構出有別於前人的學詩定律與門徑。

　　因此，經由前章的實際驗證，我們可以肯定：方東樹以《昭昧詹
言》對二家選集進行評註，並不只是爲學者解析作法而已，確實有其
重建詩學典範的高遠目標，前文三、四節中對詩人典律的替代、表現
等種種創意式的詮釋與誤讀，便可作爲詩學「典範」產生變遷的標記。

三、詩學典範的辨識特徵

　　「典範」（paradigms）一詞，雖是由現代學者孔恩對科學史進行
社會學角度的研究時所提出，但因其說能彰顯一項基本原理對學術集
團成員間進行研究的約制作用，已久被借用到人文科學的後設歷史研
究（meta-history）中，用以指稱某一學科在一定時期之內被遵奉的「典
範」。社群中的研究者以共有的典範爲基礎，就能信守相同的研究規
則及標準，以及因信守的態度而產生的共識〔註3〕。故所謂的「典範」
包括學科研究的全套信仰、價值和方法〔註4〕，且通常是藉由一個「範
例」來作具體示現的。

　　台灣大學教授林正弘在重新檢視、評論孔恩的「典範」概念時，
則歸結「典範」在科學理論中的涵義，應包含基本定律、方法論、儀
器、世界觀（形上學原理）等四項因素〔註5〕，並將之實證於哥白尼
革命前後的典範變遷現象。假如我們轉化其中科學實驗特有的「儀器」
一項而爲研究方法，並儘量修正爲文學的用語，則前述「典範」的概
念，主要可由「基本法則」「評論模式與研究方法」「形上原理」三種

〔註3〕參見孔恩著、王道還譯：《科學革命的結構》，第二章第54頁。台北
　　　市：允晨文化，1989年增定新版。
〔註4〕見李順媚：〈典範的衝擊──評陳國球著《胡應麟詩論研究》〉。見《文
　　　訊月刊》第30卷，239頁。1987年6月。
〔註5〕參見〈論孔恩的典範概念〉一文，歸結孔恩「典範」概念中的四個
　　　因素，藉由哥白尼前後兩個典範交替的過程，考察各項因素的演變
　　　步調。見朱元鴻、傅大爲主編：《孔恩：評論集》134頁。台北市，
　　　巨流圖書，2001年。

要素交互影響、作用而逐漸形成。再落實於中國傳統詩選集的典律結構上，則可由以下三方面考察詩學典範變遷的線索：

第一、典律的主要呈現類型、或序列方式——通常由選集的分體、分類等編排體例可見。目的在表明「典律」的意義或價值，其中也蘊含了典律提供給學詩者觀摩的基本定律、或創作法則，故可說是詩學典範「形成的核心」〔註6〕。而新典範的萌生，通常也由此部分新觀念的突破而顯現。

第二、典律評論的研究方法與基本模式——基本上便是提供學詩者鑑賞、批評詩篇的方法與示範。傳統詩選集僅以典律（文本）具體示現其批評價值，而明清選集中則常見以考證、評註或續作等方式，顯示其評價詩的基準、依循的研究方法、或批評模式。

第三、最高詩人典律的設置——是詩美典型、或創作理想的示現，將選集所表徵的創作原理具體化，也作爲考察詩學典範變遷的重要標記。

因此，藉由對一部重要選集的內容分析、典律統計或類型探討，我們可以獲知此選集所依據的重要詩學理念、或評論原則，是在特定時空下，普遍爲某一個詩學流派或團體的成員所認同、或共同信守的，便可視之爲當代的詩學「典範」。換言之，藉由選集中對詩學典律的設置類型、意義詮釋等線索的比較分析，適可用於檢視詩學典範的變遷與更迭。

〔註 6〕另參見凌平彰譯：〈文化變遷中典律運作的過程〉。見《人類與文化》，20 期 68～74 頁。1984 年 5 月。本文以人類學的角度，擴充克婁伯「文明成長」研究、與孔恩的「典範」理論，試圖將文化變遷中「典範」運作過程藉由：改革（Innovation）、典範核心部分的形成（Paradigmatic Core development）、開發（erploitation）、功能影響（functional consequence）、以及合理化（retionalimation）五個部分的相互重疊、持續出現的模式，並以英、美工業革命的個案爲印證。

四、本文借用「典範」概念的適切性

誠如前述,明清以來詩選集的編纂蓬勃、形製完善,使各時期的詩學「典律」發揮前所未有的教化功用。而各時期的選集間,也因三種「典律」類型的交叉作用而相互影響,產生繼承、或修正的關係,譬如:高棅《唐詩品彙》係首度表現明代宗唐主張的第一部選集〔註7〕,其旨趣雖與《瀛奎律髓》大不相同,卻因襲其立祖分宗的觀點,而將詩人區分爲正宗、大家、名家等類;其後李攀龍《古今詩刪》,則續成高棅的觀點,並擴充所選錄詩篇爲古、今體詩兼具。甚至清初以皇帝聖明爲名,而品評唐宋詩篇者,也可見《御選唐宋詩醇》(乾隆十五年御定)精選六家標誌爲最高詩人典律,以修正原有《御定四朝詩》(康熙四十八編)泛選宋、金、元、明詩五千八百餘家〔註8〕的作法等,凡此,皆是相類似的選集在「典律」類型上產生後出修正的現象〔註9〕,也表徵了選集所依據的詩學典範已產生變遷。

驗證於詩學發展史實,凡是經由選集的傳播、正典化而確立的文學正典,基本上都可算是文學接受的成功案例,累積有相當數量的讀者接受勢力,或被遵循爲特定文學集團的評價基準。因此,藉由各時期代表性選集的典律內容或類型比較,也常能間接呈現一代文學典範的變遷軌跡。

然而,選集的比較,須看重的意義不只是二本選集中選取典律的多寡,更在於典律所代表的二種評論價值或詮釋系統的異同。因此,對後出者而言:接受前出選集中的典律,雖可能表示大體已接受傳

〔註7〕可參《四庫全書總目提要》下冊,1068頁。對本書的解說,以爲本書乃表現明初林鴻規仿盛唐的主張而纂成。台北市:漢京,1981年。
〔註8〕據《四庫全書》總集——《御定四朝詩三百一十二卷》提要下說明:所選凡宋詩七十八卷、作者八百八十二人;金詩二十五卷、作者三百二十一人;元詩八十一卷、作者一千一百九十七人;明詩一百二十八卷、作者三千四百人。故約略合計爲五千八百家詩。
〔註9〕以上兩類例證,可詳參《文淵閣四庫全書—集部,總集類》所收錄的明清詩選集內容、及其提要、序目等資料。

統、或其所代表的一套詮釋系統，但仍需經選集序例、註解等輔助資料的檢證與確認，因其中尚有創造性誤讀（反叛）的極大空間存在。反之，若後出者在典律的選擇、詮釋差異較大，則往往將是另一個新詩學「典範」的醞釀與形成。

今倘以清初的重要選集——王漁洋編撰的《古詩選》爲中心，向前可溯觀明代格調詩論在清初的延續與修正；平行則可與同代肌理說、格律說等家的評詩趨向或選集旨趣相衡較；向後則可探求《古詩選》在清中期的接受，或對其他選集的影響。其間評詩觀念的相互滲透、修正，都可藉選集的分析與比較呈現具體線索。

至於選擇《古詩選》爲觀察起點的理由，主觀上考量，乃因它的選集體例或典律的規模，是本論文主體——《昭昧詹言》論述的基本骨架，以及另一部續作選集《今體詩鈔》的體製所本，故是詩學評論的重要參考點；再由客觀上評估，《古詩選》則是清代前中期極具公信力、且持續清中葉仍普遍爲士人接受的選集。更因其選編者王士禎在當代詩壇頗具凝聚力及權威性，生平更敏於編撰詩選集、詩話以發揮影響力，應算是方東樹之前最具有建立詩學典範能力的詩人與評論家，藉其選集來探討詩學典律的效用與轉變，應是頗適切的。

第二節　《古詩選》與王漁洋詩學典範

一、王漁洋的詩學典範內涵——以《古詩選》爲中心的觀察

由於王士禎自順治十二年進士及第後，長期任職清廷、其中三十餘年位居要職〔註10〕，深受康熙皇帝賞識、御賜匾額，具有政治權位

〔註10〕參見王士禎：〈漁洋山人自撰年譜〉所載，自康熙六（C1667）年任職禮部與詩友節設定交，至康熙四十三（C1704）年，由刑部罷官歸里，其官居要職共約三十八年。見孫言誠點校《王士禎年譜》，第42頁。北京市：中華書局，1992年。

上的優勢。加上他性好結社唱和，居職中常與各地詩人文士以詩往來贈答，致使當代學子、仕紳爭相羽附，儼然成爲康熙時期的詩壇領袖。特別是他善於發揮詩選集的典律評論效用，先後編撰《五、七言古詩選》《唐人萬首絕句選》《唐賢三昧集》等選集近十種，乃有助於將其詩學理念具體呈現於典律，藉選集建立評論模式，形成詩學集團中的共同信念、與對外的詩學標誌。故有「凡刊刻詩集，無不稱漁洋山人評點者，無不冠以漁洋山人序者」的現象，亦足以參證王士禛的論詩主張已在當世形成有力的詩學典範。

論及王士禛以「神韻」論詩的核心理念，一般學者常舉其《唐賢三昧集》爲輔證，殊不知較此早成五年，以漢魏古詩爲〔註11〕主體的《五言、七言古詩》（後稱爲《古詩選》），其實更廣爲士子、學者所流傳、接受，甚至延續至清中葉，仍爲桐城派師生奉爲教本，其所建立典律的示範與指導作用眞是既廣且遠。以下便分由典律建立的基礎概念、呈現模式與類型等方面，仔細探究王士禛詩學典範的內涵。

（一）《古詩選》建立典律的背景

承前所述，王漁洋的《古詩選》對清代前中期的詩學而言，無疑是個廣泛被接受、且具有評論效能的重要選集（典律），因爲它嘗試總結明末以來的詩論爭議，也開啓了具有清代詩學特色的新局面。

清代政權異主以來，顧亭林、王船山、馮班、吳喬等人皆分別提出不同的詩學主張，試圖總結明代以來的發展經驗。尤其錢謙益、黃宗羲兩家，更藉著評述明代的學術文章，寄託故國之思。其所闡明、歸結的詩學主張雖異，但實質上都是對傳統的儒家詩學進行修正與改造〔註12〕，而其先後以綜觀史實尋繹原理〔註13〕、於批判學風中建立

〔註11〕參見王士禛：〈漁洋山人自撰年譜〉下。將《唐賢三昧集》三卷繫於康熙二十七年，故成於康熙二十二年的《古詩選》造成約五年。見孫言誠點校《王士禛年譜》，第42頁。北京市：中華書局，1992年。

〔註12〕參見陳良運：《中國詩學批評史》298～299頁。其統觀清初半世紀的

系統論述〔註14〕的方法，則成了後輩學者的論述示範，使清代詩歌理論的歷史特徵〔註15〕逐漸明朗、成形。

　　仕宦於康熙朝的王漁洋，基本上不脫上述清代學者的思考模式〔註16〕，故在論述時也多習於折衷主義的辯證法，與歸納、考辨的內容，而意識型態上更時與政權配合、而表現所謂「濃厚的正統封建意識」（同參前註 13），可說是最早具備清代詩論特色、而開啓清初盛世風格的一家。

　　今追究王漁洋詩論的核心──神韻說，主要淵源於明代格律派諸家〔註17〕，遵循唐詩以「興會」談詩的立場；另一方面漁洋卻又兼取宋元詩，強調放開眼界、廣取博收，領會精神、不仿形跡，這種嘗試總結唐詩（明代前後七子）與宋詩（明末公安派與清初錢謙益）論爭的努力，便可視爲清人面面俱到、唯務折衷的詩論特色；也因身逢清代初盛的關鍵，清聖祖期待由詩風上反映盛世正聲，乃高舉唐詩爲標

詩論仍爲前朝移民詩人執牛耳，其論述內容雖鄙薄明代復古派，卻比他們更深入的主張復古：批評嚴羽等人，卻又悄悄接受和化用他們觀點，因此「實質是改善了傳統的儒家詩學」；而且將稍後的葉燮一家也歸屬此種典型，而王漁洋則不在此類。南昌：江西人民出版社，2001 年。

〔註13〕參見成復旺：《中國文學理論史》第一章第五節 116～123 頁。台北市：洪葉文化，1994 年。

〔註14〕參見成復旺：《中國文學理論史》第一章第三節 67～84 頁。台北市：洪葉文化，1994 年。

〔註15〕成復旺先生等學者納「清代詩歌理論的歷史特徵」有三點：論述的明晰性、體系的完整性、思想的保守性。其中前二點，都可由錢、黃二人的詩論中明確印證。參見成復旺等：《中國文學理論史》第三章第一節 441～446 頁。台北市：洪葉文化，1994 年。

〔註16〕學者歸納清代學者的思想模式爲「既有濃厚的正統封建意識，又具有注重歸納的求實精神和儒家的折衷主義辯證法」參見成復旺《中國文學理論史》第三章第一節 440 頁。台北市：洪葉文化，1994 年。

〔註17〕成復旺等學者深究神韻說的理論淵源後，提出「私淑邊貢、高叔嗣，詩承徐禎卿、王世懋，這就是王士禛神韻說的淵源所自。」的結論。參見成復旺《中國文學理論史》第三章第三節，523 頁。台北市：洪葉文化，1994 年。

準〔註18〕，群臣率起附和〔註19〕。而王漁洋倡論的「神韻」說，無論是在澹遠平和的詩境追求，或太音希聲的盛唐詩標榜，都頗能順應當世政教需求，獲得文人認同〔註20〕，甚至屢獲康熙帝特賜〔註21〕，其詩學可說開啓了清初盛世的風格。

（二）《古詩選》典律評論的模式與呈現類型

王漁洋《古詩選》（年譜載曰《五言七言古詩選》）撰成於康熙二十二年，時值其翰林酬唱、司掌國子、與主試秋闈之後〔註22〕，表面上雖極力維護「公正無私」的評選立場，僅以選取詩篇、依時序列等較客觀化的評論模式呈現「典律」，並謙稱僅「辨古詩之源流」「斟酌於風會之閒」，俾學子不爲異論所淆惑。但事實上，卻正欲藉其入執國子監、操文壇權柄的影響力，推廣其《古詩選》所建立的詩篇典律，普及其「變而不失於古」的詩學主張。

但因其採取的是《文選》《文苑英華》等傳統選集僅編選詩篇（文本）、再加傳略、序例等典律單純示現的評論方式，故顯得客觀公正、

〔註18〕 參見署名康熙皇帝所撰〈御定全唐詩、序〉，曰「詩至唐而眾體悉備，亦諸法備該。故稱詩者必視唐人爲標準。」台北：台灣商務，1986年。

〔註19〕 當時翰林編修毛奇齡與大學士馮博等人皆順承上意，大言宋詩之弊，推崇唐詩。參見張健：《清代詩學研究》第八章，387～392頁。北京市：北京大學出版社，1999年。

〔註20〕 盧見曾：〈國朝山左詩鈔序〉「漁洋以實大聲宏之學爲海內執騷壇牛耳，垂五十餘年……蓋由我朝肇興遼海，聲教首及山東，一時文人學士，鼓吹休明，黼黻盛業，地運所鍾，靈秀勃發，非偶然者也。」見《清朝山左詩鈔序》，第一葉。東海大學藏清乾隆間雅雨堂刊本。

〔註21〕 康熙三十八年，玄燁特賜御書大字一聯「煙霞盡入新詩卷，郭邑新開古畫圖」。見馬亞中《中國近代詩歌史》，頁127～128。台北市：洪葉，1994年；另見於王漁洋：《漁洋山人自撰年譜》，卷下，康熙二十至三十八年。40～55頁。見孫言誠點校《王士禎年譜》。北京市：中華書局，1992年。

〔註22〕 參見王漁洋：《漁洋山人自撰年譜》，卷下，康熙十九至二十二年。40～41頁。見孫言誠點校《王士禎年譜》。北京市：中華書局，1992年。

不依個人好惡決意，能「當於人心之公意〔註23〕」。配合其樂於引介、孚望士林的人和特質，與上述領袖詩壇的社會地位，因而使其所編《古詩選》等選集風行天下，普獲認同，順利完成「正典化」的程序，成爲當時地位崇高、影響深遠的典律。因此，從這個角度看來，我們可以確定王士禛基本上是一位看重詩選集的「典律」價值、並且擅於運用「典律」評論作用的詩論家。更特別的是，我們如仔細探究其選集體例、與典律呈現的意義，往往能發現他除了對前代典律有所繼承、修正外，也往往在選集體例、最高詩人典律等典律型態中表露其創變詩論的企圖心。

首先，由《古詩選》的編排體例中，我們尋繹各類「典律」呈現的基本原則，大體而言，約有以下三點：

1. 以選取精切、體裁單純爲標榜的學詩典律

由王士禛自比於蕭統《文選》、《詩品》等早期重要選集，並敘曰「鮮略菁英」，可見其頗以選詩品質的精良自豪。故原則上其詩選「凡入選者便足爲典律」，旨在建立一個歷時性序列的古體詩典律，便分別以五言、七言句分體式；且其評選自詡以詩篇優良、足爲範式爲準，不貴遠賤近，更不刻意標榜時代取捨，故如陳朝、北朝、隋朝等皆錄其詩，對於宋元詩，也不避諱地詳取獨立一卷的名家。可見，全書是以兼取眾長爲目標、考量學詩需求而建立的典律。

2. 以總結古體、詮釋流變爲目的的詩體典律

《古詩選》中呈現的典律，雖簡分五言、七言兩大宗，但五古包含樂府、民歌、長篇敘事詩、齊梁絕句等；七古則寬取古歌、樂府、歌行、柏梁體等，凡古體詩的歷代佳作悉蒐其詳，在廣立創作典律之餘，間以呈現體裁源流演變爲輔。而參酌伏迪契卡〔註24〕對於文學史

〔註23〕 參姚鼐：〈五七言今體詩鈔序目〉，見《方東樹評今體詩鈔》，第一頁。
　　　　台北市：聯經，1975年。
〔註24〕 伏迪契卡主張：「文學史要研究的是整個時代對各種文學現象的看法，這些看法的集中表現就是當時的文學基準。」引見於陳國球：〈試

的論點而言，此種以典律建構成的流變史，除反映出詮釋者的文學史觀外，通常更能呼應當代人的文學評價與文學需求，是文學史研究應關注的重點。如參照王漁洋的〈鬲津草堂詩集序〉〔註25〕，當時應有風行宋詩，以致厭棄漢魏古風的習尚。漁洋矯訐而撰作此集，迨欲學子上溯古體以厚其根本，因此，蔣景祁以爲《古詩選》的纂集目的，是「慮近體之衰而大振作之」〔註26〕，應是極合理的詮釋。

3. 以學而知變、自成一家爲名家典律

雖說「凡入選者皆足爲典律」，但由編排間亦可見王士禎有意的標重善於自立、轉移風氣的詩家典範〔註27〕。比方阮籍、左思、江淹等家，王士禎皆因其風格有別於當世，而將之後移、另置一卷之首；或前挪冠於該卷中同代詩人，如對謝靈運、何遜等家的作法。凡此，皆爲了能將風格獨具的詩人標立爲名家典律，使之在同代中特別受讀者重視。

此外，《古詩選》更推重善學古人、而能自成一家的詩家典律。如其評述韓愈學杜、歐陽學韓，妙處皆能直追古人：

> 杜七言，千古標準，自錢、劉、白以來，無能步趨者，貞元元和閒，學杜者唯韓文公一人耳！
> 宋承唐季衰陋之後，至歐陽文忠公始拔流俗，七言長句，高處直追昌黎，自王介甫備皆不及也……。（同見王士禎〈七

論唐七律於明復古詩論中的正典化過程〉。見：《中外文學》第十六卷、第六期，65 頁。
〔註25〕王士禎於〈鬲津草堂詩集序〉追溯康熙二十幾年間詩風之流弊，曰：「二十年來，海內開知之流，矯枉過正，或乃欲祖宋祧唐，至於漢魏樂府、古選之音，蕩然無復存者，江河日下，滔滔不返。」見田霡：《鬲津草堂詩、序》，出於《四庫全書存目叢書》集部第二五四冊。台北市：莊嚴文化，1999 年。
〔註26〕參王漁洋：《古詩選》卷首，第三、四頁。康熙三十六年間由蔣景祁所撰的序言。見：《方東樹評古詩選》。台北：聯經，1975 年。
〔註27〕以下所舉各家編排體例，具可參見《古詩選》卷首，王士禎撰：〈五言詩凡例〉。且由其文末曰「諸如此類，具存微旨，覽者遇于意言之外可焉！」可知前述各項編排，確爲王士禎有意的寄寓。

言詩凡例〉〉

由於秉此精神，則王士禛將宋元詩諸家（如：歐陽脩、王安石、蘇東坡、黃山谷、陸放翁、元遺山、虞道園、吳淵穎等）俱各自獨立一卷，廣收其佳篇，乃大大提振了宋元詩的地位。表面上看似乎是受了錢謙益「轉益多師〔註28〕」與清初宋詩熱的影響，細究其實，則不脫一貫「尊唐」的立場，只是拓寬了嚴羽所謂「以盛唐詩爲法」的論點，兼取唐宋名家典律，並選取具體的詩篇爲學者提供習作的示範。

二、《古詩選》對前代詩典律的接受與修正

藉由選集所建立的典律型態，我們既可勾勒出選編者的詩觀，也可與前代典律比較，看出他對前代典律的接受或修正。而「最高詩人典律」、與選集的主要典律類型（選集體例），應是其中最顯明可見、也最值得注意的兩項線索。

（一）《古詩選》以前重要詩選集的典律評論傾向

以《古詩選》所纂成的清康熙時期上溯，明清間現存可見的古體詩選集無多，今依各處史志載錄所見，再加以選集公正性〔註29〕、考辨正確性〔註30〕、資料完整性〔註31〕等方面的考量、刪汰，約可見以

〔註28〕錢謙益總結杜詩創作的精髓，提出「別裁僞體、轉益多師」的學詩之法，鄙視明代以來學者專以時代定高下的詩論。見錢謙益：《牧齋初學集》卷32。明崇禎癸未（16年、1643）海虞瞿式耜刊本。

〔註29〕在選集的評選態度上應力求審慎公正，如（明）鍾惺譚元春編《詩歸》五十一卷，便以割裂組詩、竄改字句而爲顧炎武、紀昀等人所抨擊；而唐汝諤《古詩解》則爲配其兄《唐詩解》而作，其分體清亂、考辨疏失而說解又多敷衍荒誕，故亦不論；（清）顧大申《詩原》則以混雜詩經、楚辭、選詩等，體例不倫，故未取。

〔註30〕部分詩選集則應採摭較廣，考證疏誤甚多，故刪而未取其說。如（明）黃溥《詩學權輿》二十二卷、（明）馮惟訥《古詩紀》、張之象《古詩類苑》一百二十卷、臧懋循《詩所》五十六卷，雖搜括無遺，但廣收封禪、頌贊等體體例過雜、考辨亦不精，乃刪而不論。

〔註31〕有部分詩選集則雖存書目，今卻未見存本，故無法評論。如（明）劉一相《詩宿》二十八卷見於《四庫全書、集部》〈總集類存目三〉中，今卻未見；劉大櫆《歷代詩約選》見於《清史稿、藝文志》中

下各部：

1. 徐師曾《詩體明辨》〔註32〕、李于鱗《古今詩刪》、曹學佺《石倉十二代詩選》——見於《明史、藝文志》。

2. 王士禛《古詩選》、劉大櫆《歷朝詩約選》〔註33〕——見於《清史稿、藝文志》。

3. 李攀龍《古今詩刪》、曹學佺《石倉歷代詩選》、陸時雍《古詩鏡》——見於《四庫全書集部、總集》。

4. 浦南金《詩學正宗》、《古詩解》、梅鼎祚《漢魏詩乘》——見於《四庫全書集部、存目》。

5. 王夫之《古詩評選》、王士禛《阮亭古詩選》——見於《叢書子目類編》。

今除王士禛《古詩選》以外，去其重複，則大約不過十家，為掌握其大致趨勢，乃藉表列以簡要分析其評選詩典律的大概：

選集名稱	時代	編撰者	評選典律的依據與主要典律類型	典律編排方式	最高詩人典律	備註規模
古今詩刪	明	李攀龍	推尊盛唐詩、而略宋元。偏重詩體典律。	依時代先後分期，再各自分體。	分論短長而不標立〔註34〕	三十四卷
石倉歷代詩選	明	曹學佺	去取不乖風雅之旨。偏重詩人典律。	依時代先後。	李白〔註35〕	五百六卷

著錄，今亦未見全本，故刪而不論。

〔註32〕《四庫全書、集部》《總集類存目二》中有徐師曾《文體明辯》八十四卷。並謂其乃取吳訥《文章辨體》而廣集之。見索引本《四庫全書總目》第1092頁。台北市：漢京文化，1981年。

〔註33〕劉大櫆的詩選集，雖由《昭昧詹言》卷十第六則（227頁）、《援鶉堂筆記》卷四十方東樹註釋，間接知其曾盛行於姚鼐等桐城門人間，但此《歷朝詩約選》今日卻未見刊本。

〔註34〕李攀龍於〈選唐詩序〉中評論杜甫以七古獨步，李白略不及，但李以五七言絕句為千古一人，五言長律則杜詩「篇什雖眾，憒焉自放矣」。見《四庫全書》第1382冊《古今詩刪》，91頁。台北：台灣商務，1986年。

〔註35〕歷代各家中以李白詩選錄最多，且唯一分佔二卷（卷四十四上、下）

古詩鏡	明	陸時雍	以神韻爲宗，情境爲主。 詩人典律爲主，由各家選篇中詩體的多寡分佈，則可顯現其專擅。	依詩人的時代先後序列。	李白〔註36〕	三十六卷·附《唐詩鏡》五十四卷
詩學正宗	明	浦南金	強調各詩體中體製之「正」者。 詩體典律爲主	自四言至七言絕句，分成九體，每體中再分正始、正音、正變、附錄四門。	無	十六卷
漢魏詩乘	明	梅鼎祚	詳於漢魏詩，以之爲正宗。 重視詩體典律。	以時代先後。	無	二十卷 欲補詩紀之佚闕
詩體明辯	明	徐師曾	綜觀流變、細辨體裁。 偏重詩體典律。	依詩歌體裁分卷，每卷下或依時代序列、或依題材分類。 僅重詩體典律。	無	
古詩評選	清	王夫之	引孔子刪詩之旨，以「別雅鄭、辨貞淫」爲務。但偏好興象渺遠、不著刻痕的詩篇。	區分詩體、再依時代、詩人先後序列。	推崇李白詩，杜詩雖多，卻傷於煩縟〔註37〕。	六卷 另有《唐詩評選》

　　以此爲依據，則可見王士禎《古詩選》以前，明清傳統詩選集的典律評選，約有以下幾個共同趨向：

　　第一、雖以倡復風雅爲號召，上溯漢魏古詩、樂府爲典律。但多視之爲本源，評選的重要典律仍集中於唐詩、下及於明詩，故同集中常詳於選錄盛唐詩，或續編唐詩選集。

　　　者。見《四庫全書》第 1387～1394 冊《石倉歷代詩選》第一冊卷四十四。台北：台灣商務，1986 年。

〔註36〕陸時雍於《古詩鏡》〈總論〉第 10 頁下至 13 頁，分論李杜優劣，基本上乃以李白得古人之境界，而杜詩病在「好奇作意」。故選篇也以李詩爲多。見《四庫全書》第 1411 冊《古詩鏡、唐詩鏡》。台北：台灣商務，1986 年。

〔註37〕參見王夫之：《唐詩評選》卷二，杜甫〈新婚別〉下評論。見王學太校點《唐詩評選》第 61 頁。北京市：文化藝術，1997 年。

第二、詩選集的編排，大多以時代爲主軸、輔以詩體分類；或以詩體區分大類，再依時序類。可見論詩辨體、與綜觀詩體流變的觀念是本階段中評選詩典律的共識。而古體詩主要以五言、七言句式分爲二流、各選立不同的詩體典律，則是各家認同的作法。

第三、詩典律的類型，常隨選集體製的分類而異，或偏重「詩體典律」、或偏重「詩人典律」。而綜觀各體、或比較各家選篇的詳略後，則僅部分可顯示其所推崇的最高詩人典律，如《古今詩刪》《古詩鏡》《古詩評選》等，多以李白典律地位略高於杜甫。

以各明清古體詩選集所歸結的評論趨向爲基點，我們乃得以考察、比較稍後王士禛《古詩選》中運用典律評論時，對前出選集的接受狀況、與修正的內容。

（二）《古詩選》對前代詩典律的接受與修正

在《古詩選》中，杜甫是王士禛定位爲最高層級的詩人典律。所謂「詩至杜工部集古今之大成，百代而下無異詞者。七言大篇尤爲前所未有，後所莫及，蓋天地元氣之奧，至杜而始發之。」〈七言詩凡例〉是故，其選篇地位乃有別於盛唐諸家，而另獨立爲一卷。這樣的評論看似尋常，一如宋元以來詩家所沿襲的「尊杜」風尚。但如相較於前述明清時期各古體詩選集，則其分體、依時序列的體例仍舊，但在「最高詩人典律」與各體「詩體典律」的詮釋上，則顯然有意進行修正。因此，我們將藉引文中評論杜甫典律的「集大成」與「始發天地元氣之奧」二個向度，分別配合《古詩選》中五古、七古典律的編排，加以深入探討：

1. 杜詩典律與五古詩體傳統的折衝

上文中方東樹評論杜甫集古今之大成，基本上是全面肯定其各體詩的成就，標立他爲古今詩人的最高典律，且強調是百代共推、

恆久不移的崇高典律。此一評語係站立在宋元明各家推崇杜詩善於學古「集諸家之長〔註38〕」、風格富於變化「無施不可」〔註39〕、且作品類型豐富「體兼一代」〔註40〕的基礎上，而加以引申、轉化，專門針對其作品豐富、兼善各體的典律功用而提出。但如對照於《古詩選》〈五言古詩卷〉中選王維詩甚多、獨缺杜詩典律，則不免顯得矛盾。歷來詩家對此點頗多爭議，今則由王士禛其他詩論中發現，其平素主張「五言以蘊藉爲主〔註41〕」；「五言著議論不得，用才氣馳騁不得〔註42〕」，故「蘊藉含蓄」應是其理想的五言古詩風格。而杜甫五古詩中多見發揚蹈厲、抒發直陳之作，正是其所指疵、避忌的類型，自然不易獲選爲典律。

同時，再檢證於詩選內王士禛所序列的典律，至少有三條重要線索可爲輔助：其選五言古詩典律，仍溯本於古詩十九首，將之標立爲源頭；評論漢魏詩，則特別推讚建安詩以「風骨」之代興（見：〈五言詩凡例〉）；且區分卷帙時，特別將「陶潛」獨立一卷，突顯爲五言古體詩的「大家」典律。可見其心目中的『五言古詩』，大抵應以古詩十九首爲基準典律（正宗），以士人抒寫風骨氣節爲內容，而以「含

〔註38〕秦觀：〈韓愈論〉，《淮海集》卷 22。由歷觀名家詩文之長而曰：「於是杜子美者，窮高妙之格，豪逸之氣，包沖淡之趣，兼峻潔之姿，備藻麗之態，爲眾家之作所不及焉。然不集眾家之長，杜氏亦不能獨至於斯也。」台北市：中華書局，1981 年。

〔註39〕王若虛：〈詩話 上〉。見《滹南遺老集》卷三八，引王安石的評論曰「至於杜甫，則發斂抑揚，疾徐縱橫，無施不可，蓋其緒密而思深，非淺近者所能窺。」台北市：商務印書館，1935 年，頁 244。

〔註40〕胡應麟：《詩藪》〈內編〉卷四。其比論李、杜二家詩曰：「唐人才超一代者李也，體兼一代者杜也。」

〔註41〕參見王士禛：《師友詩傳續錄》，云：「問：五言忌著議論，然則題目有應用議論者，只可以七言古行之，便不宜用五言體耶？」答：「亦自看題目何如？但五言以蘊藉爲主，若七言則發揚蹈厲，無所不可。」《帶經堂詩話》卷 29 第 10 則，台北：廣文，1971 年。

〔註42〕參見王士禛：《師友詩傳續錄》第 2 頁，云：「但五言著議論不得，用才氣馳騁不得；七言則須波瀾壯闊、頓挫激昂、大開大闔耳。」（帶經堂詩話卷 29 第五則）台北：廣文，1971 年。

蓄蘊藉」為典律風格,這乃是以五言唇吻流麗、足被管弦〔註43〕的格調為前題的典律基準。故筆者以為:王士禎在選取五古詩典律時,因體裁源遠流長,名家輩出、早先典律(《文選》、《詩品》)的影響力仍在,故採取先謹守「詩體各有風格本色」的觀念、再依詩人創作成就樹立詩體典律(正宗)的作法,對於「去古甚遠……無復風流蘊藉」〔註44〕的杜甫五古詩自然無意青睞。其中雖曾因鼓勵創變,而於選五言古詩卷末刻意增選唐代五家詩,卻仍然僅以「附見」的形式附於驥尾,不敢逾越其詩體典型,換言之,在漢魏傳統(正體)與唐詩傳統(變體)間〔註45〕,王士禎是採取審慎的選編態度、大體謹遵傳統五言詩典律風格的,故對於「以意為主……間有詰屈〔註46〕」的杜甫五古詩變體,殆因其格調相去已遠,故缺乏足以選立為典律的條件。

2. 標重氣格與七古詩體典律的詮釋

另一向度則指出:杜詩古今不墜的地位,實來自於創作時能「發天地元氣之奧」。此元氣,應是每位詩人「出於自心〔註47〕」的志,能盡發其奧、表現性情之真,也就掌握了詩的本質。清代徐經評杜詩

〔註43〕 參見李夢陽:〈缶音序〉「詩至唐,古調亡矣,然自有唐調可歌詠,高者猶足被管弦;宋人主理不主調,於是唐調亡矣。」見李夢陽:《空同集》。四庫全書第1262冊,卷五十二,477頁。台北:台灣商務,1986年。

〔註44〕 參(清)任源祥:〈與侯朝宗論詩〉。見《鳴鶴堂文集》卷三。光緒乙丑(十五年)任道鎔刊本,國家圖書館善本書室。

〔註45〕 本處用語係參見張健:〈五言古詩:漢魏傳統與唐代傳統之辨〉。見《清代詩學研究》第405~408頁。北京市:北京大學出版社,1999年。

〔註46〕 參見許學夷:《詩源辯體》卷十九第五則,評曰「子美五言古凡涉敘事,紆回轉折,生意不窮,雖見有詰屈之失,而無流易之病。」又與盛唐他家的著重「興趣」相較,曰「若子美則以意為主,以獨造為宗……」分見《詩源辯體》,第210,214頁。北京市:人民文學,1998年。

〔註47〕 參見:吳喬《圍爐詩話》卷二「詩貴出於自心,《詠懷》《北征》出於自心者也……」見《清詩話續編》(一),第518頁。台北:藝文印書館,1985年。

曰:「子美詩發於性情,可歌可笑,而律中黃鐘之宮,故渾灝流轉,
大氣鼓鑄……〔註48〕」適可爲前引的評論作具體的說明:只要詩人能
發性情之眞,所作詩文便自然流露獨特的風貌——氣。王士禛以「元
氣」標立杜甫爲詩家典律,其實也表明其詩學的核心概念便在發自天
眞、各見性情的「氣」。隨之,《古詩選》的七古詩典律以氣格高下爲
篩選的標準〔註49〕,也是基於此詩原理概念所衍生的評選實際。今見
其〈凡例〉自述曰:

> 愚鈔諸家七言長句,大旨以杜爲宗,唐宋以來,善學杜者
> 則取之,非謂古今七言之變盡於此鈔。
> 李何學杜,獨於沈鬱頓挫處用意,雖一變前人,號稱復古,
> 而同源異派,實皆以杜氏爲崑崙墟。

殆因王士禛基本上推崇杜甫創作詩的整體成就,故引據明代復古詩論
的觀點,以爲杜甫的七言古詩能在詞氣上具現「沈鬱頓挫」的深刻與
壯美,故足爲歷代七古詩的宗主,且以之爲重要基準來編選後繼的典
律。至此,「氣格」乃擴充爲七言古詩的詩體要素,而「沈鬱頓挫」
也成爲七言古詩的理想風格典型。因此整部《七言古詩選》中也時常
可見相關的例證:

> 南渡氣格下東都遠甚,爲陸務觀爲大宗,七言遜杜韓蘇黃
> 諸大家,正坐沈鬱頓挫少爾!
> 元詩靡弱,自虞伯生(集)而外,唯吳立夫(萊)長句瑰
> 瑋有奇氣。(以上四則皆引自王士禛:《古詩選》〈七言詩凡例〉)

此外,更以爲梁、陳至隋朝、初唐的長篇詩「氣不足以舉其辭者」不
足選;而初唐詩至李嶠以下「氣格頗高者」則宜取。由此觀之,王士
禛乃以標榜杜詩爲中心,漸進地貫串成七言古詩典律的正宗譜系——

〔註48〕 參徐經:《雅歌堂秋坪詩話》卷二。見《雅歌堂文集》,第二十八卷。
　　　　清同治甲戌(十三)年徐有林刊本,國家圖書館善本書室。
〔註49〕 參見王士禛《古詩選、七言詩凡例》,其以梁、陳、隋及初唐過於長
　　　　篇繁縟,「氣不足以舉其辭」乃無取其篇;而其所讚賞的則如李嶠氣
　　　　格頗高、李太白馳騁筆力、劉無黨風格獨高……等,可見氣格確爲
　　　　篩選基準。

詩學傳統，而「是否符合詩體風格」也確立爲典律篩選的基準。因此，由「七言古詩」卷部分觀察，其典律評論作用的原則是：先樹立最高典律——杜甫，再探討其成功要素，在於七古詩「沉鬱頓挫」的風格，由此歸結形成理想詩體的典律基準應爲「氣格」，並藉以評比各家、序列出詩家典律。

於是，王士禎所建立的七古典律，與典律形成的發展脈絡，便與前代選集所樹立的唐代七古典律（王維、李頎、高適、岑參）顯然不同，是以變體杜詩爲主脈的。也因杜詩典律的標明，使得《古詩選》分別樹立了「蘊藉含蓄」、「沈鬱頓挫」兩種詩美典型，甚至後者更受重視。使我們認識到以「神韻」論詩的王士禎，其實並不只侷限於讚賞王孟「古澹閒遠」的風格而已，其對古體詩的美感特徵，是更具包容性的。

綜合前述，得知王士禎建立典律的模式雖以典律示現爲準，客觀考察詩篇的優劣、並依循論詩「辨體」的原則，分別樹立五古、七古的詩體典律，彷彿以繼承前代典律爲基調。但在序例的評論中卻顯露了兩者間的矛盾，也對照出王士禎詮釋角度的不一致；特別是選立七言古詩典律時，顯露其對詩風的主觀偏好：採取「先詩人後詩體」的不同篩選模式，選擇以杜甫爲主脈，強調氣格、推崇變體，藉以重建七言古詩的詩學譜系；甚至於標立「最高詩人典律」時，逕自推崇杜甫爲最高，以爲諸體兼美，集歷代詩家之大成。故概括以上種種典律類型、評論方法、以及典範核心詮釋……等線索，皆可看出王士禎確實有企圖藉《古詩選》以修正舊有詩學典範的創變跡象。

但是，由於王士禎根本上確信傳統典律的絕對價值，並遵循前代典律「辨體」爲先、綜觀流變的選集體例，這使得《古詩選》中典律的呈現類型，大體顯得保守、強調客觀。故其雖有前述典律運作與評價上的少許疑議，但其所建立的古體詩典律，卻仍然獲得當代士人的普遍認同，甚至對後世詩學典範發生影響。

三、對《古詩選》詩學典範的原理探討

儘管在前述選集體製、典律評論……等分項的探討中，我們發現《古詩選》對於前出典律既有接受、也有修正的歧異態度，但卻相信，倘回歸於詩學典範的根源——詩學的形上原理省察，應可找到合理的解答。張健先生在提挈王士禛詩學的脈絡時，認爲他對明七子以降的格調說、與公安到虞山派的主性情詩學都有所繼承〔註50〕。將此評論驗核於前文的評論現象，應是相當吻合而中肯的。

由《古詩選》所遵循的分體、歷時編排體例而觀，係來自於明代格調派重辨體、尊盛唐的復古詩論遺跡，而其五言古詩不敢正取「唐詩」，則更是未能跳脫「唐無古詩」〔註51〕傳統五古典律風格的作法；相反地，其接納詩體創變，鼓勵詩家變化，甚至以杜甫七古詩「沈鬱頓挫」的變格爲主脈，則顯然與格調派崇初唐爲正體的立場相對，而有兼取公安、虞山派重性情、尚新變、反模擬的評詩傾向。而此種兼取兩端、力求折衷的思考模式與立論態度，原本便是王士禛等清代詩論家偏好「綜合」前人，以自成體系的特色〔註52〕。（詳見本節第一部分）

遂得以推知：《古詩選》的典律實踐，整體上之所以有繼承性較高、創造性稍弱的特色，殆因其建構典律的核心旨趣係以「復古」爲基調，以「創變」爲變奏，以致於有前述體例上保守客觀、但卻寓含創變觀點的現象。茲詳細分析如下：

第一、王士禛自序〈五言詩凡例〉時，直接上比於蕭統《文選》與鍾嶸《詩品》，而未論及中古以下各家詩選（如李攀龍《古今詩刪》、

〔註50〕參見張健：《清代詩學研究》，第九章、第404～408頁。北京市：北京大學出版社，1999年。

〔註51〕參見李攀龍：〈選唐詩序〉。其原文曰：「唐無五言古詩，而有其古詩」。見《四庫全書》集部、總集第1384冊，91頁上。台北：台灣商務，1986年。

〔註52〕參見成復旺等：《中國文學理論史》第三章第一節「清代詩歌理論的歷史特徵」441～446頁。台北市：洪葉文化，1994年。

陸時雍《詩鏡》等）；並自覺的針對詩體範圍、作者評價等方面提出修正，即所謂「微有同異」「鍾嶸之評韙矣」等。此種種線索均顯示王士禛的詩學演變觀是傾向於折衷式的：既趨向古典主義「以傳統典律價值爲依歸」，又體認到文學依時進展、創體變化是自然而然的趨勢。故姜宸英提挈其論詩旨趣在於「變而不失於古」，並以爲王士禛倡建立古詩典律的動機，乃源於體認到「文敝則變，變而後復於古，而古法之微，尤有默運於所變之中者」（阮亭選古詩序），此一詮釋確實相當深刻、而能切入王士禛詩論的獨到處。但他認爲王士禛對於古體詩「既防其漸，又憂其變也。」的說法則偏於保守，忽略了王士禛詩選中已隱然包含的「創變」企圖。

其實，由前文探究《古詩選》的典律評論模式時，已檢知王士禛採序列典律詮釋古體詩流變，大體便是以「復古」（就是遵循前代典律價值）爲論詩取向，故接受明代復古派以格調論詩的種種評論、與傳統詩論所塑造的重要典律，但他也藉由某些新典律的凸顯，來寄寓他「知變」的觀點。具體的例證有二：

其一、對於源遠流長的五古詩體，他係在尊重其體裁傳統風格（「蘊藉」）的前提下，特別讚揚具有「風骨」的典律〔註53〕（如建安詩人、隋朝楊處道、初唐陳子昂等）；或強調那些轉移風氣者（如將阮籍、左思另起一卷、或冠於他家），尤其是在五言古詩選中附錄唐代五家，更是其「唐無五言古詩而有其古詩〔註54〕」評論創見的體現。

〔註53〕今由王士禛《古詩選、五言詩凡例》看來，其典律的設立大體沿襲《文選》詩卷中所選的名家，爲其所偏重者（如建安詩人、西晉左思、郭璞等三杰、隋朝楊處道、初唐陳子昂等）多因其風骨卓絕，而特予標榜。見《四部備要、集部》第582冊《古詩源、古詩選》，【二、三】頁。台北：台灣商務，1966年。

〔註54〕見王士禛等：《師友詩傳錄》第五，頁129～130。「歷友、蕭亭之答略阮亭答：滄溟先生論五言，謂唐無五言古詩而有其古詩，此定論也。宗伯但截取上一句，以爲滄溟罪案，滄溟不受也。 要之唐五言古固多妙緒，較諸十九首、陳思、陶、謝，自然區別。 七言古若李太白、杜子美、韓退之三家，橫絕萬古，後之追風躡景，唯蘇長公

可見王士禎，基本上已將「變」視爲古今詩體發展的必然原則，故常見「略論五言升降之變」「非謂古今七言之變盡於此鈔」等用語。

另一方面，其雖由歷代讀者接受上肯定杜甫爲最高典律，卻不盲目因循舊說，而能斷然改以杜甫的變體爲大宗，在詮釋中融入獨家對「氣格」的偏重，藉以序列出宋、元詩各家的新典律，也對七言古詩的譜系提出新詮釋。

基於以上論證，可歸結王士禎於《古詩選》建立典律的基本法則是：先肯定建立詩學「典律」的必要性，並接受傳統典律的大原則後，再試圖重建一部分新典律。所以我們說《古詩選》的典律，基本上係由明清格調詩論中繼承與創變而來的。而當其在康熙朝完成正典化歷程後，更結合其《唐賢三昧集》等選集的纂成與流布，形成以神韻說爲中心的詩論典範，對明清以來唐宋詩的風格與評價問題作了折衷而合理的解決，遂獲得士人階層的廣泛認同，可稱得上是清初盛世以來，最普遍被接受的詩學「典範」〔註 55〕，對後繼詩人有不可忽視的影響力。

因此，凡後出的選集、詩家欲在詩論上有所超越、變革時，便自然地以之爲基準，對它提出種種擴充、修正、甚至「誤讀」的觀點。如乾隆年間沈德潛、姚鼐、奉敕編撰《御選唐宋詩醇》的梁詩正等大臣，甚至編撰《四庫全書》的紀昀等，都是其中值得比較、深究的例子。而前文第四章中所分析《昭昧詹言》在「辨體」論題上的繼承與開創，則又與王士禎此種評論態度遙相呼應。

四、《古詩選》詩學典範的漸進轉移——與清中葉各詩選最高詩人詮釋的異同

清初以來的詩選集雖多，但爲凸顯其各自論詩特點，其所標立的

一人耳。」見丁福保輯：《清詩話》。台北市：木鐸，1988 年。
〔註 55〕參見孔恩原著，王道還譯《科學革命的結構》第 234 頁〈後記——1969〉。其中對於「典範」的界定乙科學理論爲主，此處則移用於詩學理論。台北：遠流，1989 年。

典律皆不免有所偏頗、彼此間更難免齟齬不合，而王士禎的《古詩選》卻能總結前人精髓、獲得後人不斷的接受與推崇，確實是最孚公信的詩學典律。繼王士禎之後，清代康、乾年間，仍陸續有沈德潛、翁方綱、袁枚、厲鶚等家分別提倡獨到的「格調說」、「肌理說」、「性靈說」、或提倡宋詩等論詩主張〔註56〕，唯其人論述多散見於書牘與詩話中，除沈德潛外，多未能藉選集等典律形式具體呈現其詩學典律，缺乏外緣線索可驗證其與《古詩選》間的接受關係。故僅撮舉稍後由沈德潛所編、評詩範圍相近的《古詩源》為代表，以見其重塑「典律」、修正意義〔註57〕的情形；此外，纂集稍晚而挾「御選」優勢以普及天下的《御選唐宋詩醇》，則因其獨取「大家」典律、與調解唐宋的詮釋觀點，值得配合比較、探究。

（一）沈德潛《古詩源》的選集體例修正

在《古詩選》稍後的康、乾交際時期，尚有一部詩選集──《古詩源》值得注意。本書為極受乾隆皇帝賞識的沈德潛，於康熙五十八（C1719）年所編撰〔註58〕，乃是其一系列斷代詩選中的第二部詩選集，雖纂成於出仕前，卻因皇上諭令蒐藏而見重於世〔註59〕。

〔註56〕此時期詩論的遞變乃詩學史上的重要論題。可分別參見吳宏一：《清代詩學初探》。第 167～253 頁。台北市：學生書局，1986 年；馬亞中：《中國近代詩歌史》，第 124～150 頁。台北市：學生書局，1992年；張健：《清代詩學研究》，第 404～780 頁。北京市：北京大學出版社，1999 年。

〔註57〕今由沈德潛：〈古詩源序〉中，曾清楚說明其選例之異於漁洋處。可確定其接受前者論述，並試圖加以修正、創變。參見沈德潛：《古詩源》第一冊，第（3）頁。台北市：台灣商務，1966 年。

〔註58〕參見沈德潛：〈古詩源序〉，所署時間為「康熙己亥夏」，便是康熙五十八（C1719）年。見《四部備要、集部》第 582 冊《古詩源》，第一葉。台北：台灣商務，1966 年。

〔註59〕參〈任啟運傳〉記載乾隆三十七年（　），高宗諭令將顧棟高、任啟運、沈德潛等各自著述成編的詩文專集、經史等著述加以查明、抄錄、蒐存。詳見國史館：《清史稿校註》、卷四百八十八、列傳二百六十八、第 11035～11036 頁。台北縣：國史館，1986 年。

故基本上和《古詩選》相似，都是藉由君王推崇等政治優勢、順利完成正典化過程的古體詩典律〔註60〕。但相較之下，其纂成時代與後續的《今體詩鈔》《昭昧詹言》應更爲接近，於當代詩壇的流傳亦廣，甚至同樣都是以古詩之「雅」者，作爲選擇典律的基準〔註61〕，卻未能後出轉精，取代《古詩選》而被乾嘉年間的姚鼐師生接受爲教材、對後來桐誠詩派產生影響，原因何在？乃欲藉以下比較來探討。

1. 由序例概觀，選集動機相近、體例有別

由〈古詩源、序〉可知沈德潛選注本書的動機，其實與王士禛相近，皆有藉選詩而呈現流變、標立雅正詩篇的期許，所謂「既以編詩，亦以論世，使覽者窮本知變，以漸窺風雅之遺意。」乃可知同宗風雅、窮本知變，是二家選輯古體詩在理想上的接近。沈德潛並於〈例言〉中表明對《文選》《古詩選》舊有典律的部分認同，但也自敘其選擇典律與王士禛的兩大差異：

> 新城王尚書向有古詩選本，抒文載實，極工裁擇。因五言七言分立界限，故三四言及長短雜句均在屏卻，茲特采錄各體，補所未備，又王選五言兼取唐人，七言下及元代，茲從陶唐氏起，南北朝止，探其源不暇沿其流也。（《古詩源》〈例言〉第十六）

> 就五言中較然兩體：蘇李贈答、無名氏十九首，古詩體也；

〔註60〕據沈德潛本傳所述，其於乾隆四年（C1739）以六十七歲高齡成進士後，即屢獲高宗禮重，稱以「江南老名士」，乞假還葬猶賦詩餞之種種恩遇。可詳見國史館：《清史稿校註》，卷三百十二、列傳九十二、第9015～9016頁。台北縣：國史館，1986年。

〔註61〕參見沈德潛於康熙己亥（五十八年，C1719）夏所撰〈古詩源序〉自謂：「不敢謂已盡古詩，而古詩之雅者略盡於此，凡爲學詩者導之源也。……既以編詩，亦以論世，使覽者窮本知變，以漸窺風雅之遺意……」可見其選詩的標準重視「古而雅者」，而其主旨則在使學者由唐詩上溯、窮本知變，而能得「風雅之遺意」。見《四部備要、集部》第582冊《古詩源》第一冊，【一】頁。台北：台灣商務，1966年。

盧江小吏妻、羽林郎、陌上桑之類，樂府體也。昭明獨尚
雅音，略於樂府，然措詞敘事，樂府爲長，茲特補昭明選
未及。(《古詩源》〈例言〉第二)

表面上看，《古詩源》所選詩斷代較早、取錄詩體範圍較廣，似乎是
二部選集間些微的取材差異，但其決定如此選材的纂輯宗旨、詩學觀
念，卻存有不少的差別，以致影響其典律的評論模式、或呈現類型，
故有必要加以辨析。

（1）由纂集宗旨分辨，其典律意義懸殊

配合沈德潛其他著述而觀，本集是沈氏在選註《唐詩別裁》之後，
爲唐詩「探其源」而作，號稱「上極乎黃軒，凡三百篇、楚辭而外，
自郊廟樂章、迄童謠里諺，無不備采」〔註62〕。故雖於「例言」中屢
次強調其「擇其尤雅者」「雅音既遠，鄭衛雜興，君子弗尚也〔註63〕」，
但其選篇大體篩選不嚴，保存文獻的資料意義似乎高於選取典律的示
範意義，此由其例言自述遵用《詩紀》而稍加擷擇，亦可作爲重要的
分辨線索。倘藉「總集」的兩種趨向分別之，則《古詩源》雖經篩選、
卻是以「搜羅全備」爲可貴，與《古詩選》強調「刪汰繁蕪」〔註64〕
的以精要取勝，正是兩種不同的典型。正因此選集宗旨的有異，便使
二部選集所設立的典律，其代表意義相差懸殊。

〔註62〕同見沈德潛：〈古詩源序〉。今見沈德潛於《古詩源》〈序〉及〈例言〉
中自敘補充昭明文選的不足，並以「雅」爲尚，以「俗」不收。如
曰「昭明獨尚雅音，略於樂府，然措詞敘事，樂府爲長。茲特補昭
明選未及，後之作者，知所區別焉。」「事近於誣、詞近於時者『不
敢從俗采入』」。「愚於唐詩選本中不收西崑香奩諸體，亦是此意」
等等，皆可見沈氏亦以「崇雅袪俗」爲標榜。同見《四部備要、集
部》第 582 冊《古詩源》台北：台灣商務，1966 年。

〔註63〕參見《古詩源》〈例言〉第一則曰：「康衢擊壤，肇開聲詩……雜錄
古逸……茲擇其尤雅者」。及第十五則：「晉人子夜歌、齊梁人讀曲
等……，雅音既遠，鄭衛雜興，君子弗尚也。」《四部備要、集部》
第 582 冊《古詩源》〈例言〉見《古詩源》第一冊，【1】【2】頁。台
北：台灣商務，1966 年。

〔註64〕參見《四部備要、集部》第 582 冊《古詩選》〈五言詩凡例〉見《古
詩源、古詩選》第一冊，【1】頁。台北：台灣商務，1966 年。

（2）就典律的體裁觀察，過於總雜

沈德潛雖以「古而雅」者爲首要〔註65〕，但觀其所實際增入者，除了三、四言，長短句之外，多爲謠諺歌詞之類，更雜有不少口耳相傳於民間的通俗文學、與廟祝郊祀所用的古雅歌詞，句式既紛雜不一，引據來源更兼及經、史、子、集四部，致使《文選》以來「事出於沉思，義歸乎翰藻」的文學界線乃隨之再度模糊。另配合以各朝始錄帝王后妃之作、「各代詩人後，嗣以歌謠」等體例，全書似乎以「詳備一代」詩歌文獻爲特色，詩體不免過於總雜。因此，其典律的呈現便一以時代先後爲據，不同於《古詩選》執著鮮明的「辨體」觀，必先依句式分體，再詳盡一體的流變，分立各體的典律，以便於學詩者觀摩。

（3）對典律的價值取向，偏重政教功用

沈德潛雖自稱欲爲學人啓畣徑，以「爲學詩者導之源也〔註66〕」爲纂輯目的，最後卻取自陶唐、廣收《古詩選》所未備的三四言、長短雜句各體，並以「援據典實、通達奧義」爲其附帶的特色，以致《古詩源》中非但詩體總雜，也普遍重視箋釋，廣徵經史子集之內容以「疏通大義」〔註67〕。此皆因沈氏根本上遵循傳統詩教說，強調在政教體制中「詩之爲用甚廣」，故以爲郊廟樂章等典章文獻甚爲古雅而切用，甚至援引《樂府詩集》之例，輔證其「觀此可以知治忽、驗盛衰也。」

〔註65〕參見《四部備要、集部》第582冊《古詩源》〈例言〉見《古詩源、古詩選》，【1】頁。台北：台灣商務，1966年。

〔註66〕參見沈德潛：〈古詩源序〉。見《四部備要、集部》第582冊《古詩源》第一冊，【1】頁。台北：台灣商務，1966年。

〔註67〕參見沈德潛：〈古詩源、例言〉之末，自述其體例，曰：「……原無達詁也，箋釋評點，俱可無庸。爲學者啓畣徑，未能免俗耳。書中徵引，宜錄全文，緣疏通大義，非同箋註……此書援具典實，通達奧義，得三益之功居多，參訂姓氏詳列於簡。」並於後附見：尤珍謹庸（長洲）等四十五位及門人洪鈞等參訂者的姓氏與鄉里表。由此可知，此《古詩源》編選之初，即請時賢與門人針對詩中用語、典故等詳予考辨、箋釋，故謂「得三益之功居多」。見《四部備要、集部》第582冊《古詩源》第一冊，【三】頁。台北：台灣商務，1966年。

的教化論（同參〈例言〉）。

　　以所歸納三項選立典律的特色，對比於前述《古詩選》的編選，則王士禛與沈德潛最大的差異，應在於以「士人抒志、立一家之言」的心態纂集，其企圖為當代建立古體詩的正典，提供學詩者較具體的示範與指引，故嚴於篩選、勇於表露自家論詩主張，自謂「鈔不求備」「其在同志君子」（古詩選、七言詩凡例）。是具有較鮮明的士人文學本位、採取較客觀的典律基準，而與沈德潛強調「編詩者之責，能去鄭存雅」、關詩教之盛衰的操選政口吻，立場上稍有不同。桐城派論詩取《古詩選》，而未及《古詩源》，殆取決於此處選集目的、評選立場的差異〔註68〕。

2. 典律的選篇斷限不同，反映詩學史觀與評價的差異

　　《古詩源》全書不選唐以下詩，雖以『探其源不暇沿其流』一語帶過，掩飾的卻是其與王士禛在發展史觀上的差異。因為沈德潛自述其編《古詩源》的作用，在「既以編詩，亦以論世，使覽者窮本知變，以漸窺風雅之遺意」，似乎頗能通觀歷代流變。但事實上，本書纂成繼《唐詩別裁》之後，所謂「別裁偽體親風雅〔註69〕」，確立的是力復風雅、明辨正變的保守立場，堅持以唐詩為詩體的最高典律、理想風格，而極端排拒宋元詩，所謂「學者每從唐人詩入，以宋、元流於卑靡」「唐詩蘊蓄，宋詩發露〔註70〕。」，都是以時代論斷詩篇價值的

〔註68〕姚鼐曾自序其詩鈔乃為「繼漁洋之遺志」，而去取略有不同，欲「世之君子，其亦以攬其大者求之。」（五七言今體詩鈔序目），其所謂大者，應為此選評典律立場上的相近性。見《今體詩鈔》第【一】頁。台中市：中庸，1959年。

〔註69〕此命名乃取用杜甫名篇〈戲為六絕句〉第六首中「未及前賢更勿疑，遞相祖述復先誰。別裁偽體親風雅，轉益多師是吾師」的詩意，以表明其「學習前賢、去偽存正」的目的。見屈萬里、劉兆祐主編：《全唐詩稿本》第十六冊，329～330頁。台北市：聯經，1979年。另可參見沈德潛：《唐詩別裁》〈原序〉中也強調唐詩風格多樣，必須「分別去取，使後人心目有所準則而不惑者，為編詩者責矣。」台北市：台灣商務，1978年。

〔註70〕參見沈德潛：《唐詩別裁》〈凡例〉第【一】頁。曰「詩至有唐，菁

主觀評論。因此，在沈德潛以歷代典律的序列而呈現的詩學源流中，唐詩是其觀察的重心，先以《唐詩別裁集》「備一代之詩」，次則上溯《古詩源》以窮源，再以「明詩復古」、清詩「合乎溫柔敦厚之旨」，續集《明詩別裁集》《清詩別裁集》等，卻獨缺宋、元，顯示其衰微不足取的負面評價。

而王士禛則不然，雖亦高舉唐詩爲理想典律，卻強調「變而不失於古」的通變態度，對詩篇創製、新變上的努力，無論唐人與宋人卻都一樣給予肯定。因此，在對古體詩的典律評選上，王士禛便與《古詩源》斷限於陳隋，絕然捨去宋、元詩〔註71〕的詩學史觀顯然不同，認爲古體詩（特別是七言古詩）延續於唐、宋、元代，各具其風貌。因而較符合嘉、道年間桐城派姚鼐等人「陶鑄唐宋〔註72〕」的論詩趨向與期待視野。

總而言之，沈德潛《古詩源》雖與《古詩選》在溯源古體、推崇古雅的纂集訴求上類似，但細辨其選集宗旨的差異，則見典律的呈現上一重取博、一重擇精，二者並非同類型的選集；典律的代表意義上，或爲唐詩溯源、抵排宋元，或爲學古以資今、明源流而兼取，以致二部選集差異甚大。故《古詩源》雖較晚出三十幾年、更接近於乾嘉詩壇的氛圍，稍後姚鼐、方東樹等人，卻未接受其所建立的古體詩典律，反而上溯《古詩選》，遵之爲古體詩習作教材，實應基於前述評選典律立場、詩學史觀上的根本差異。

華極盛、體制大備。學者每從唐人詩入，以宋、元流於卑靡」。台北市：台灣商務，1978年。又：《清詩別裁、凡例》上冊，第【二】頁。亦曰「唐詩蘊蓄，宋詩發露。蘊蓄則韻流言外，發露則意盡言中。於未嘗貶斥宋詩，而趨向歸在唐詩⋯⋯」，皆足證其對宋、元詩確持定見。上海市：上海古籍，1981年。

〔註71〕其對唐人古體詩，則已先於康熙五十六年選入《唐詩別裁》中。
〔註72〕參見姚鼐：〈與鮑雙五〉五十八首。自述曰：「然陶鑄唐宋，則固是僕平生論詩宗旨耳。」《惜抱軒尺牘》卷上，33頁。見佚名編撰：《明清明人尺牘》。台北市：廣文，1987年。

（二）《御選唐宋詩醇》的典律新詮釋

《御選唐宋詩醇》七十四卷，係乾隆十五（C1750）年奉敕而編，去取品評雖大多出於梁詩正等數位儒臣之手，卻經清高宗明示梗概、御筆撰序，足爲代表清朝康、乾盛世的官方論詩觀點，故由典律的權威性上看，乃繼《古詩選》《古詩源》後最具影響力的詩選集，也是直接透過政治權力推動的文學正典。因此，無論在典律的意義、或典律評論型態上，均有不少差異，有必要加以衡較、析論。

1. 由〈序〉文與〈凡例〉概觀其大體

本書應視爲《唐宋文醇》的續作，專在建立唐宋詩體的「大家」典律，以擁護詩教，示「二代盛衰之大凡……千秋風雅之正則」〔註73〕，故全集僅標立李白、杜甫、白居易、韓愈、蘇軾、陸游六家，作爲歷代詩的最高典律。此體例既基於「藉大家呈現盛世風華」的宗旨〔註74〕，更具有扭轉時風、俾學子「知所趨向」〔註75〕的示範作用。因此僅選「最高詩人典律」作單一典律類型的呈現，與其他御選詩集的大規模選篇、或明清選集的多種典律類型均有所不同。

且其評選基準則大體接近沈德潛，以盛唐詩爲詩體範式〔註76〕，故序曰「宋之文足以匹唐，而詩則實不足以匹唐」；但卻不因此摒棄中唐、及宋代詩的成就，故於盛唐李白、杜甫之外，另選入白、韓、蘇、

〔註73〕 參見〈御選唐宋詩醇、序〉。見《四庫全書》第 1448 冊，《御選唐宋詩醇》第 1 頁。台北：台灣商務，1986 年。

〔註74〕 同見前〈御選唐宋詩醇、序〉，以爲「二代風華，此六家爲最」。見《四庫全書》第 1448 冊，《御選唐宋詩醇》第 1 頁。並於「凡例」中強調「大家」的重要性，以爲「惟此足稱大家」。台北：台灣商務，1986 年。

〔註75〕 參見廖美玉先生：〈清高宗與杜子美——《唐宋詩醇》評選杜詩平議〉。其文「貳、清高宗與《唐宋詩醇》」詳析清高宗評選本書的背景與目的。見《成大中文學報》第三期，第 68～71 頁。1995 年 5 月。

〔註76〕 參見沈德潛：〈古詩源序〉曰：「詩至有唐爲極盛……」。見《古詩源》，【1】頁。台北：台灣商務，1966 年。又見《唐詩別裁》〈原序〉，亦以爲其選唐詩，乃在「備一代之詩，取其宏博」見《唐詩別裁》（一），第一頁。台北市，台灣商務，1978 年。

陸等四家。此處則又對王士禎《古詩選》兼取唐宋的作法有所折衷。

2. 細究其典律內涵

由《御選唐宋詩醇》的序例與評選內容可發現，雖將李白等六人同名為「大家」典律，選編者對此六家的典律評價其實高低不一，兼取唐宋典律的理由也與王士禎有所差異，可見其評選典律的基準已漸漸轉移。此可由典律的代表意義、評論內容二方面來說明：

（1）典律的代表意義方面

由典律的代表意義分辨，「大家」典律並不等於「最高詩人典律」。故這六家間的典律地位是有等差的。雖然《御選唐宋詩醇、序》強調「二代風華，此六家為最」，「凡例」中亦表明「獨取六家者，惟此足稱大家」〔註77〕的嚴格篩選立場。但藉其後續的評述角度，卻仍可區分其評價為三等：

> 李、杜一時瑜亮，固千古稀有；若唐之配白者有元，宋之繼蘇者有黃，在當日亦幾角立爭雄，而百世論定，則微之有浮華而無忠愛，魯直多生澀而少渾成，其視白蘇較遜；退之雖以文為詩，要其志在直追杜李，實能拔奇於李杜之外；務觀包含宏大，亦猶唐有樂天，然則騷壇大將旗鼓，捨此何適矣？（見《御選唐宋詩醇》〈凡例〉一）

由凡例看來，《御選唐宋詩醇》大體以李、杜為第一級詩人。而其餘四家，則各有所長：白居易、蘇軾於當世及後代皆能持續影響力而名家；而韓愈、陸游詩，則因學古有方，且能獨創成就，亦可為大家之輔成者。但如參看其各家詩卷前的「總評」，則似乎以白居易、韓愈為第二級詩人，蘇軾、陸游地位次之。由於如此分級，乃寓有其特殊的論詩義涵於其中，為詳加說明，以下便分組辨析：

甲、李白、杜甫得性情之正

由各家卷首的總評為線索，則可知《御選唐宋詩醇》的編者以

〔註77〕參見《四庫全書》第 1448 冊，《御選唐宋詩醇》第 1～2 頁。分見〈御選唐宋詩醇序〉及〈凡例〉。台北：台灣商務，1986 年。

為李、杜兩家雖有性情、遭遇上的差異，但在詩義上「根於性情而篤於君上」、體裁上「根本風騷，驅馳漢魏」，皆同具二種面向，是所謂「異曲同工，殊途同歸者〔註78〕」。故極力主張二家才力雄傑，如瑜、亮氣格盡殊、而勢均力敵，宜並列為「最高詩人典律」。並駁白居易等尊杜之論，係只就「詞調格律」論詩的偏見，未明「作詩之本」〔註79〕。表面上，此說是為古來「李杜優劣」的爭議提出折衷式的排解，但對照於前出《古詩選》等選集的推崇「杜詩」，則《御選唐宋詩醇》實有意藉此選集，提高李白詩的典律地位，而其改變典律的明確理由則在於「根於性情而篤於君上……凡禍亂之萌、善敗之實，靡不託之歌謠，反覆慨歎以致其忠愛之志〔註80〕」。事實上，此種評價是對李白詩的刻意「誤讀」，欲藉此增添其足與杜詩「忠義之性與識遠之略」〔註81〕等特質相抗衡的條件，有因此凸顯本選集評定詩典律著重政教因素的傾向。

　　由於《御選唐宋詩醇》基本上刻意強調詩的教化功能，因此雖不反對詩、文有其共通之道，卻更發揚詩體「悠遊饜飫，入人者深〔註82〕」的特質。但此「入人」，非單純的「感動」與「共鳴」而已，是具有政教意義的「感化」功用，故其選取各家詩篇作為典律時，也以「有為而作，憂深思遠、隨處感發興寄之作」為準。也因於這

〔註78〕參見《四庫全書》第 1448 冊，《御選唐宋詩醇》卷一，88 頁。「隴西李白詩」下的評論。台北：台灣商務，1986 年。

〔註79〕同見《四庫全書》第 1448 冊，《御選唐宋詩醇》卷九，209 頁。「襄陽杜甫詩」下的評論。台北：台灣商務，1986 年。

〔註80〕同見《御選唐宋詩醇》卷一，88 頁。「隴西李白詩」下之評論。見《四庫全書》第 1448 冊，《御選唐宋詩醇》。台北：台灣商務，1986 年。

〔註81〕參見廖美玉先生：〈清高宗與杜子美——《唐宋詩醇》評選杜詩平議〉。文中抉發清高宗評選杜詩的旨趣有兩方面，其中「與政事有關者」又細分「忠義之性與識略之遠」「君主謀略與朝廷用人」「大臣職責與理亂之由」等三節。見《成大中文學報》第三期，第 65〜109 頁。1995 年 5 月。

〔註82〕同見〈御選唐宋詩醇序〉。見《四庫全書》第 1448 冊，《御選唐宋詩醇》第 1 頁。台北：台灣商務，1986 年。

樣的評詩標準,《御選唐宋詩醇》重新瞄準「忠君愛國之志」為焦點,
將李白、杜甫風格殊異的兩家詩共同標立為最高典律,其鼓勵士人
以詩歌頌功德、表露忠忱的示範意義,更藉此對李白詩「限制」、對
杜甫詩「表現」式的誤讀〔註83〕而得以彰顯。

乙、白居易、韓愈源出大家,旨歸六義

藉本書對白居易、韓愈二家的評論,更顯現專以「六義」為基準、
看重詩人之志的評詩觀點。如謂白居易詩源出於杜甫、流傳普遍,而
貴在詩家識力過人、有兼濟之志,故推崇其詩「根柢六義之旨而不失
溫厚和平之意,變杜甫之雄渾蒼勁而為流麗安詳,不襲其面貌而得其
神味者也」〔註84〕,因而評斷其創作成就僅次於李、杜大家。對於韓
愈,則讚其文章,亦推崇其詩「卓絕千古」,並極力駁斥「本無解處」
「格不近詩」等對韓詩的負面評價〔註85〕,認為韓愈生平論詩既專主
李、杜,又能在追慕中力求超越,故其詩「本之雅頌」、自成一家,
且其「其壯浪縱恣,擺去拘束,誠不減于李;其渾涵汪茫、千彙萬狀,
誠不減于杜;而風骨崚嶒,腕力矯變,得李杜之神而不襲其貌,則又
拔奇於二子之外,而自成一家〔註86〕。」甚至推崇韓詩典律「足與李、
杜鼎立」。可見於《御選唐宋詩醇》中,符合六義之旨、風雅之體,
實為詩人典律的重要基準,白、韓二家也因此而居於第二等。

〔註83〕對於「限制」「表現」的義涵,乃沿用本文第六章第三節,參考布魯
姆「誤讀」理論中的區分來表示對典律詮釋角度的創變。

〔註84〕參見《四庫全書》第 1448 冊,《御選唐宋詩醇》卷十九,405 頁。「太
原白居易詩」下的評論,以為白居易「識力涵養有大過人者」,故表
現於詩則「志在兼濟,行在獨善,諷諭者意激而言質、閒適者思淡
而辭迂。」台北:台灣商務,1986 年。

〔註85〕參見《四庫全書》第 1448 冊,《御選唐宋詩醇》卷二十七,534～5
頁。「昌黎韓愈詩」下的評論。主張「謂韓文重於韓詩,可也。」但
極力駁斥前人論韓詩「本無解處」「不工」等論點。並由「格不近詩」
「豪放有餘深婉不足」兩方面為韓詩詳加辯護。台北:台灣商務,
1986 年。

〔註86〕同見《四庫全書》第 1448 冊,《御選唐宋詩醇》卷二十七,535 頁上。
「昌黎韓愈詩」下的評論。台北:台灣商務,1986 年。

丙、蘇軾、陸游驂駕出，而通變微妙

對於宋詩名家——蘇軾，則以具「神明變化之功……能驂駕杜韓，卓然自成一家而雄視百代〔註87〕」推崇爲宋詩最高典律。並指明其所長在於「地負海涵、不名一體〔註88〕」，且對於前代名家「無所不學、無所不工」，以致氣豪體大，非後人所易學；南宋則以陸游冠於當代，說明其足爲詩人典律的原因爲：詩中多寓「感激悲憤、忠君愛國之誠」；且題材廣泛、寄意於微物之中，並歸納此二者皆得自於杜詩精神，而能於詩中「發宏深微妙之指」，以自成一家。

由此可知，《御選唐宋詩醇》在遵奉漢文化正統、鼓勵詩文爲政教服務的心理背景下，極力倡復儒家傳統詩教觀中的六義之旨、風雅之體，並以此爲焦點，重新瞄準唐宋六大家，分別爲其引證、羅織有例的典律詮釋，而標立爲「千秋風雅之正則」。但事實上，其「最高詩人典律」仍屬意於李白、杜甫二家（特別是以杜詩「感激悲憤、忠君愛國之誠」爲基準，來詮釋他家詩，並以此擢昇李白詩地位）；其於四家，則依其對李杜典律精神的繼承多寡，而評定其地位高下。此一典律評價的層次，在後來紀昀的《四庫全書總目中》乃爲之作了明確的詮釋，曰：

> 李白……才華超妙爲唐人第一：杜甫……性情眞摯亦爲唐人第一：平易而最近乎情者，莫過於白居易：奇拗而不詭於理者，無過於韓愈：至於北宋之詩，蘇黃並駕；南宋之詩，范陸齊名。然江西詩派實變化於杜韓之間，既錄杜韓可無庸複見；石湖集篇什無多，才力識解亦均不能出劍南集上，既舉白以概元，自當存陸而刪范。（〈御選唐宋詩刪提要〉，《四庫全書》第 1448 冊，《御選唐宋詩醇》第 85 頁）

雖然在對詩家典律意義的詮釋上稍有不同：如以李白「才華超妙」、

〔註87〕同見《四庫全書》第 1448 冊，《御選唐宋詩醇》卷三十二，605 頁下。「眉山蘇軾詩」下的評論。台北：台灣商務，1986 年。

〔註88〕同見《四庫全書》第 1448 冊，《御選唐宋詩醇》卷三十二，606 頁上。「眉山蘇軾詩」下的評論。台北：台灣商務，1986 年。

白居易「平易而最近乎情」，但這樣三層次的典律地位區分，顯然在《御選唐宋詩醇》的評選旨趣上持續闡發。

（2）評論內容方面

藉上述宏觀與細究的研究視角變換，我們乃瞭解《御選唐宋詩醇》兼取唐、宋詩人典律基本上是反映了康熙以來宋詩熱〔註89〕後，清代詩家們趨於折衷、調和唐宋詩的評論傾向，故其典律排序與《古詩選》選篇狀況相當符合〔註90〕、也與《古詩源》尊崇盛唐詩的立場一致。只是《御選唐宋詩醇》藉由代表詩家的典律評價，更明確地釐定唐宋詩的主、次地位。但同時也顯示了一些與前述選集評論上的差異，可作為詩學典範漸進遞變的參考線索：

甲、對韓愈典律的定焦

自北宋以來，韓愈詩的評價一直是詩家爭訟的議題，《御選唐宋詩醇》中則不但將韓詩列為重要典律，也試圖為韓詩「格不近詩」「深婉不足」等歷代累積的批評辯駁、以便重新定位，故提出極中肯有力的典律論據——韓愈乃善於追慕李杜、效其創變詩體精神者，因性不近於「風」，故「本之雅頌以大暢厥辭」，如此則不但穩固了韓詩的大家典律地位，甚至更成為後人學古創變的楷模。此一詮釋觀點，到了《四庫全書總目提要》中，紀昀乃以「奇崛而不詭於理者，無過於韓愈」，將之明朗化的詮釋出來。

乙、各家才力多見於古詩

《御選唐宋詩醇》於「凡例第二」中明白論述：「大家全力多於古詩見之……」原文或為其選篇多寡說明，但將其聯繫於前述詩教觀的典律基準、與李杜最高的評價地位思考，則其下文頗耐人尋味，所謂：「就近體而論，太白便不肯如子美之加意佈置；昌黎奇傑之氣猶

〔註89〕參見張健：《清代詩學研究》第九章〈對七子、虞山詩派的繼承與超越：王士禛的詩學〉，375～403頁。北京市：北京大學，1999年。

〔註90〕參見本文第參章第三節所附「詩體分析表」，其中七言古詩中唐朝以杜甫選錄最多，宋朝則以蘇軾、陸游先後居一代之冠。

不耐束縛；東坡才博有似不免輕視……」。

其言下之意，乃以各家「古體詩」創篇較多故選取亦詳。但亦間接反映出古詩格律自由，較適於大家馳騁才力的詩體特質。因此，《御選唐宋詩醇》重視古詩，除了前述便於重申詩教的作用外，也由此發展出「會通詩文〔註91〕」原理的傾向。

丙、由「李杜典律」反映出重性情的創作理想

由前述《御選唐宋詩醇》推崇李白、杜甫爲最高詩人典律時，皆共同強調「性情」〔註92〕的現象看來，清代詩學發展至乾隆、嘉慶時期，已建立「詩重性情」的共識。雖然較論於前期詩論如黃宗羲、王船山的重「情性」，葉燮以「理、事、情」並列，王漁洋則以「神韻」論之……等相關論述〔註93〕，本選集所謂的「性情」，仍侷限於傳統詩教觀中專指積極社會化的人性、符合教化倫理與忠君愛國的意涵，但已能包容各詩人性情對創作風格的影響、接納風貌各具的創作表現。並進而形成明確的評詩模式，乃曰：

> 論古人之詩，當觀其大者、遠者，得其性情之所存，然後
> 等厥材力、辨厥淵源，以定其流品，一切悠悠耳食之論，
> 奚足道哉？（《御選唐宋詩醇》卷一、「隴西李白詩一」下，88頁）

這樣以分辨詩人性情之特性爲前提的評論態度，已顯然擺脫《古詩選》所遵循明代以來「辨體」爲先的評詩模式，隱約顯露典範轉變、更換

〔註91〕其實於《御選唐宋詩醇、序》中已見會通詩文原理的觀點。所謂「夫詩與文豈異道哉？昌黎有言，氣盛則言之短長與聲之高下皆宜……」見《四庫全書》第1448冊，《御選唐宋詩醇》第1頁下。台北：台灣商務，1986年。

〔註92〕《御選唐宋詩醇》總評李白時，謂其「根於性情而篤於君上」，評杜甫詩則強調「原本忠孝，得性情之正，足承三百篇墜緒」。分見《四庫全書》第1448冊，《御選唐宋詩醇》卷一第88頁下；卷九第209頁下。台北：台灣商務，1986年。

〔註93〕詳細論述，可參閱成復旺、黃保眞編：《中國文學理論史——明清鴉片戰爭前時期》，第一章第三、五節；第三章第一至三節。台北市：洪葉文化，1994年；又霍有明撰：《清代詩歌發展史》，上篇第一、六、七節。台北市：文津，1994年。

的痕跡，可視爲清代詩學中詩人主體因素影響典律基準的觀念演進。此對後來桐城派論詩文皆重「氣格」、講「性情」，應有相當程度的影響。

而以上「崇韓詩」「通詩文」「重性情」三者，大抵可代表《御選唐宋詩醇》與王士禛、沈德潛等家古詩選集在評選詩學典律時，所表現出「大同」中的「小異」。而這些粗具規模的詮釋創意，則可在稍後桐城派詩論中發現部分接受此「正影響」（positive-influence），而持續發展的線索，但同時也存在對所選取的宋詩典律（蘇軾、陸游）產生「負影響」（negative-influence）的關係〔註94〕。凡此，皆可視爲《古詩選》後詩學典範不斷變遷中，所產生值得深入探究的現象，藉由典律的意義與地位變化爲線索，我們可以更清楚的比較出來。

但在這些詩選集的先後影響、修正關係中，尙有一處相關的典律詮釋不可忽略，便是前文所論及：紀昀《四庫全書總目提要》對各選集的評論與詮釋觀點。《四庫全書》約成於乾隆四十六（C1781）年間，總纂官紀昀校畢四庫全籍而上提要，時距王士禛纂成《古詩選》已近百年〔註95〕，與最近的《御選唐宋詩醇》也已隔三十餘年。雖然《四庫全書》集部中並未收錄《古詩選》〔註96〕，但在《御選唐宋詩醇》提要中卻予以評析，正可與《四庫全書》纂編者對《御選唐宋詩醇》的接受態度相互比較。

整體而言，紀昀的〈提要〉尙能掌握《御選唐宋詩醇》遵奉儒家詩教觀以評論詩人典律的核心旨趣，故贊曰：「以孔門刪定之旨，品

〔註94〕此所謂「正影響」「負影響」的義涵，是依據現代比較文學理論中「傳譽學」的方法而區分。參見劉介民：《比較文學方法論》第四章，241～244頁。台北市：時報文化，1990年。

〔註95〕王漁洋《古詩選》的編撰，據年譜載曰《五言七言古詩選》）撰成於康熙二十二（C1683）年，故紀昀提要約晚出九十八年左右。見孫言誠點校《王士禛年譜》。北京市：中華書局，1992年。

〔註96〕四庫全書集部總集中雖有收王士禛所編《二家詩選》《唐賢三昧集》《萬首唐人絕句》卻未收其《古詩選》。同時，沈德潛的《古詩源》也未收錄。

評作者、定此六家，乃共識風雅之正軌」，實爲詩教之幸、六家之幸〔註97〕。並且，承繼此精神爲六家評價分出次第，以平易近情推崇白居易詩、以「奇崛」論韓愈詩（已見於上述）。而其詮釋上採取的誤讀創意，則大概可見於二處：

其一，以詩體盛衰流變的歷程，爲唐、宋詩確定演進關係，屏棄絕對的時代評價。故其開篇即曰「詩至唐而極其盛，至宋而極其變，盛極或伏其衰，變極或失其正……」。乃持平地改由體裁流變的角度進行評述，故本意雖仍以唐爲正、宋爲變，但已轉變了《御選唐宋詩醇》明白論斷宋詩「實不足以匹唐」的主觀立場。而其「盛極或伏其衰，變極或失其正」一語，則在客觀中略嫌保守，與王士禎《古詩選》中樂見詩體進化、強調「創變」的精神也不相同，故在詩體發展史觀上〈提要〉已顯然與前二家立場不同。

其二，〈提要〉對宋詩，但取蘇軾、陸游二家，將黃庭堅詩視同於江西詩派，並爲之溯源於杜韓，故「無庸複見」；又將范陸之異比附於元白之風格相近，而高下有別，故刪去范詩〔註98〕。此雖與《古詩選》中詳錄北宋歐陽脩、王安石、黃庭堅等諸家七言古詩的「兼取」立場有別，卻又較《御選唐宋詩醇》直接指斥「魯直多生澀而少渾成」，態度上溫和許多。看似對宋詩他家（特別是黃庭堅等精於鍛鍊的一脈）已較爲接納，典律的評選基準也較爲寬鬆。但其仍明確反對「宗宋」，認爲宋詩之弊在於「不解溫柔敦厚之義，故意言並盡、流爲鈍根」。

至於對王漁洋《古詩選》這本早出選集，基本上是肯定其影響作用，卻不認同其「神韻」詩論觀點的。是故，一則推崇其在清初廣爲

〔註97〕參見紀昀：〈四庫全書總目提要——唐宋詩醇提要〉。見《四庫全書》第1448冊，《御選唐宋詩醇》第86頁上。台北：台灣商務，1986年。
〔註98〕其序雖以「《石湖集》篇什無多，才力識解亦均不能出《劍南集》上」爲刪略的理據，但其主旨當在強化「崇雅正」的立場，故排斥范詩之淺俗。同見紀昀：〈御選唐宋詩醇提要〉。見《四庫全書》第1448冊，《御選唐宋詩醇》第85～86頁。台北：台灣商務，1986年。

接受、深具影響，所謂「國朝詩家選本，惟王士禛書最爲學者所傳」。再則謂其勇於遵守「辨體」原則，屏棄大家典律，自成一家之言。「《古詩選》五言不錄杜甫、白居易、韓愈、蘇軾、陸游；七言不錄白居易，已自爲一家之言；至《唐賢三昧集》非惟白居易、韓愈皆所不載，即李白、杜甫亦一字不登」但其言下之意，乃對其典律結果頗不以爲然。遂以「物窮則變」爲原則，說解明末清初以來詩風嬗變的現象，將王士禛「神韻」詩論置於「宗宋派」的對立面來討論，而後執詩教觀的「溫柔敦厚」「興觀群怨」二說指出其各有所偏〔註 99〕，以爲當藉趙執信《談龍錄》說濟其理、並可預防神韻說流弊〔註 100〕。因此，對於王士禛平生撰著詩選、詩論甚多，《四庫全書》中乃刪去大半，《古詩選》三十二卷便在汰除之列。尤其是對五言古詩略取唐人，致杜詩以變聲見廢；七言歌行略於初唐等評選體例，多直斥其非，以爲拘於個人偏好，格局與視野太小，而評曰「蓋一家之書，不足以盡古今之變〔註 101〕」。

綜觀以上三處線索，則知：儘管王士禛知遇於康熙朝，其所倡典律、詩論盛行於士林，蔚爲當代重要的詩學典範。然未及百年，《唐宋詩醇》的編選者即挾「御選」之優勢重塑新的詩典律，到了《四庫

〔註99〕參見紀昀：〈御選唐宋詩醇提要〉。曰「蓋明詩模擬之弊極于太倉歷城，纖佻之弊極于公安竟陵。國初多以宋詩爲宗，宋詩又弊，士禛乃持嚴羽餘論倡神韻之說以救之。故其推爲極軌者，惟王孟韋柳諸家。洎乎畸士逸人，各標幽賞，乃別爲山水清音，實詩之一體，不足以盡詩之全也。──宋人惟不解溫柔敦厚之義，故意言並盡，流而爲鈍根；士禛又不究興觀群怨之原故，光景流連變而爲虛響。各明一義，遂各倚一偏，論甘忌辛、是丹非素，其斯之謂歟？」《四庫全書》第 1848 冊，《御選唐宋詩醇》86 頁下。台北：台灣商務，1986年。

〔註100〕參〈唐賢三昧集提要〉〈談龍錄提要〉。分見索引本《四庫全書總目》第 1078 頁下、1119 頁上。台北市：漢京文化，1981 年。

〔註101〕參見〈四庫全書總目、集部總集類存目四〉《古詩選三十二卷》。見索引本《四庫全書總目》第 1103 頁下、1104 頁上。台北市：漢京文化，1981 年。

全書》立館纂集，王士禛詩選集的地位已被邊緣化，由當代詩選集中抽繹出的詩學原理、詩體史觀、甚至評詩基準也都顯然可見改變的軌跡。而這個官方所倡「明復風雅、實尊唐詩」的詩學新趨向，其實早在康熙末年、乾隆初期已由沈德潛爲首的格調派詩人所指出，故前述對王士禛詩論流爲虛響的批判，其實可說是爲解決沈德潛詩教說中的矛盾與不夠周延〔註102〕，而欲藉《四庫全書》將康、乾以前的一切詩學論爭作平和的調解。但是到了嘉慶年間，反而有《今體詩鈔》、《昭昧詹言》等選集與評註，越過此官方選集所樹立的詩學典範，明確標示對《古詩選》接受、繼承的選集與評註出現，其所欲彰顯的典律意義、與詮釋觀點的轉變，實有深入研究的潛力。

第三節　姚鼐《今體詩鈔》與桐城詩學典範的初成

一、《今體詩鈔》對《古詩選》的接受

　　姚鼐續作《今體詩鈔》係在嘉慶三年前後，但桐城姚門師生推崇漁洋《古詩選》，並作爲學詩教材則已行之有年〔註103〕。姚鼐於序例中自述其建立此今體詩典律的目的與原則，曰：

> 論詩如漁洋之古詩鈔，可謂當人心之公者也，吾惜其只論古體而不及今體……因取唐以來詩人之作，采錄論之，分爲二集十八卷，以盡漁洋之遺志。（〈五七言今體詩鈔序目〉）

由上得知，《今體詩鈔》基本上是接受《古詩選》正影響的，故明確以續作選集爲標榜。並且姚鼐在建立近體詩新典律時，對王士禛古體詩典律所採的評論基準也大體遵循，遂以「盡漁洋之遺志」自命。是

〔註102〕沈德潛詩論雖倡詩教說，卻對王孟詩派特有偏好，遂以「教外別傳」說釋之，學者多以此爲其詩論之病。參見張健：《清代詩學研究》第565～569頁。北京市：北京大學出版社，1999年。

〔註103〕參見姚鼐：《惜抱軒尺牘》頁38，〈與管異之〉六首之一，曰：「吾向教後學學詩，只用王阮亭五七言古詩鈔，今以加于賢，卻猶未當。」可見姚門原習於以此選作爲學詩教本。

故，由《今體詩鈔》的選集體例與編排作法上全面檢視，的確可尋獲許多與《古詩選》近似的典律評論線索：

（一）在詩體風格的關注方面，姚鼐對各詩體也如《古詩選》般，強調各體應有獨特的論詩偏重、與典律標準。首先指出「精警」「儷偶調諧」應爲「律」體的基本特徵。故以五言律詩須能「氣韻兼具」，因此淘汰了大歷、貞元時期的五律，也以元稹、白居易等家的長律精警不足而不取〔註104〕。七言律詩則「尤貴氣健」，杜甫七律遂因此稱盛古今，黃山谷也以兀傲磊落之氣突出於宋代；而齊梁七律則因「氣躓」被引以爲病〔註105〕。由此可知，姚鼐建立近體詩典律時，既重視近體詩在體裁上應有其藝術特徵，也與王士禎一樣，以「氣」格爲基準來篩選典律。

（二）在標榜大家與名家典律方面，姚鼐也承續漁洋之例，而更加鮮明之。主要是五、七言律體都推崇杜甫爲最高典律，古今無雙。而後分體立名家：五律以王、孟最得禪趣高妙，太白獨成仙境；七律則以王維獨冠盛唐，蘇軾、陸游繼起於兩宋。對以上各家，姚鼐皆循《古詩選》之例，將之獨立一卷，以示看重。至於那些模仿大家而能創變有得的詩人，（如大歷詩人韋蘇州、劉夢得等因「體宗王孟」、李商隱詩「略有杜公遺響」），姚鼐也於詩鈔中特予標重，列爲各卷之首。類此之例甚多，皆可視爲對舊典律體製上的接受與沿襲。

二、《今體詩鈔》對《古詩選》的創意誤讀

穿越此類形式上緊密接軌的現象，我們也發現姚鼐頗能掌握了王士禎「尊古而知變」的評詩精神，並由此創新變化，衍生了「崇雅黜俗」、「兼取唐宋」兩方面的新詮釋。

〔註104〕參見姚鼐：〈五七言今體詩鈔序目〉，第二、三頁。見《方東樹評今體詩鈔》。台北市：聯經，1975年。

〔註105〕同參姚鼐：〈五七言今體詩鈔序目〉第二頁。見《方東樹評今體詩鈔》，第一頁。台北市：聯經，1975年。

（一）由「崇雅正」而「黜流俗」

對照《古詩選》與《今體詩鈔》選立典律的結果，確實具有「尊古而知變」的傾向：因為「尊古」，所以維持對前代「典律」的尊崇，確信藉由優良典律的建立，足以維繫詩學統緒，讓後人經由摩習提昇創作品質；也因「知變」，故鼓勵歷代詩人進行體裁創變，更期勉今人學古而能新變其體。但因基於「士人言志」的本位，王、姚兩家都只選編五、七言的「雅正」詩體，而略及於雜體、民歌等通俗的詩篇。故以今觀之，便有偏重「美文傳統」與「詠懷傳統」的繼承，而略於民歌傳統〔註106〕的傾向。但是，姚鼐於當代並不易有此覺察，並進一步指明「雅正」為繼承漁洋、亟須提振的評詩基準，故曰：

> 吾觀漁洋所取舍，亦時有不盡當吾心者，要其大體雅正，
> 足以維持詩學、導啟後進，則亦足矣！今吾亦自奮室中之
> 說，前未必盡合於漁洋，後未必盡當於學者。然而存古人
> 之正軌，以正雅祛邪，則其說有必不可易者，世之君子其
> 亦以攬其大者求之。（〈五七言今體詩鈔序目〉）

據此所言，姚鼐設立《今體詩鈔》典律的作用，乃基於「維持詩學、導啟後進」的實際需求，而以「存古人之正軌、以正雅祛邪」為最終目的。換言之，面對廣大學詩士子，姚鼐特別以「雅」為宗尚、標榜對詩教傳統的維護，表面上似乎比王士禎為保守，但如配合以政教情勢觀察，則知其應為當代詩論的共同趨向：首先回顧前文所述，纂成於康熙末年〔註107〕的《古詩源》中，沈德潛除發揚傳統詩教說之外，已屢次強調「古而雅」為其選篇特色，而稍後二部標榜「御選」的詩文選集——《御選唐宋文醇》《御選唐宋詩醇》，則皆見序文中強調「錄其言之尤雅者」「示千秋風雅之正則」等準則，乃至乾隆十九年清高

〔註106〕參呂正惠：《杜甫與六朝詩人》。第二章「漢魏晉詩的三個傳統」，13～14頁。台北市：大安，1989年。

〔註107〕據沈德潛：〈古詩源序〉所署日期，應是成於康熙五十八年，西元1719年。見《四部備要、集部》第582冊《古詩源》，第一葉。台北：台灣商務，1966年。

宗論令科舉詩文體格應以「清眞雅正」爲宗﹝註 108﹞，欲借「雅正」
的詩文風格以呼應（或妝點）政治盛世，已儼然成爲乾隆時期明顯而
強烈的文學氛圍。

　　纂成於嘉慶初年的《今體詩鈔》自然有順應政治情勢的必要與可
能性。不過，另就其強烈批判元、白詩以「流易之體」開「滑俗之病」
看來，其除了「崇雅正」的訴求外，其實係針對特定的對象而發出「黜
流俗」的批評。今參照姚鼐見於他處的評論，曰：

> 五七言今體詩鈔新刻本頗佳，今以一部奉寄。吾意以俗體
> 詩之陋，鈔此爲學者正路耳。
>
> 吾以謂學詩不經明李、何、王、李路入，終不深入。而近
> 人爲紅豆老人（惠棟）所誤，隨聲詆明賢，乃是愚且妄耳。
> （二則同見《惜抱軒尺牘》卷上，頁六十六〈與陳碩士〉九十六首）
>
> 近體只用吾選本，其間各家，門徑不同……同者必歸於雅
> 正，不著纖毫俗氣，起復轉折必有法度，不可苟且草率致
> 不成章。（見《惜抱軒尺牘》卷上，頁76，〈與伯昂從姪孫〉十一首
> 之一）

姚鼐於此時刻意提出「雅」爲典律準則，倡復風雅、批判俗體，雖可
說是沿王士禛復古的方向，實際上卻已順應當代政治局勢、針對詩風
流弊，而進行了詩學閱讀上所謂的「延遲」或「意義偏轉」﹝註 109﹞。
因此，其所標榜的「雅正」，雖有與《古詩源》、《御選唐宋詩醇》相
近，溯源自《詩經》「風」「雅」正體的聯想，其實卻是對乾、嘉年間
「俚俗、牽易」詩體的反動。故姚鼐明確要求門生作詩須「不著纖毫

﹝註108﹞ 參《欽定大清會典事例》卷 332〈禮部、貢舉、試藝體裁〉中所錄，
　　　　乾隆十九年：「場屋制義，屢以清眞雅正爲訓。前命方苞選錄《四
　　　　書》文頒行，皆取典重正大、足爲時文程式，士子咸當知所崇尚矣。
　　　　而浮淺之士，竟向新奇。……著將《欽定四書文》一部，交禮部順
　　　　天府存貯內冪，令試官知衡文正鵠。」其對文風之抑遏應有相當影
　　　　響。見楊學爲等三人主編：《中國考試制度史資料彙編》335 頁、336
　　　　頁左。合肥市：黃山書社，1992 年。
﹝註109﹞ 參見哈羅德、布魯姆著，朱立元、陳克明譯：《文學影響論——誤
　　　　讀圖示》第四章，63～80 頁。台北：駱駝，1992 年。

俗氣」、並追求「起復轉折必有法度」，同時也藉選集的過濾，禁絕學子浸習於近體流風〔註110〕、而誤循於惡派〔註111〕，甚至曾作詩曰「淺易詢灶嫗，怪顯趨虯戶……曉曉雜市井，喁喁媚兒女〔註112〕」直接表示出對性靈派、浙派詩等特異詩風的攘斥。

（二）從「兼取唐宋」到「陶鑄唐宋」

另一方面，延續王士禛鼓勵詩體創變、兼取唐宋詩的方向。姚鼐雖於《今體詩鈔》內五言律詩卷明標王、孟詩爲正體，卻同時廣錄杜甫五律詩，甚至大量增選其長律，獨立爲第二卷，並且詳予註解其章法轉折、與結構變化之妙，顯示出選編者姚鼐對杜甫排律「包涵萬象」「運掉變化」的風格特別欣賞，頗欲藉此培養學子具有前述「起、復、轉、折必有法度」的實力；此外，於七言律詩卷內也大量選立宋、元詩家爲典律，其中陸游、蘇軾的詩篇數甚至超越杜甫等唐詩大家。凡此種種例證，皆可視爲姚鼐對其「陶鑄唐宋」〔註113〕論詩觀點的具體實踐，更是源自於對《古詩選》「知變」原則的意義轉移。同時，也側面反映出清代詩學發展到乾、嘉時期的姚鼐，已漸擺脫明代以來學者好以時代爲區隔，來主觀論斷詩學價值的侷限，逐漸回歸以詩篇本身的藝術特質來評定典律價值。

〔註110〕王士禛的陽羨受業門人蔣景祁於康熙三十六年序曰「今之詞人熟於近體而疏於古風者強半焉！……」見王士禛：《古詩選、序》，第（5）頁。見《四部備要、集部》第582冊《古詩選》，台北：台灣商務，1966年。

〔註111〕姚鼐曾明確批判性靈說與宋詩的流弊，曰「今日詩家大爲榛塞，雖通人不能具正見。吾斷謂樊榭、簡齋皆詩家之惡派。」參見姚鼐：《惜抱軒尺牘》卷上，頁34〈與鮑雙五〉，見佚名編：《名清名人尺牘》。台北市：廣文，1987年。

〔註112〕此爲姚鼐：〈與張荷塘論詩〉詩中的數句，第一句批評性靈流俗，第二句則指出浙派以怪顯爲奇，二者皆不脫凡俗之氣。見《惜抱軒詩文集》，〈詩集〉卷四，485頁。上海市：上海古籍，1992年。

〔註113〕參見姚鼐：《惜抱軒尺牘》卷上，頁33〈與鮑雙五〉十八首，其中第二則曰「見譽拙集太過，豈所敢承？然陶鑄唐宋則固是僕平生論詩宗旨耳。」見佚名編：《明清名人尺牘》。台北市：廣文，1987年。

　　此外，在評立詩典律的考察基準上，《今體詩鈔》與《古詩選》的觀點仍顯然有所差異。雖然姚鼐比王士禛更重視「氣」的作用，但卻將它由專指創作中的主觀因素「元氣」，逐漸分化兼指作品的藝術表現要素──「文氣」，故常採取「氣、韻」對稱，強調字句簡潔、聲韻抑揚分明的「氣健」（參見本節之一）。對源於詩人主體的「氣」則改以前人熟用的「性情」稱之，避免蹈襲於以「性靈」論詩的當時風尚，可見其立論確實有標異於當世的種種考量。

　　再則，典律評論的操作模式上，姚鼐打破《古詩選》僅呈現典律、不外加評註的體例，於《今體詩鈔》評註中，特別重視章法結構的剖析，以使讀者明瞭典律中「意緒轉折」的線索，如五律詩卷第六〈夔府抒懷四十韻〉、〈秋日荊南述懷四十韻〉等。評論間亦往往將杜詩長篇敘事的曲折情致與史記太史公的筆力相聯結〔註114〕，引以為特色。併觀此二處，則姚鼐「以文論詩」的趨向便已有跡可尋。

　　由此可知，姚鼐編纂《今體詩鈔》雖號稱「續作」，標榜「盡漁洋之遺志」，事實上卻以其個人對《古詩選》中典律評論的接受與理解為基礎，其間容有相當大的誤讀創意與主觀詮釋空隙，即其所謂「漁洋有漁洋之意，吾有吾之意」。因此，在姚鼐有意識的「誤讀」與創造意義下，其對「遺志」的認知，充分反應的卻是接受者本身的「期待視野」〔註115〕，其與原本典律間似乎存在著不小的差異。而這些差異，稍後再經姚氏門人方東樹的詳加闡發，乃更為擴大、鮮明。並藉由《昭昧詹言》的全面評註、陳述，乃儼然獨立為另一套明確而嚴謹的詩學典範。

〔註114〕如姚鼐：《今體詩鈔》卷六，杜甫〈秋日夔府詠懷奉寄鄭監審、李賓客之芳〉一百韻詩中註曰「太史公敘事，牽連旁入，曲致無不盡；詩中唯少陵時亦有之。」見《方東樹評今體詩鈔》，第一一六頁。台北市：聯經，1975年。

〔註115〕參見金元浦著：《接受反應文論》第三章第二節「方法論頂梁柱──期待視野」，121～125頁。濟南：山東教育出版社，1998年。

三、以二部詩選爲核心的桐城詩典範雛形

姚鼐於《今體詩鈔》序言中自述其選集乃源於門人請求〔註116〕，可推測其平日講習詩文，殆已用《古詩選》爲其教本。再詳細考究，則可發現桐城派師生對《古詩選》的接受與運用，應當更早在劉大櫆、姚範時期。而姚鼐完成續作後，此以二部詩選爲核心的論詩觀點，更與當代《御選唐宋詩醇》、《四庫全書》等選集有所激盪、作用，漸漸凝聚、發展出獨特的詩文理念。本身雖尚未具備明確的詩學批評模式與學詩定律，卻已大致形成「典範的核心成分」〔註117〕，故稱之爲曰「詩學典範雛形」。

（一）桐城詩派的學詩基礎

桐城論文，擅長於會通詩文，以互得創作技巧與藝術原理的創發。首開以詩論文之法的，是桐城三祖之一的劉大櫆。劉大櫆雖以建構《論文偶記》的古文理論著稱，但其分析文爲「神、氣、音節」等層次、及「因聲求氣」說等獨到的論文觀點，多借鏡於詩學原理的類通〔註118〕。此蓋因其素以兼擅詩、古文詞，才高氣雄、自成一家著稱，而其常年爲學官，擅於教授詩文〔註119〕，則當有助於省察文理。

〔註116〕 參姚鼐：〈五七言今體詩鈔序目〉。見《方東樹評今體詩鈔》，第一頁。台北市：聯經，1975 年。

〔註117〕 參見凌平彰譯：〈文化變遷中典律運作的過程〉。本文以人類學的角度，擴充克婁伯「文明成長」研究、與孔恩的「典範」理論，試圖將文化變遷中「典範」運作過程區爲：改革（Innovation）、典範核心部分的形成（Paradigmatic Core development）、開發（erploitation）、功能影響（functional consequence）、以及合理化（retionalimation）五個部分的相互重疊、持續出現的模式。其中最重要的部分，便是「典範核心部分」，其中包含有操作模式、定律等要素。見《人類與文化》，20 期 68～74 頁。1984 年 5 月。

〔註118〕 參見筆者所撰：〈劉大櫆因聲求氣說之理論與驗證〉。《台中師院學報》第十三期，1999 年 6 月。

〔註119〕 參見劉聲木：《桐城文學淵源考》卷三，第 137 頁。劉大櫆下，曰：「師事方苞，受古文法，所爲詩、古文詞才高筆峻，能包括古人之異體，熔以成其體，雄豪奧秘，揮斥出之，其才有獨異，而斟酌經史，未嘗一出於矩矱之外，雖學於方苞，能自成一家，方苞成爲今

今於《清史稿‧藝文志》中見錄：「《歷朝詩約選》九十二卷〔註120〕，劉大櫆編」。應為其編選歷代詩典律，以利研讀、講授所用的教本。今其全本雖未得見，卻由姚範、方東樹等人的引述中可見其選篇與王士禎《古詩選》略有同異〔註121〕。

此外，與劉大櫆友善、相與切磋詩文的姚範〔註122〕，其講授詩文雖未自編選集，卻多以王、劉二家詩選為依據而增減之（同參前註）。故今於《援鶉堂筆記》卷四十，即可見「王阮亭五七言古詩選」一部份，對《古詩選》的作者、詩篇等詳予考辨、評註。可見，早在桐城耆老劉大櫆、姚範時期，已多藉王士禎《古詩選》作為教習詩篇的主要教材、或為輔助參考，換言之，其詩派接受《古詩選》的事實早已存在。

至於姚鼐講學鍾山書院時，則更正式以《古詩選》為教本，教授歷代名家詩篇，故其評論仍見存部分於《惜抱軒筆記》〔註123〕、部

世韓歐。老為學官於徽，徽之學者經其指授，多以詩文成名。退居於家，教授後進之士，亦多能詩文。」合肥市：黃山書社，1989年。

〔註120〕 參見國史館：《清史稿校註》卷一百五十五、〈藝文志〉四，4206頁。台北縣新店市：國史館，1986年。

又見劉聲木：《桐城文學淵源考》卷三，第137頁。「劉大櫆」補遺：「……主講敬敷、新安等書院。其詩各體俱有本末，以《春秋》之學治家乘，後人奉為模範。」後錄著述，有《歷代詩約選》……」。合肥市：黃山書社，1989年。

〔註121〕 參見姚範：《援鶉堂筆記》卷四十、第六冊，第1517頁。於「陶淵明」一條中註明其選篇與劉大櫆（耕南）《六朝詩約選》、王士禎（阮亭）《詩鈔》所錄不同。台北市：廣文書局，1971年。又見方東樹：《昭昧詹言》第十卷，第一條，225頁。評黃庭堅詩的選錄，評黃庭堅詩曰：「而於音節，由別創一種兀傲奇崛之響，奇神氣即隨此以見。」可見桐城詩派對詩歌音韻特有注重。

〔註122〕 參見劉聲木：《桐城文學淵源考》卷三，第137頁。「姚範」下曰：「……與同里劉大櫆友善，得方苞為文義法。又嘗與江若度、王洛、葉酉、方澤為友，約為舉世不好之文。其所為文深邃幽古，絕去依傍，自成體勢，務求精深，不事藻飾，力追古人而得其閫奧，義法不詭於前人……」合肥市：黃山書社，1989

〔註123〕 參見姚鼐：《惜抱軒筆記》中，有「謝朓、何遜、江淹、陰鏗」等五家古詩的評論。台北市：廣文書局，1971年。

分由方東樹補錄於《援鶉堂筆記》〔註124〕、或《昭昧詹言》〔註125〕
中。今綜觀所見，並參照前述《今體詩鈔》的敘例、選篇與評註，則
可歸納至姚鼐時已為桐城詩派奠定的學詩基礎，約有以下各端：

1. 完成古今體詩教習的完整教材

姚鼐基於教習詩文的實際需要、因應學生的參閱請求，續作《今
體詩鈔》十八卷，以擴充《古詩選》的舊教材，形成兼具古、今體詩
典律，便於學詩者參閱的完整教材。這表面上僅是二部選集的聯結，
事實上卻發揚了劉大櫆、姚範以來於基層推廣詩文教育、以選集教習
寫作的精神，確定了桐城詩派以教習學子、指導寫作為特色的發展方
向。同時，也使得桐城詩派的詩學研討具有共同的材料與範圍，其詩
學的觀點與創作理想得以具體示現，突破單純家塾教本的格局。因
此，姚鼐此一著述對桐城詩派的發展與定位，具有重要的意義。而其
本人也極得意於此，樂於將選本告知、或分送師友同好參閱〔註126〕，
以拓展其流傳與接受的層面。

但誠如前述，姚鼐選錄《今體詩鈔》時雖以續作號稱，於典律的
「辨體」體製、典律的「創變」精神、及標榜杜甫典律等方面對《古
詩選》頗多繼承與發揚，但在詩風崇尚、宋詩評論上，實有其獨特的
新詮釋，故顯得與王士禛《古詩選》「意趣稍殊〔註127〕」。經前節比

〔註124〕 參見參見姚範：《援鶉堂筆記》卷四十、第六冊，第 1511～1559 頁。
題曰「王阮亭五七言古詩選」一部分；增補姚惜抱評論，則見 1559
頁上方東樹「按語」。台北市：廣文書局，1971 年。

〔註125〕 方東樹於《昭昧詹言》書中引證於姚鼐評論觀點者甚多，如第十卷、
第十一則，228 頁。曰：「惜抱論王谿『矯弊滑熟，……』」；又於卷
十二，第三五八則，330 頁，引「惜抱先生曰」等。

〔註126〕 分見姚鼐：〈與陳碩士〉一百零八首之八十六，66 頁；〈與伯昂從姪
孫〉十一首之九，79 頁；〈與鮑雙五〉十八首之十，35 頁，《姚惜
抱尺牘》。見《明清名人尺牘》。台北市：廣文，1989 年。

〔註127〕 參見嘉慶十三年十月，程邦瑞所識於刪定重雕版〈今體詩鈔序目〉
後，曰「瑞謂是編雖與王文簡公古詩鈔意趣稍殊，而其足以維持詩
教，啟迪後學，則一也。」見汪中編：《方東樹評今體詩鈔》第 4
頁。台北市：聯經，1975 年。

較，主要見於「黜流俗」「陶鑄唐宋」等觀點的拓展與創變，同時姚
鼐在典律的選擇上，因重氣格而偏好風格雄健的詩篇，典律評註上則
詳註章法轉折的關鍵，凡此，皆因基準明確、評析具體，而更適於作
爲指導詩文創作的教材。

2. 兼重詩文的寫作練習

義理、文章、考訂之學應並重不偏，且必「破門戶，敦實踐，倡
明道義，維持雅正〔註128〕」，既是姚鼐臨乞老歸養前針對學風之弊所
提的建言，也是其日後爲學與教學上奉行的方針。因此，藉其論述及
書牘等內容看來，姚鼐講學、教導門生，皆以三科並重，於寫作練習
上雖大體以古文爲重、詩次之〔註129〕，但也常因學生性情與專長而
因材施教〔註130〕，其教導門人輒曰：

> 所貴在有真逾人者，而不必其同途。詩佳則取詩，文佳則
> 取文。經學、史學、天文、數算、地理、小學，即四六時
> 文，皆可愛。但欲其精，不必其多。……《與陳碩士》一百
> 零八首之四十九，61 頁）

由於教學強調深入有得，而以各科實殊途而同歸。以致姚鼐的門人既
有好義理、心性之學如方東樹者，亦有孔廣森、錢澧等以經史考辨擅
長者，至於梅曾亮、管同、陳用光、郭麐等人，則以篤好詩文、勤力

〔註128〕參見《四庫全書概述》「文獻——館臣」中〈姚姬傳先生事略〉記
　　　　姚鼐乞養歸前對翁覃溪（方綱）所評述。見楊家駱：《四庫全書概
　　　　述》第 143 頁。台北市：台灣商務，1975 年八版。

〔註129〕姚鼐認爲「詩重興會」、「文須當理切事」，故在體裁特性與美感上
　　　　本有不同，加以二者經世功能強弱有別，遂明顯地重「文」而輕
　　　　「詩」。詳參筆者：〈『詩文一理，取徑不同』姚鼐「以文論詩」觀
　　　　點釐析〉第 277～278 頁的舉證與分析。見《台中師院學報》第十
　　　　四期，2000 年 6 月。

〔註130〕參姚鼐：〈與管異之〉六首之一，38 頁。乃推贊管同之詩爲「爲數
　　　　十年所見才雋之冠矣」，而古文成就終不如詩：〈與陳碩士〉一百零
　　　　八首，57 頁。則欲石士「詩不必廢，但所重在此（古文）耳」。見
　　　　佚名編：《名清名人尺牘》——《姚惜抱尺牘》。台北市：廣文，1987
　　　　年。

習作，各以駢文、古文、詩著名於當世。因此，與戴名世、方苞等桐城前輩名家相較，姚鼐對於詩、文習作的態度已較爲開放、持平。

是故，據方東樹年譜載錄：乾隆五十八年，方東樹即與其父展卿先生同時受業於姚姬傳先生門下〔註131〕。而方績先生（展卿）喜作詩，詩篇屢獲選爲典律〔註132〕，其特攜子來就學，可見姚鼐也以善教詩文而名於當世。故吳子穎、陳東浦等詩人，亦以得姚惜抱先生序跋推薦爲榮〔註133〕。此皆由外緣資料的輔證，可知姚鼐平日教習，已兼重詩文者。

另由其本身創作看來，現存《惜抱軒詩文集》中計有《惜抱軒詩集》十卷、并補遺、詞、詩集外集等，涵古、近體詩各體，在當代既以七律詩勁峭受曾國藩推爲國朝第一，七古詩的雅潔奧衍更爲吳汝綸推崇〔註134〕。且其仕宦時樂與翁方綱、錢載、程晉方等人飲集酬唱〔註135〕，引退後亦吟詠作詩不絕，至晚年病於脾胃之疾，猶陸續寄詩卷予陳碩士鈔存〔註136〕，可見其平素於詩藝便多所著力。

〔註131〕 參見鄭福照輯：《清方儀衛先生東樹年譜》第二葉，乾隆五十八年下，曰「年二十二，與卿先生皆受業於姚姬傳先生門下。而先生隨侍講席最久，與管、梅、劉並稱爲姚門四傑。」。臺北市：台灣商務，1978 年。
〔註132〕 同見鄭福照輯：《清方儀衛先生東樹年譜》第一葉，記展卿先生「著有《經史札記》《屈子正音》《鶴鳴集》。學行載《安徽通志》〈文苑傳〉，詩選入《國朝正雅集》《桐舊集》《古桐鄉詩選》」。臺北市：台灣商務，1978 年。
〔註133〕 分見姚鼐：〈海愚詩鈔序〉〈敦拙堂詩集序〉。見劉季高標校：《惜抱軒詩文集》，48～50 頁。上海市：上海古籍，1992 年。
〔註134〕 對姚鼐詩的創作分析與諸家評論，可詳參劉世南：《清詩流派史》第十四章、409～415 頁的舉例與評析。台北市：文津，1995 年。
〔註135〕 參見吳宏一：〈方東樹文學年表〉記光緒三十七年「翁方綱自粵東歸，與錢載、錢大昕、程晉芳、嚴長明、曹仁虎、姚鼐酬唱。」；光緒三十九年「錢載與翁方綱、朱筠、程晉芳、曹仁虎、姚鼐飲集寓齋。」見〈方東樹「昭昧詹言」析論〉一文之附錄，見《國立編譯館館刊》，第十七卷第一期，1988 年。
〔註136〕 參姚鼐：〈與陳碩士〉一百零八首，75 頁。署「乙亥」年下，書曰寄詩一卷與陳碩士。見佚名編：《明清名人尺牘》——《姚惜抱尺

再由其論述中所謂「氣分陰陽、剛柔」「所以爲文者八」等道藝原理看來，多涵括各體、會通詩文而言；其平日教學、論述，更以「詩文一理」爲鮮明宗旨〔註137〕；並由其與師友、門生書信往返中，頗多以詩呈請閱定、或相互評詩、研討學詩方法等線索輔證，其續作《今體詩鈔》，以正雅袪俗、維護詩教爲典律宗旨，確有其深厚的詩文素養、與文壇地位爲後盾。

3. 專力深造、積久待悟的摩習原則

基於前述兼重詩、文的教學方針，姚鼐對於學詩方法，亦有其獨到解會，雖散見於書牘、評著中，將之相互參照聯繫，亦可勾勒出大概：

首先，姚鼐以爲詩藝之講求，有「可言喻者」、有「不可言喻者」〔註138〕兩層次之區別。其可言喻者，是爲「一定之法」〔註139〕，其功夫大抵如下：

> 隨其天資所近，先取一家詩。熟讀精思必有所見，然後又及一家。知其所以異，又知其所以同，同者必歸於雅正，不著纖豪俗氣，起復轉摺，必有法度，不可苟且遷率，致不成章。……至其神妙之境，又須於無意之中忽然遇之，非可力探。（〈與伯昂從姪孫〉十一首之一）

由此可知，姚鼐論學詩之基礎，既尊重個人「性情」的差異，更強調專力於一家，以「熟讀、精思」爲深造的功夫，以「雅正、脫俗」爲宗旨，此即所謂「正塗轍，用功深」的學詩要領〔註140〕。故其教後

牘》。台北市：廣文，1987 年。

〔註137〕詳細的分析與舉證，可參見筆者：〈詩文一理，取徑不同——姚鼐「以文論詩」觀點釐析〉，《台中師院學報》，第十四期，269～291 頁。1999 年 6 月。

〔註138〕參見姚鼐：〈達徐季雅〉。見佚名編：《名清名人尺牘》——《姚惜抱尺牘》，19 頁。台北市：廣文，1987 年。

〔註139〕參見姚鼐：〈與張阮林〉五首之一。見佚名編：《明清名人尺牘》——《姚惜抱尺牘》，28 頁。台北市：廣文，1987 年。

〔註140〕參見姚鼐：〈與管異之〉六首之六。及〈與陳碩士〉一百零八首之四。皆論及先天才力高下與後天正塗轍、用功深的重要性。分見佚

學，每於習作之始，便欲其「以性情所近，專治一途」〔註141〕，而不可急於兼善各體。

而一旦精熟而有所得，則可旁及他家而較其同異，此時若欲更上一層，領會所謂「神妙之境」，則更需賴「功之深而志不懈」的持續力〔註142〕，以待其自至。故又以佛學爲喻，欲學子「須知如此參禪，不能說破」「須由悟入，非言語所能傳〔註143〕」。是故，對姚鼐學詩之法可以「專力深造、積久待悟」概括之，而其最佳的驗證，則可由姚鼐對陸游〈壬子九月夜讀歌詩稿有感〉一詩的深加讚許、引爲學詩秘旨〔註144〕得到印證。

綜觀姚鼐爲桐城詩派所纂集完成的古、今體學詩典律、建立的「兼重詩文、專力深造、積久待悟」等學詩方法，其門人方東樹不但親身受教，有相當程度的參與、促成〔註145〕，並能在其師「須由悟入」的原則下，轉化宋代詩學的「活法」觀，成爲由法入手，而追求「變化恣肆，奇警在人」的學詩活法（前文第五章第二節）。且融合劉大櫆、姚範等前輩的特色，加以創變、深化，具體形成以杜韓爲最高典律、以山谷爲入門的桐城派詩學統緒，因能建立桐城派的學詩定律，有助於詩學典律的完成。

名編：《明清名人尺牘》——《姚惜抱尺牘》，40 頁、47 頁。台北市：廣文，1987 年。

〔註141〕參見姚鼐：〈與陳碩士〉一百零八首之一。見佚名編：《明清名人尺牘》——《姚惜抱尺牘》，45 頁。台北市：廣文，1987 年。

〔註142〕參見姚鼐：〈與董筱槎〉。見佚名編：《明清名人尺牘》——《姚惜抱尺牘》，16 頁。台北市：廣文，1987 年。

〔註143〕參見姚鼐：〈與石甫姪孫瑩〉九首之八。見佚名編：《明清名人尺牘》——《姚惜抱尺牘》，82 頁。台北市：廣文，1987 年。

〔註144〕參見方東樹：《昭昧詹言》卷十二，第三五八則，330 頁，引「惜抱先生云」中對陸游自述學詩長年未有得，而一旦領悟，則「詩家三昧忽見前，屈宋在眼原歷歷。天機雲錦爲我用，剪裁妙處非刀尺。…」深表讚賞，乃引爲學詩秘旨。台北市：漢京，1985 年。

〔註145〕參見吳宏一：〈方東樹「昭昧詹言」析論〉，第 37 頁。見《國立編譯館館刊》，第十七卷第一期，1988 年。

（二）對前出選集的接受與修正──以《御選唐宋詩醇》為主

由前節比較中，我們已確知姚鼐論詩趨向略近於《古詩選》，故引為前驅。而對於選集旨趣不同於《古詩選》，時代卻較接近、且挾有傳播優勢的《古詩源》《御選唐宋詩醇》卻未論及，實令人疑惑。

今略依選集宗旨辨析，則《古詩源》既以尊盛唐、輔政教為歸趨，而其選篇又務在「廣其源」，以致雜入謠諺、祀歌，與王、姚二人論詩的士人本位、強調精選差距不小。更與姚鼐以選集典律作為學詩示範時，所主張「唯恐其多，不嫌其少〔註146〕」的期待視野相去甚遠，故其未繼承《古詩源》實有其考量，但由重氣格、講音律等論點的相關推測，其對沈德潛論詩觀點應有所參酌〔註147〕。故本處僅以《御選唐宋詩醇》為主，觀察《今體詩鈔》完成後，桐城詩派以二部詩選形成的論詩結構中，對前出典律的接受與修正：

首先、由前節後半對《御選唐宋詩醇》的評介中，已勾勒出其所獨出於前的典律評論特色有四：

1. 選集體例更加詳贍，有發揮評論的空間。
2. 以為大家才力多見於古詩。
3. 由「李杜典律」反映出重性情的創作理想。
4. 將韓愈典律定焦於善學李杜而自成一家。

對於以上四點創意，除第4點對韓詩的重視，姚鼐曾於書信論詩中稍及之外〔註148〕，其餘在姚鼐的選集與論述中，並未見續承發揚

〔註146〕參見姚鼐：〈與陳碩士〉一百零八首之六十六，自述其選鈔《今體詩鈔》的原則。見佚名編：《明清名人尺牘》──《姚惜抱尺牘》，66頁。台北市：廣文，1987年。

〔註147〕今學者多由姚鼐弟子方東樹《昭昧詹言》第二十一卷長篇採引沈德潛《說詩晬語》論點推測，其師門中論詩亦多少有參酌沈德潛格調說。如吳宏一：〈方東樹《昭昧詹言》析論〉；汪紹楹〈校點後記〉中均作此說。

〔註148〕姚鼐《今體詩鈔》中僅於五律部分選取韓愈〈送桂州嚴大夫〉、〈送鄭尚書赴南海〉二詩為典律，在唐人中應屬較少者。而於〈與伯昂從姪孫〉十一首中，則兩度指出：以《古詩選》中昌黎詩入手，再

者，反而，可看出有對此數點提出修正、或反對的見解。以下便依性質而觀：

1. 由典律的意涵對《御選唐宋詩醇》論點提出補充

（1）《御選唐宋詩醇》歸結所立唐宋六大家典律的共同特徵，係在於「本於風雅，得性情之正」，因此，詩以言志、表現性情，便成爲當代普遍接受的觀念，但其所謂「志」「性情」，皆偏重倫理道德上的理想人性。姚鼐雖亦由此觀點出發，卻融合宋代理學的精神，而將此「性情」義界縮小、個別化，以指詩人特殊的性格氣質、情感表達。以故，詩所表達者，既有「聊發一時興寄〔註149〕」「隨所至耳〔註150〕」等抒發情感時的情韻悠遠之美，也有「由其人胸臆所蓄，行履所至，率然達之翰墨，揚其精華，不可僞飾〔註151〕」的意趣眞摯之美，於是，形成所謂「詩如其人」的新詮釋，而對於詩體風格、與詩人風格的審美標準，也隨之放寬了。

（2）姚鼐將選集的宗旨由「崇雅正」的溫和標榜，轉換爲「黜流俗」的積極批判。雖然《御選唐宋詩醇》中也有重雅正的標榜，但僅以倡復詩教爲標榜，未如姚鼐等人著眼於導正詩風；且《御選唐宋詩醇》刪汰大家典律時，將范、陸詩之差別，比附於元、白之風格相近，而高下有別〔註152〕，其實主旨當在於「崇雅正」，卻未明示。

上溯子美、下及子瞻的學詩門徑。分見佚名編：《明清名人尺牘》——《姚惜抱尺牘》，77、79頁兩處書信。台北市：廣文，1987年。

〔註149〕　參見姚鼐：〈張花農詩題辭〉，曰「夫人之爲詩，聊發一時寄而已。」見《惜抱軒文集後集》卷二，122頁。見劉季高標校《惜抱軒詩文集》。上海市：上海古籍，1992年。

〔註150〕　參見姚鼐：〈與陳碩士書〉。見佚名編：《明清名人尺牘》——《姚惜抱尺牘》，71頁。台北市：廣文，1987年。

〔註151〕　參見姚鼐：〈朱二亭詩集序〉，曰「夫詩之於道，固末矣，然必由其人胸臆所蓄，行履所至，率然達之翰墨，揚其精華，不可僞飾，故讀其詩如見其人。」見《惜抱軒詩文集》260頁。上海市：上海古籍，1992年。

〔註152〕　參見紀昀：〈御選唐宋詩醇提要〉。見文淵閣《四庫全書》集部、總集，第1448冊，85頁下。台北：台灣商務，1986年。

但姚鼐則常於談詩論理中對流於率易的詩風明確批判；並於《今體詩鈔》五律、七律選篇部分，皆嚴格篩選白居易、元稹等家相互酬作、率易而成的詩篇，以爲缺乏精警、病於流易，而不足取〔註153〕。由其憂心於流易、滑俗之弊，至謂「非愼取之，何以維雅正哉？」的強烈語氣看來，其刻意貶抑白詩的典律地位，係針對藉白詩而推廣的時風而發，並非單純否定白詩的詩藝成就。此與《御選唐宋詩醇》中以「根柢六義之旨而不失溫厚和平之意」推崇白詩，立爲大家典律，實有不少差別。

因此，姚鼐並對門生指明救弊、與學詩預防之方，所謂：「必歸於雅正，不著纖毫俗氣，起復轉折必有法度，不可苟且草率致不成章〔註154〕」則是批判時風後，轉換爲教席上的省思應變與教學補救。但大體仍依循《御選唐宋詩醇》倡風雅、重詩教的立場，故視之爲接受與補充。

2. 對《御選唐宋詩醇》論點提出修正或反對

（1）修正「大家才力多見於古詩」的結論。《御選唐宋詩醇》的「序例第三」指出所選李、杜、韓等大家集中於古體詩，係因其才力本有偏重。而姚鼐《今體詩鈔》中則以各種具體典律的選立來調整、或反駁此一說法：

甲、在五言律詩體中，專卷選取李白、杜甫等家詩篇，使其爲近體詩的詩體典律。

乙、特別將杜甫標立爲包孕正變的最高典律，非但廣收其五律

〔註153〕參見姚鼐：〈五七言今體詩鈔序目〉中所評論，其於五言律曰：「元微之首推子美長律，然與香山皆以多爲貴，精警缺焉，余盡不取。」；於七律則曰：「至於長慶香山，以流易之體，極富贍之思，非獨俗士奪魂，亦使勝流傾心。然滑俗之病，遂至濫惡，後皆以太傅爲藉口矣。非愼取之，何以維雅正哉？」見汪中編：《方東樹評今體詩鈔》【2、3】頁。台北市：聯經，1975年。

〔註154〕參見姚鼐：《惜抱軒尺牘》卷上，〈與伯昂從姪孫〉十一首之一。見佚名編：《明清名人尺牘》——《姚惜抱尺牘》，76頁。台北市：廣文，1987年。

體、以長律專一卷詳加註釋，並推讚其七律爲歷代之冠，乃否定「才力見於古詩」的說法，打破了《御選唐宋詩醇》中極力強調「李、杜」性情各具、地位相當的假象。

丙、被《御選唐宋詩醇》推爲古今體皆擅、結集豐富的白居易詩，則全書中僅錄五律三首、七律十首，整體選篇地位不高。

（2）提高了黃庭堅詩在宋代詩人中的典律地位，也改變了對「宋詩」代表風格的詮釋。《御選唐宋詩醇》原將黃庭堅詩視同於江西詩派，並以其源出於杜韓，故無庸複見，僅舉蘇軾、陸尤爲大家。但姚鼐則於《今體詩鈔》七言律詩部分選錄了黃庭堅二十五篇，並於〈序目〉中爲其說解曰：

> 山谷刻意少陵，雖不能到，然其兀傲磊落之氣，足與古今作俗詩者澡滌胸胃，導啓性靈。（〈五七言今體詩鈔序目〉，見《方東樹評今體詩鈔》【4】頁）

聯繫於七律〈序目〉開頭，所標舉「文以氣爲主」「七言今體……尤貴氣健」的基準，則姚鼐以爲：黃庭堅選篇雖仍次於蘇軾、陸游等大家，但應爲七律的詩體典律。此一典律地位的改變，係在於前述「黜流俗」的考量下，欲藉黃庭堅的氣格「兀傲」以救「滑俗」，具體示現「學杜」的正道、與合乎《風》《雅》的「性靈」，以抑遏當世訛濫之說。

此種對黃庭堅詩的重視雖然前有所承〔註155〕，但在姚鼐藉典律凸顯的評論中卻擴大意義，乃因此移轉了當代對「宋詩」風格的理解，使得原本以「極其變」而僅能次於唐詩的宋詩地位，及以蘇軾、陸游「波瀾富〔註156〕」見長的宋詩風格，因加入黃詩的驚㧦瑰奇，而轉

〔註155〕桐城諸家中最先看重黃庭堅詩價值的，是姚範。對其詩中兀傲不苟於俗的人格推崇，也影響了後續姚鼐、方東樹的評價。參見姚範：《援鶉堂筆記》第六冊，1544～1545頁。台北市：廣文，1971頁。

〔註156〕參見劉克莊：《後村詩話》卷一、第九六，劃分宋詩爲兩大脈絡，曰：「元祐後，詩人迭起，一種則波瀾富而句律疏，一種則鍛鍊精而性情遠，要之不出蘇黃二體而已。」見吳文治：《宋詩話全編》第八冊，第8372頁。南京市：江蘇古籍，1998年。依此而見《御

變爲「刻抉入裏」、「以細密見長」的新詮釋〔註 157〕。也因姚鼐對蘇軾、陸游七言律詩的大量選錄，繼承《古詩選》著重宋代七古的作法，持續拓展了宋詩作爲學詩典律的重要性。故可視爲對《御選唐宋詩醇》的「負影響」。（參見本章註 89）

　　誠如大陸學者張健《清代詩學研究》所辨析：在康熙朝宋詩熱過後，多數主唐詩者其立論角度多已乃從「辨唐宋之異」，到「言唐宋之同」，故通常也對宋詩給予肯定的評價〔註 158〕，如《御選唐宋詩醇》者，便是此類評詩觀點的具現。其以「維護詩教、得性情之正」爲宗旨，而兼取唐宋六大家，但卻仍以唐詩典律爲高、有特定偏好的詮釋宋詩。藉由以上將《御選唐宋詩醇》與姚鼐所標立的典律比較，則可穿越選篇參差不一的現象，顯見《御選唐宋詩醇》於評選旨趣、詩人理想、詩體風格等詩學要素上的闡釋，已見種種被桐城派詩人所補充、修正等誤讀的現象，新的詩學典範似已在醞釀、成形中。

　　總之，經由本文辨析，我們基本上確定了姚鼐等桐城派詩論對前出《御選唐宋詩醇》等詩選集整體上採取修正、創變的立場，尤其是對〈四庫全書提要〉銓釋後的典律頗不以爲然〔註 159〕，前輩學者雖有論及姚鼐與紀昀論學觀點的差異者，但多針對批評宋學的立場而論，其實由此兩部選集中典律的標榜、對宋詩的詮釋上看，更可發現兩者在詩文評價上也存在許多不同。此種對紀昀挾其職位、

選唐宋詩醇》所選乃偏重第一種風格，而姚鼐等桐城詩人則偏好第二種風格。

〔註 157〕參見翁方綱：《石洲詩話》第四卷第五則、第六則，以爲「宋詩精詣，全在刻抉入裏」「詩則至宋而益加細密」。見陳邇冬點校：《談龍錄、石洲詩話》第 119～120 頁。台北市：木鐸，1982 年。

〔註 158〕參見張健：《清代詩學研究》398，399 頁。北京市：北京大學，1999 年。

〔註 159〕參見姚鼐：〈與胡雒君〉十三首之十二，其對紀昀提要的持論觀點認爲「大不公平」，並激烈提出批評，曰「鼐在京時，尚未見紀曉嵐猖獗若此之甚，今觀此，則略無忌憚矣，豈不爲世道憂邪？」。見佚名編：《明清名人尺牘》——《姚惜抱尺牘》，24 頁。台北市：廣文，1987 年。

妄加評論的不滿，或許是造成姚鼐勇於另編選集、表異於官方典律，並自詡爲詩家「正法眼藏」〔註160〕的重要原因。因此，其特別開展出詩學詮釋上的種種新創意，期待未來有識者公論。而其弟子方東樹，亦得以獲其啓發而勇於推闡新詮釋，桐城詩論乃得以轉變出獨特的論詩觀點。

四、《昭昧詹言》前桐城派詩學評論的新突破

　　前文依序比較各時期選集間選詩體例、與典律評論的異同，一則是爲彰顯桐城派發展至嘉慶時期，已密切與時風互動，勇於修正、反對御定詩學典律的事實；再則也欲藉論點比對，較準確地評估：在姚鼐時期（《昭昧詹言》成書以前）桐城詩論在典律的詮釋、詩學的評論上，究竟有何重要的突破？因爲，此一要素是判定新典範能否成立的關鍵，故須在此加以歸結、闡釋。

（一）由最高典律的異同探討

　　在姚鼐的選集與論述中，逐漸凝聚成形的桐城派詩論，其最鮮明的表徵便是將杜甫獨立爲最高詩人典律。此一典律改變，固然有前述刻意標異於《御選唐宋詩醇》（及《四庫全書》）等御用學者「並列李杜」觀點的目的，但與《古詩選》中同樣推崇杜甫詩，所強調的意義，又不盡相同。此乃因姚鼐在教習詩文時，對《古詩選》也採取了創意的詮釋。

　　姚鼐認爲《古詩選》中五言古詩是以謝朓爲宗；七言古詩則以蘇軾爲宗〔註161〕。但此僅適用於一般學詩者入門汎覽。如爲稍具筆力、或才分特殊者，姚鼐往往修正王士禎說，改以李杜爲正宗，或

〔註160〕參見姚鼐：〈與胡雒君〉十三首之十二，「吾所選五七言今體，重複批閱之本……鄙見自詡，此爲詩家「正法眼藏」，不知他日眞有識者論之，當復何如？」。見佚名編：《明清名人尺牘》——《姚惜抱尺牘》，24 頁。台北市：廣文，1987 年。
〔註161〕參見姚鼐：〈與管異之〉六首之一。見佚名編：《明清名人尺牘》——《姚惜抱尺牘》，38 頁。台北市：廣文，1987 年。

由韓愈詩入手，先上溯杜甫詩，再下及蘇軾詩（同見前註）。可見姚
鼐並未掌握王士禎對杜詩的推崇，並以此而有憾，因而另創門徑。
但其所解讀五古、七古的正宗——謝朓，蘇軾，事實上則是姚鼐個
人對此二體理想風格的重新瞄準與詮釋，所謂「其才馳驟而炫耀者，
宜七言；深婉而淡遠者，宜五言」〔註162〕，故可視為其「表現」式
的誤讀創意。

此外，姚鼐也為王士禎五言不選杜詩作解釋，認為這是因王士禎
「自度才力，不堪以為大家，而天下之士堪學杜詩者亦罕見〔註163〕」，
故不敢故作自欺欺人之論。此一詮釋頗富創意，為前人所未發。但尋
其線索，實為姚鼐自我形象與觀點的寄託。因其對師友常自述才力不
足〔註164〕、亟待後天學養以助成之，故論學詩乃以適性情、熟讀常作
為要領，講求務實。

藉此兩點為證，可知姚鼐在標立杜詩典律上，雖與王士禎《古詩
選》有殊途同歸之契合，卻應非單純的繼承前說，而有其特欲彰顯的
典律意義。

（二）由杜甫典律的意義上探討

以二部選集為核心，綜觀姚鼐以上桐城諸家的論詩要義，則可發
現以杜詩為典律，乃代表了以下四項論詩特色與典律意涵：

1. 可學而能，由法入手的學詩觀

或因姚鼐自覺天生才力不足，故在詩篇的學習觀上，相對地較強

〔註162〕姚鼐曾謂陳碩士曰：「大抵其才馳驟而炫耀者，宜七言；深婉而淡
遠者，宜五言。」依此研所反映的詩體風格看來，與七古以蘇軾詩，
五言以謝朓詩為正宗的評價大體相符。見佚名編：《明清名人尺牘》
——《姚惜抱尺牘》，56 頁。台北市：廣文，1987 年。

〔註163〕參見姚鼐：〈與陳碩士〉一百零八首，見佚名編：《明清名人尺牘》
——《姚惜抱尺牘》，72 頁。台北市：廣文，1987 年。

〔註164〕參見姚鼐：〈與王惕甫〉，18 頁；〈上禮親王〉，2 頁；〈復趙蓬樓〉
10 頁。見佚名編：《明清名人尺牘》——《姚惜抱尺牘》，56 頁。
台北市：廣文，1987 年。

調後天的涵養和鍛鍊，故其推崇杜甫爲古今詩人之冠，不在其天縱之才，而將焦點著重在其「致學精思，與之並至」。基本上主張「可學而能，由法入手」的態度。而其學習方法，除如前述分爲「可言喻」「不可言喻」二層次，在各層次中分別以專力深造、積久待悟爲學習要領外，姚鼐更進一步類化其「文有精粗〔註165〕」說，將詩篇中的表現要素義分爲詩律細處、詩境大處〔註166〕。前者便是藉精讀熟練，假數年實學之功可成的「一定之法」，而後者則須配合深思研求，方能悟入而自得。

2. 推崇沈鬱頓挫的氣格變化

「擅於表現氣格、詩風沈鬱頓挫」本源於王士禛對杜甫七言古詩的詮釋。而姚鼐乃將之擴大詮釋，通用於期勉所有學子追求「自成一家」時，應具有的風格個性與品格胸襟。故其對晚輩中學詩略有所得者，輒以韓、蘇、杜等大家爲門徑，勉其入於其中而貫通變化〔註167〕；或欲其將杜韓等大家懸置胸中，以提昇境界〔註168〕；甚至詳解杜詩中開闔變化之美，欲其「心之所向，必須在此」〔註169〕。凡此，皆顯示杜甫「沉鬱頓挫」的氣格變化，乃是姚鼐理想的詩體風格，故其常藉杜詩典律爲目標，期勉學詩者努力於此。

〔註165〕 參姚鼐：〈古文辭類纂序〉。見《惜抱軒筆記》附〈姚惜抱先生年譜〉，第一六葉。台北市：廣文，1971 年。

〔註166〕 參見姚鼐：〈復劉東明書〉見《惜抱軒詩文集》「文集後集」卷三，291 頁。上海市：上海古籍，1992 年。

〔註167〕 姚鼐在指導其姪孫陳伯昂寫詩一段時間後，再以三大家爲門徑，欲其依個人天份，加以貫通變化。見〈與伯昂從姪孫〉十二首之十一。見佚名編：《明清名人尺牘》——《姚惜抱尺牘》，79 頁。台北市：廣文，1987 年。

〔註168〕 參見姚鼐：〈與陳碩士〉一百零八首之五十二，其對陳碩士寫作詩文上的進階指導。見佚名編：《明清名人尺牘》——《姚惜抱尺牘》，62 頁。台北市：廣文，1987 年。

〔註169〕 參見姚鼐：〈復劉東明書〉中，以杜甫五言排律爲理想，期勉劉東明應以此爲目標。見《惜抱軒詩文集》「文集後集」卷三，291 頁。上海市：上海古籍，1992 年。

3. 兼取正變的創作、批評觀

因為姚鼐在綜觀流變中歸結出創變的必要性，認為：文字體裁本有正體，以其無可說，乃為體變。……因變而生奇趣，文家之境，以是廣矣〔註170〕。故轉移了傳統詩論中用以區別詩體價值的「正變論」，改以「兼具正變」作為詩人自名一家前應具有的創作表現。故在創作上主張守正而知變，初學者應由體之正者入〔註171〕，能得其平易、醇厚，再以變體益其奇趣〔註172〕；而在評詩上則須「正變兼論之」，以免「詩境狹隘易窮」、與「體格卑下」之病。而這樣兼取正變的視角，應是由王士禛推崇杜甫七古、以變體為典律的評論獲得啟示。

4. 詩體原理的修正與深化

基於前述重視「創變」的觀點，姚鼐從而省思、修正了部分對詩體特徵、或審美風格等基本原理的詮釋。例如：其融合了「重性情」觀點於傳統「辨體」論中，便以為學詩者宜「因才辨體」，即所謂「其才驟馳而炫耀者宜七言；深婉而淡遠者宜五言」〔註173〕，能善擇自己才性之所近者專力習作，方能有成而自得。

此外，藉由杜詩典律在創變、與氣格上的特徵，也有助於姚鼐對宋詩特色的發掘，故能由「刻意學杜」、表現「兀傲磊落」的氣格兩方面，具體肯定黃庭堅、甚至是江西詩派的學詩成效。此與當時翁方綱改以黃庭堅詩為宋詩主流、以「刻抉入理」表徵宋詩特色，應有相當的關聯（詳參下節）。卻因此對方東樹的學詩定律建立，有很大的啟發。

〔註170〕參見姚鼐：〈與陳碩士〉一百零八首之四十八。見佚名編：《明清名人尺牘》──《姚惜抱尺牘》，61頁。台北市：廣文，1987年。

〔註171〕參見姚鼐：〈與陳碩士〉一百零八首之三十。見佚名編：《明清名人尺牘》──《姚惜抱尺牘》，55頁。台北市：廣文，1987年。

〔註172〕以上觀點係綜合姚鼐二處文意而成。見〈與陳碩士〉一百零八首，第75，79頁。見佚名編：《明清名人尺牘》──《姚惜抱尺牘》。台北市：廣文，1987年。

〔註173〕參姚鼐：〈與陳碩士〉一百零八首之三十一。見佚名編：《明清名人尺牘》──《姚惜抱尺牘》，56頁。台北市：廣文，1987年。

（三）由選集的體製上檢視

雖然，從選集體例上分析，今所見四庫全書版《御選唐宋詩醇》，其體例相當完備：正文前附有〈序〉一篇、〈凡例〉六則，及紀昀所撰〈提要〉一篇；所選典律後並有整體評析，且附錄近代各家詩評，皆可作爲表現典律意義、或寄寓選編者理念的詮釋空間。

但姚鼐續作《今體詩鈔》時，卻捨棄此體例，歸返於傳統詩選集以公正、嚴謹爲標榜的簡單格式，近似《古詩選》般僅於分體前加「序目」說明〔註174〕。此或因姚鼐深疾紀昀評論之「大不公平」，故刻意逆向操作，也可能爲與《古詩選》體制相近而接軌。至於，對於詩篇中的註解，則務求考辨正確、說解其詳，由《今體詩鈔》各卷，及筆記中註解《古詩選》數則〔註175〕皆可檢證，其凡古蹟、名物、典故、成詞等，皆詳於考辨其運用，對於題解與背景也多引導。特別是杜甫五言長律一卷，更詳於釐析其章法變化、結構之特色。由此種體例看來，姚鼐似已表明其《今體詩鈔》等論著，多是以教習詩篇習作爲宗旨，故其詮釋典律的態度是以註解取代批評，強調分析、而非評價。也因此得知，姚鼐曾對友人推介其所編詩鈔，自詡爲詩家「正法眼藏〔註176〕」，其著述旨趣亦當在破除當世迷障邪說，爲學詩者指出一條體會正法、培養詩「識」的智慧法門、及正道〔註177〕。

〔註174〕姚鼐選集中較例外者，僅在杜甫五言長律中有註解，以說明其結構變化。

〔註175〕今見姚鼐：《惜抱軒筆記》中「集部——五言詩選」有註解謝朓、江淹、何遜等人及詩篇者共約七則。多偏重字詞的考證與題解，絕少評論者。見《惜抱軒筆記》卷八，218～221頁。台北市：廣文，1971年。

〔註176〕參見姚鼐於己未（嘉慶四）年給胡雛君的書信中自述。見〈與胡雛君〉十三首之十二，佚名編：《明清名人尺牘》——《姚惜抱尺牘》24頁。台北市：廣文，1987年。

〔註177〕因『正法眼藏』本源於大藏經中《臨濟錄》所載大師臨終之言，又稱「大法眼藏」，指能體會正法的智慧的寶藏。因若能證得正法，則如眼一樣能照破一切迷闇。參見吳汝鈞編：《佛教思想大辭典》，「正法眼」「正法眼藏」條目，187頁。台北市：台灣商務，1994

　　以上分由最高典律的轉變、代表意義、與選集體例上探討姚鼐對桐城詩派的詩學評論成就，倘歸結其核心要義而言，便是確定了所謂「以文論詩」的大方向。雖然，會通詩文、變化體裁以創奇趣的創作實驗，自杜甫、韓愈、以致北宋諸家詩已多見，而此種借鏡於詩文原理、相互驗證的作法，自劉大櫆、姚範等前輩學者業已熟見，但皆未能如姚鼐般善用詩選集的典律特性，將二部選集誤讀、串聯爲學詩教材，並標立杜甫典律作爲學詩理想，提出由法入手、沉鬱頓挫、兼取正變等突破前人的論詩觀點。

　　更重要的是，姚鼐在詩文的關係上，曾提出「詩文一理，取徑不同」的簡明結論。並且爲此詩文共通的「理」，作了極深刻的形上探求，乃從傳統文論中發掘「文以達道，道分陰陽」的精神，以「詩文皆技，技近於道」爲詩文的藝術定位，並以「詩文言志，志共道申」作爲詩文創作的原理〔註178〕。如此一來，前述種種「以文論詩」的詩學批評與理論，也經由姚鼐的論述，具有獨特而完整的形上原理。

　　雖然，以上所引見姚鼐的詩學論述，原本多是片段、零散的出現於書信或序跋中，而且基本上是一種賞鑑對方詩篇後的指導或分享，故常因對象、情境而有個別考量，論理間未必能一致而連貫。然經由本文聯繫於選集、並歸納提要，卻已漸顯露其異於前人的論詩特色。再加上姚鼐所闡發的形上原理，此「以文論詩」爲核心的桐城詩論，便逐漸累積另立新典範的種種重要元素，已具有大致的雛形了。故稍後方東樹《昭昧詹言》的評論能形成評詩的基本模式、確定學詩定律，姚鼐的詩論著實功不可沒。

　　　　年初版二刷。

〔註178〕本處限於篇幅、與論述重點不同，未能對此詳述。可參見筆者所撰〈『詩文一理，取徑不同』──姚鼐「以文爲詩」觀點釐析〉一文，見《台中師院學報》第十四期，2000 年 6 月。

第八章 《昭昧詹言》作爲詩學新典範的意義

　　由前文討論，我們瞭解姚鼐結合二部詩選集，對前出《御選唐宋詩醇》提出修正、也凝聚了詩學典範的核心觀念，可見桐城派詩論在方東樹前，已累積了典範改變所需的、足夠的要素與形上原理。因此，對方東樹而言，如何將前人詩論的成果善予繼承，甚至挈其精神，加以充分闡發爲詩學典範，是最重要的發展任務。

　　在前章第一節中的引證，更指出方東樹在《昭昧詹言》所進行的典律「誤讀」、新詮釋，其意義不只是典律評價的改變，更在評詩模式、詩學原理上均已呈現出有別於前人的新結構。因此，本章以評估方東樹對新詩學典範的貢獻爲目的，欲由「本身詩學論理歸納」、「同門論述比較」、「當代詩論激盪與互動」、及「對桐城後學的啓發」等四個層面來觀察、檢證，到底方東樹藉由《昭昧詹言》的評註對前人的詩論作了怎樣的歸結與詮釋？其呈現的新詩學典範意義爲何？畢竟，所謂「詩學典範」的建立，並非僅由主觀的認定可以成立，故本節論述擬以其詩論本身爲基準點，依序向外觀察、拓展研究視野，期能增加對方東樹詩論評價的客觀與宏觀。

第一節　桐城派詩學典範中評詩基準的確定

一、方東樹立論的條件與背景

　　本論文第二章曾探討《昭昧詹言》成書、及方東樹學術之演變。方東樹在晚年撰成本書前十卷，歸鄉後乃續成此書以教子弟習作詩篇，卻因此彙整了桐城諸家論詩精華，成了桐城詩論的「集大成」〔註1〕者。但就其本身而言，還有數點優勢是較有益於他論述的條件，也是形成他閱讀、詮釋二家詩選時獨特的「期待視野」，故在歸結其論詩成果前，宜加以瞭解。

（一）家學與師教的基礎

　　據《清方儀衛先生東樹年譜》所見，方東樹家學中詩文素養原本深厚。除自高祖方昄便以學行顯世之外，曾祖方澤、父親方績均擅長詩文〔註2〕。故年譜中記載方東樹「年十一初學爲文」，其仿作即使「鄉先輩咸歎異之〔註3〕」應非溢美，極有可能是承自家學的基礎。今由《昭昧詹言》卷十七中仍留有多則引「先君曰」的評註〔註4〕看來，方東樹確實繼承了父祖輩作詩、論詩的素養，並能再

〔註1〕　參見郭紹虞：《中國文學批評史》下卷、第五篇「方東樹與文人之詩論」第1068頁。台北市：文史哲，1990年。

〔註2〕　參見鄭福照：《清方儀衛先生東樹年譜》第一頁。在剛開始的溯源，即歷述方氏先人，曰：「曾祖方澤（八旗官學教習候選知縣）生平宗朱子、文宗明艾千子、詩似宋楊秘監——姚鼐爲其門人，銘其墓，序文行特詳。」

　　　　又述其父方績（展卿）曰「著有《經史札記》《屈子正音》《鶴鳴集》。學行載《安徽通志》〈文苑傳〉，詩選入《國朝正雅集》《桐舊集》《古桐鄉詩選》」。同見鄭福照輯：《清方儀衛先生東樹年譜》第二頁。臺北市：台灣商務，1978年。

〔註3〕　同見鄭福照：《清方儀衛先生東樹年譜》，乾隆四十七年下所載「初學爲文，效范雲作愼火樹詩，鄉先輩咸歎異之。」《清方儀衛先生東樹年譜》第二頁。臺北市：台灣商務，1978年。

〔註4〕　參見方東樹：《昭昧詹言》第十七卷第十六、十七、二十二、五十一、六十一、六十二則。台北市：漢京，1985年。

加以考辨深思〔註5〕、精益求精。

　　從姚門學後，雖然方東樹在姚門弟子中原非以詩文創作著名，卻始終是姚鼐極爲看重、深切期許的學生，此固因兩家本有深厚的師生關係〔註6〕，更因方東樹立志讀書、積學有才〔註7〕，故姚鼐頗推許他，每爲其舉試不第而遺憾〔註8〕。嘉慶十二年，方東樹受邀回書院爲姚鼐課長孫讀書後，更日常隨侍、談論，成爲姚鼐門下承教最久的門人，對姚鼐晚年詩學思想請益亦多。

（二）個性與學術的偏好

　　藉由學術年表的編整，我們得以看出方東樹治學的歷程，除了文慧早現、持續吟作不輟外，其篤志於性理之學，使其於抽象之文理思辨精微，故對於姚鼐以前桐城諸前輩的詩論與文理，皆能予以融合、會通，因應詩選中所選典律的特性，隨機而出，卻又共成體系，逐步建構出桐城派評論詩篇的基本模式。而其生平成篇不少，頗以詩自信，益受同輩推崇〔註9〕，使其評析文本時，能深得詩人

〔註5〕　詳見方東樹：《昭昧詹言》第十七卷第十六則，391頁。在杜甫〈閣夜〉詩下註曰：「先君曰『孔明廟在閣旁，公孫述白帝城亦與閣近，故云『躍馬』，非泛引。』樹按：《蜀都賦》『公孫躍馬而稱帝』。末援古人以自解，言千古賢人，同歸於盡，則目前人事，遠地音書，亦付之寂寥耳，漫徒然也。」台北市：漢京，1985年。可見方東樹亦在前人啓示下再加深辨，並非援引附會而已。

〔註6〕　參見鄭福照：《清方儀衛先生東樹年譜》可知：姚鼐本爲方東樹祖父方澤的門生，而方東樹與父親又同時受教於姚鼐之門。而稍後姚鼐也言慶方東樹課其孫讀書。故說兩家數代間均有相互重疊的師生關係。分見《清方儀衛先生東樹年譜》第1、4、8頁。台北市：台灣商務，1978年。

〔註7〕　參見姚鼐：〈與胡雒君〉十三首第九、第十一。見佚名編：《名清名人尺牘》——《姚惜抱尺牘》第23頁。台北市：廣文，1987年。

〔註8〕　參見姚鼐：〈與陳碩士書〉一百零八首之十一、十三、四十三、四十四等均表現出對方東樹（植之的深厚期許與關切）。見《惜抱軒尺牘》。見佚名編：《名清名人尺牘》——《姚惜抱尺牘》第49，60頁。台北市：廣文，1987年。

〔註9〕　參見方宗誠：〈附記〉。其追述方東樹「平生自信其詩特深，以爲逾於文。上元梅伯言曾亮、寶山毛生甫嶽生、建寧張亨甫際亮皆推尊

情韻。唯因個性耿介率直，評論詩篇每據其所謂「無有意義才筆氣格，出塵境象，出人意表，令人眼明，無由刮目」的基準進行理性評價，以致對時人文字「率少可多否〔註10〕」。故由《昭昧詹言》中常見方東樹對於時人謬論、詩風衰弊均指陳分明，更長於反覆論辯、條理舉證，以鞏固桐城派傳統論點，因此，桐城詩學典範的規模能經其著述更趨完備。

（三）校注與編纂的經歷

由於仕途多舛，方東樹平日課館維生，常為謀事客旅各地。嘉慶末年後歷編廣東通志、校刊文集、筆記、自選詩集等經歷，使其嚴謹於編校、註解之功，曾以古人「每編校一書，所費日力即與自著一書等」自勉〔註11〕。也在此種專力編纂的文史研究中，方東樹同時得以融貫、省察所學自師門的種種詩文觀念。如所校編姚範《援鶉堂筆記》，其中有專論「王阮亭五七言古詩選」近一卷，方東樹除以「按語」對姚範的註解再加考辨、修正〔註12〕外，更有將二姚的論點相互印證、比較〔註13〕，企圖統整出更周延的論點者。其後三、四年間（道光十七至十九年），又先後校刊其父親《鶴鳴集》、及胡雒君《柿葉軒筆記》，凡此，皆促使其在撰寫《昭昧詹言》之前，已將得自於父執、師長的詩學觀念，作了初步的融合與貫通。故表面上雖是個人立論的

之，以為不可及。」見《儀衛軒詩集》目錄後。而陳世鎔：〈題毛生甫嶽生詩稿〉之一，亦曰「方干自信空千載」注曰：「桐城方植之自譽其詩曠絕千載。」因筆者未能親見其書，引述自劉世南：《清詩流派史》第 420 頁。台北市：文津，1995 年。

〔註10〕參見方東樹：《昭昧詹言》卷二十一第二二二則、533 頁中自述。台北市：漢京，1985 年。

〔註11〕參見方東樹：〈援鶉堂筆記書後〉。見《援鶉堂筆記》第八冊第 2054 頁。台北市：廣文，1971 年。

〔註12〕可例見姚範：《援鶉堂筆記》第六冊第 1513、1545 及 1512 頁等，皆是對姚範所注釋再提出考辨或補充者。台北市：廣文，1971 年。

〔註13〕又同見上註姚範：《援鶉堂筆記》第六冊第 1543、1556、1557、1558 等頁之例證，皆有相互引見、補充的作用。台北市：廣文，1971 年。

優勢，但這三項因素，對於方東樹探索桐城派學詩定律、建立桐城詩學典範，應有相當重要的助益。

二、確定評詩的基本模式

在前輩以二部詩選爲核心而發展詩論的傳統中，方東樹承續「可學而能、由法入手」的精神，積極爲桐城派詩論建立一種有利於學詩者的批評模式。其中，桐城耆老重視選本與評點的教習詩文風氣，是潛在的發展條件，而道光十二年後歷編詩集、筆記多種的經驗則帶給其啓發與動機，再加上其長於思理、論辨詳切的學術特色，勇於指疵、不與流俗的耿直性格，遂成就今見《昭昧詹言》批評與創作論融合、筆記與評點特色兼具的獨特形式。

整體而言，《昭昧詹言》中評註詩篇大體依循：先通論詩體，總評各家，再釐析詩篇的論述程序，與傳統詩選集的典律評論體例近似，便於參照。而以格調派詩論中「辨體爲先」、姚鼐所謂「詩如其人」的觀念爲基礎。

仔細辨析，則各論述程序中更有其大致的論述條理，與特殊的效用：

第一：其「總論詩體」部分，內容雖包羅繁雜，但多以總論原理、再論創作原則、分項要領，而後縱觀流變、引證詩家，或衡較各家差異、批判近世流弊。故雖因詩體而詳略、多寡有別，但略近於《文心雕龍》「敷理以舉統」「原始以表末」「選文以定篇」〔註14〕等理緒。

第二，「總評詩家」則有助於說明其典律的代表意義，瞭解該家詩篇的舊有評價，並藉以凸顯方東樹詮釋的重點，及所採取創意詮釋的類型爲何？

〔註14〕參見劉勰《文心雕龍》〈序志〉篇中所提出其文體論部分的論述類型有四。見周振甫《文心雕龍注釋》第 916 頁。台北市：里仁，1984年。

　　第三，「詩篇評註」雖非每家、每首詩均見評註。但皆配合詩篇
　　　　次序、依序批註的方式，以方便師生循選本講學，或自行
　　　　參照文本閱讀。由其所註詳、略，也足以標誌該典律的重
　　　　要性，故具有「筆記」切要評論的長處；而其評論中既有
　　　　總提篇旨、指明作法，更詳於章法結構的釐析，則兼具「評
　　　　點」在指導習作上的具體效用。

　　凡此種種論述條理、與評論作用的結合，遂使《昭昧詹言》各卷
的評註內容，看似紛紜多樣，其實在分體、分家等歸屬下，自成條理，
而具有共通的評詩模式。此乃方東樹《昭昧詹言》較其師姚鼐所編選
集與相關論述，更具有詩學典範規模的原因之一。

三、建立學詩定律

　　方東樹評註王世禛、姚鼐二家詩選，彙集而成《昭昧詹言》。其
形式雖大體遵循姚鼐以來桐城詩派論詩的「師法」〔註15〕，但更獨特
在能針對其師姚鼐所突破的「以文論詩」的方向，採取「以文評詩」
「評論合一」的新觀點，對前人所建的歷代詩學典律進行詮釋，期使
此詩學典範的核心特質——會通詩文，能持續發展，更趨周延。換言
之，方東樹進行的是對桐城詩學典範中核心特質的「開發」，乃至於
「合理化」的任務〔註16〕，期使其詩學主張能周延其內容，減少負面
問題，而為社會普遍接受。

　　在這些詮釋中，固有其善於繼承師門大成、借鏡於宋代詩學發展

〔註15〕參見姚鼐：〈與劉海峰先生〉，自述曰：「鼐於文藝，天資學問，本皆
　　　　不能逾人。所賴者，聞見親切，師法差真。」見佚名編：《名清名人
　　　　尺牘》——《姚惜抱尺牘》第3頁。台北市：廣文，1987年。
〔註16〕此一點典範變遷、發展的概念，是參用人類學上修正孔恩「典範論」
　　　　後，所區分的五個歷程：改革（Innovation）、典範核心部分的形成
　　　　（Paradigmatic Core development）、開發（erploitation）、功能影響
　　　　（functional consequence）、以及合理化（retionalimation）。參見凌平
　　　　彰譯：〈文化變遷中典律運作的過程〉。見《人類與文化》20期，68
　　　　～74頁。1984年5月。

的要義（已分述於前幾章），更有因融入方東樹個人學術志趣、家學淵源所形成的期待視野，與能特出師門、創變新意的論理。以下所歸結各點，乃專對此而言。

（一）以杜詩爲核心、韓詩爲取法，重建詩統

方東樹以杜詩爲最高詩人典律的觀點，有延續王士禎以杜詩爲七古主脈的創變觀，更是繼承姚鼐藉杜詩爲表徵，以引申由法入手、氣格雄渾等意義，因而確定了桐城派的論詩理想。因此，方東樹首先準確掌握此詩學典範的特質，以杜詩爲核心（終點），爲學詩者建構一個可學而能的完整詩學典範。但在這個典範中，他所提供、最凸出的的創意有二點：提昇韓詩地位與杜詩接近，塑造「杜韓典律」；並於五言正體中建立黃——韓——杜的新詩統。

1. 提昇韓詩地位與杜詩接近，以塑造「杜韓典律」

於前文第六章第四節中，我們依序詳究方東樹進行「替代」杜韓典律的過程：重新發現韓詩特色、刻意加強杜韓聯繫、並重新瞄準杜詩特徵、爲陶潛詩重新定位，而後得以順利取代宋代以來的杜、陶並稱，重建以杜韓爲目標的新詩學理想。對照於其師姚鼐論詩的重點，方東樹對韓詩特徵的詮釋、地位的重視，是明顯超越前人、獨寓含意的。

客觀上，方東樹以「力去陳言」作爲韓詩最鮮明的特徵，以凸顯其創意造語的創作精神。並以義理豐、筆力強、表現自家面貌三項特色，作爲杜韓典律對後人的重要示範意義。其配合詩篇論證詳贍，確實具有說服力。（已見前章第四節）

但就實際看來，方東樹對韓詩更具有主觀上的偏好，此或因韓愈最接近其「卓然自立、信而好古〔註17〕」的理想的詩人氣格，具有「脫盡凡情」的傲骨。但重點更在於方東樹認爲韓愈學本六經，其詩以筆力強、文法高而擅長，故是著重經史學養，融貫古文涵養的仕人文學

〔註17〕參見方東樹：《昭昧詹言》卷一第十一，第 4 頁。台北市：漢京，1985年。

的典型，也是最接近桐城派詩人特色、最符合方東樹「期待視野」的
典律。

對應於杜詩的原型，此一杜韓聯繫的典律，其實是較偏重杜詩中
的拗體〔註18〕、趨向「創奇而不俗」的路徑，其所長在強調「務去陳
言」的學古與創作精神，但卻非杜詩的全貌。故姚鼐於詩選中猶含蓄、
有所顧慮，而未於此強調。直至晚年，則因懲於詩風流易，亦開始重
視韓詩，欲後學由此入手〔註19〕。方東樹、梅曾亮〔註20〕兩弟子對此
家的關注，應皆源於師教，而方東樹的明顯強調，亦當有發揚師說，
針貶時弊，轉移風氣的意志為其動機。

2. 在五言正體中強調黃──韓──杜相承的新詩統

在《昭昧詹言》的內容分卷中，更引人關注的詮釋焦點，則是在
五言古詩體後，接續杜甫──韓愈──黃山谷三家詩的評論（已詳論
於第三章）。由所配合選集的體例上看，此三卷是在《古詩選》選詩
下限及附錄後，向後接續與增補的三家評論，除少數幾篇外〔註21〕，
多為概述或總評，並未配合詩篇釐析；而由《昭昧詹言》本身的評註
條理上看，則此三家係上接漢魏、阮陶、謝鮑等大家，形成完整譜系
的詩學傳承。所謂「學黃必探源於杜、韓，而學杜、韓，必以《經》、
《騷》、漢、魏、阮、陶、謝、鮑為之源。〔註22〕」方東樹便是以習

〔註18〕見方東樹：《昭昧詹言》卷十二，第一○二，頁269。曰「七言古詩，
易入整麗而近平熟，（韓）公七言皆祖杜拗體。」又於卷十二，第九
十五，頁267，〈魏將軍歌〉下曰：「此與〈寄韓諫議〉，皆開昌黎路
派。」台北市：漢京，1985年。

〔註19〕姚鼐：〈與伯昂從姪孫〉十一首之第一、第十。見佚名編：《名清名
人尺牘》──《姚惜抱尺牘》第77、79頁。台北市：廣文，1987年。

〔註20〕參見梅曾亮：〈古文詞略凡例〉第四，自述增錄李白、杜甫、韓愈三
家五言古詩。見《古文詞略》第【2】頁。台北市：世界書局，1964
年。

〔註21〕參見方東樹：《昭昧詹言》卷九第二十三、二十四，223～224頁評韓
愈〈秋懷〉；卷十第六，227頁評黃庭堅〈次韻伯氏〉等各篇。台北
市：漢京，1985年。

〔註22〕參見方東樹：《昭昧詹言》卷十，第十，227頁。台北市：漢京，1985

詩學古爲考量，而排定一循序摹習的詩學統緒。但在此學詩統緒中，以黃庭堅詩爲入門的看法，頗具獨特性，值得深究其意義。

綜觀方東樹對黃詩的評論，所讚賞者在於黃庭堅「致力驚㤞、不同凡俗」，特別是藉音節奇崛所顯現的兀傲氣格。故對其創作評價雖不如杜韓〔註23〕，卻因「沈頓鬱勃、深曲奇兀之致」而獨有所好，主張可爲初學者取法。藉此典律評價，可顯現方東樹「重性情、好氣格」的選詩旨趣，與「專宗山谷」〔註24〕的創作祈向。同時，方東樹也提出以黃詩爲入門的二種效用：一則可免於俗，超越當世模擬、率易等流弊〔註25〕；再則亦有益於習得「造句深而不襲」的優點〔註26〕，故欲學詩者由此下功夫。

再由黃、韓與杜詩的聯繫性觀察，則黃詩在學古、創變上的示範作用將更顯現。雖然黃庭堅詩自姚範、姚鼐以來已漸受重視，但多針對七言古詩、七言律詩筆健、句奇等「作用」而論〔註27〕。其五言古詩，向以習法韓詩、聲律險拗而少見推讚。方東樹非但肯定黃庭堅五古詩，並由此上接於韓愈、杜甫等最高典律，溯源於漢魏五古，儼然形成正宗詩體的譜系，其欲推尊黃、韓二家，作「善學杜詩」之典律示範的意圖，已至爲明顯。故《昭昧詹言》中，屢次評論韓、黃善學

〔註23〕參見方東樹：《昭昧詹言》卷十，第六 226～227 頁。又見第十一、228 頁，指出缺點；第十七 229 頁，以其所不如四大家者，在於不能「文從字順言有序」。台北市：漢京，1985 年。

〔註24〕參見陳世鎔：〈題毛生甫嶽生詩稿〉之二，自注曰「君與植之論詩皆宗山谷。」因筆者未能親見其書，引述自劉世南：《清詩流派史》第419 頁。台北市：文津，1995 年。

〔註25〕參見方東樹：《昭昧詹言》卷十，第三、225～226 頁。論黃詩求與人遠，故能免於俗。台北市：漢京，1985 年。

〔註26〕參見方東樹：《昭昧詹言》第十一卷第二十三、237 頁。又見第十二卷第二八七、314 頁。台北市：漢京，1985 年。

〔註27〕參見方東樹：《昭昧詹言》卷十第四、第五則；又如七律詩體，在選蘇、陸二家外，亦將蘇、黃並稱，合選一卷，明顯重視黃詩。殆因黃詩善學杜甫，得其作用。見第二十卷第二十七則、450 頁。台北市：漢京，1985 年。台北市：漢京，1985 年。

古人，能學一家而知所引申，追求自立〔註28〕，故能免於明人步趨太似之病。可見此詩學統緒的建立，除取法杜詩的變律創格〔註29〕、發揚學古知變的精神，並欲針貶時弊、轉移風氣外，也同時具有修正前代詩論的意義。

（二）析宋詩、通文法，適為入門

此外，概觀「詩體分析表」的量化分析，我們亦發現方東樹評註詩篇時，在七古、七律二體，有偏重宋代詩家、詳析其典律的傾向。此基本上雖奠基於王士禎《古詩選》選篇的配置、接受姚鼐評註杜詩五律的影響，但特別由文法、章句的角度討論詩篇作法，具體將古文與詩的創作原理會通為一，則應是方東樹意欲闡發的評詩方向。

先由歐、王、蘇、黃等家的詮釋焦點觀察，方東樹以為歐陽脩詩所長在「用古文章法」，使意、法、情俱能曲折深刻〔註30〕；王安石詩特長於用筆佈置、章法裁翦，故以健拔奇氣勝人〔註31〕。而山谷以造句奇崛而顯其玄思、獨步千古〔註32〕；東坡則以筆勢奇縱、章法妙變而顯其神氣〔註33〕。自其詮釋典律的重點看來，以上四家多針對創

〔註28〕參見方東樹：《昭昧詹言》第十四卷、第十七則，380 頁，以及第一卷第五十則、18 頁等。台北市：漢京，1985 年。

〔註29〕參見方東樹：《昭昧詹言》卷十七，第十七，頁四０二。〈野望〉詩下曰「此詩起勢寫望而寓感慨。中四句題情。三四遠。五六近。收點題出場，創格。此變律創格，與〈支離東北〉同。讀此深悟山谷之旨。放翁竟終身未窺見此境，故多平衍，可謂習氣。前〈歲暮〉一首，亦山谷所祖。先君云：『是時分劍南為兩節度，而西山、三城列戍，百姓疲於調役。』乙公五言律云：『辛苦三城戍，長防萬里秋。』」台北市：漢京，1985 年。

〔註30〕參見方東樹：《昭昧詹言》第十二卷第一二六則及第一二七則、275 頁。台北市：漢京，1985 年。

〔註31〕參見方東樹：《昭昧詹言》第十二卷第一六五、一六六則，284～285 頁。台北市：漢京，1985 年。

〔註32〕參見方東樹：《昭昧詹言》第十二卷第二八五、二八六則，313 頁。台北市：漢京，1985 年。

〔註33〕參見方東樹：《昭昧詹言》第十二卷第一九五則、二〇〇則，293 頁，

作中篇章結構、與煉句用字等「技法」，詮釋宋詩各家的示範價值，並以「不識文法、微於蘊藉之風」對比出陸游詩篇成章而無妙的原因。可知，借鏡於古文修辭、成篇的「法則」以評析古詩，是方東樹詮釋時的新創意，而前述北宋各家，則是其判定較適切的典律。雖然，沈德潛等格調詩論中，亦曾以詩人性情表現於詩篇「起伏照應、承接轉換」等變化特色爲「法」〔註34〕，卻不像方東樹這樣寬泛而具體的以文法、章法、字句落實其內涵，甚至融合桐城「義法」概念，而與「文」「理」共同組成詩文的三大要素〔註35〕。

　　再參照以各體「總論」中論及的創作要領，則上述以文論詩、講求文法的觀點，仍可因詩體而細分：1. 五言古詩以前述杜一韓一黃一脈譜系爲正統，皆以「筆力強、文法妙」〔註36〕勇於創變爲特色；2. 七言古詩所歸納作詩要領，不過「敘、議、寫」三種筆法變化的運用〔註37〕；3. 七言律詩的妙處，方東樹更簡括爲「講章法與句法〔註38〕」。舉凡此三體創作之初的「定法」，皆可由取法宋詩諸家典律中獲得，故方東樹常欲初學者由歐、王、或山谷入手，以開其文法、長其筆力〔註39〕，但又諄諄告誡「不可多讀，不可久學」〔註40〕，一旦

及第二一一則，296 頁。台北市：漢京，1985 年。

〔註34〕參見沈德潛：《說詩晬語》卷上第七，曰「詩貴性情，亦須論法。亂雜而無章，非詩也。然所謂法者。行所不得不行，止所不得不止，而起伏照應，承接轉換，自神明變化於其中。……」見丁福保輯《清詩話》第 524 頁。台北市：木鐸，1988 年。

〔註35〕參見方東樹：《昭昧詹言》第一卷、第十九則，12 頁。台北市：漢京，1985 年。

〔註36〕見方東樹：《昭昧詹言》第一卷第三十一，11 頁。台北市：漢京，1985 年。

〔註37〕見方東樹：《昭昧詹言》第十一卷第四至九，233～234 頁。台北市：漢京，1985 年。

〔註38〕見方東樹：《昭昧詹言》第十四卷第二，375 頁。台北市：漢京，1985 年。

〔註39〕見方東樹：《昭昧詹言》第十一卷第二十三，237 頁。台北市：漢京，1985 年。

〔註40〕見方東樹：《昭昧詹言》第十一卷第二十一，237 頁。台北市：漢京，

取其長處，便應移入韓蘇李杜等大家，以觀摩其創變之方，領悟「無定之法」。

由此可知，方東樹對宋詩各家典律評價雖然不高，卻看重其法度嚴明、適於初學者，故評註中強調作法與特色，並引爲學詩入門。此種評價與詮釋宋詩的觀點，較之於前人雖顯得創意獨具，其實卻由姚鼐對門人應「歸於雅正而不著俗氣，講法度而不可草率〔註41〕」的要求變化、落實而來，故也是最適合桐城門人將古文修養轉化爲作詩要領的便捷法門。

（三）重氣格，好雄健，轉移詩風

或因桐城詩派諸家論詩，常以「雅正」爲依歸、強調音節，或推崇氣格等論點，以致學者常易據此特徵，將桐城派詩趨同於格調詩論一派〔註42〕。但就其所宗尚的典律、推崇的詩風而辨析，其實存在不少差異。如格調派強調正體（五古以漢魏爲正宗；七古需取法初唐），桐城論詩則多鼓勵變體（五古以杜——韓——黃爲詩統；七古則取法杜、韓、及北宋諸家）；且格調派重視盛唐詩的氣度，兼取各家，而桐城派則偏好杜詩中古氣奇高者、甚或韓、黃詩的變體拗律，故其詩風的趨向便因之轉移。

雖然自宋代以來，杜甫便以薈萃眾長、兼備諸體而爲大家典律。姚鼐於凝聚桐城詩論，推崇杜甫爲最高詩人典律時，則大體沿襲王士禎的評價，以其七言古詩中「含天地之元氣」〔註43〕，出之以「沈鬱

〔註41〕 1985 年。
見姚鼐：〈與伯昂從姪孫〉十一首之一。曰：「近體只用吾選本，其間各家，門徑不同……同者必歸於雅正，不著纖毫俗氣，起復轉折必有法度，不可苟且草率致不成章。」見佚名編：《名清名人尺牘》——《姚惜抱尺牘》第 76 頁。台北市：廣文，1987 年。

〔註42〕 參見汪紹楹：「點校後記」。見點校本《昭昧詹言》第 541 頁，北京：人民文學出版社，1984 再版。

〔註43〕 參見姚鼐：〈今體詩鈔序目〉「七言律詩」，曰「杜公七律，含天地元氣，包古今之正變，不可以律縛，亦不可以盛唐限者」。見《今體詩鈔》第 3 頁。台中市：中庸出版社，1959 年。

頓挫」〔註44〕的轉折變化，爲理想詩體的特徵。至方東樹評註《昭昧詹言》，則將這樣的基準擴大引伸，轉換爲杜、韓典律，並以「富含義理」、「氣勢壯闊」、「表現自家面目」爲具體特徵（詳見第六章第四節）。而其對典律意義的詮釋，與姚鼐有兩點不同：

一則將「元氣」引申爲出於自然天成的性情，而氣勢則以「混茫飛動爲上〔註45〕」，故凡表現爲氣脈筆勢壯闊者，皆足爲大家典律。依此評論漢、魏、阮、陶，杜、韓、蘇、李等家〔註46〕，能表現自家性情、渾厚氣格者，皆可從之以取法其長。因此杜詩的「碧海鯨魚」固有可觀，韓詩的「斥刃摩天」亦具特色〔註47〕，藉此鼓勵學詩者以表現個人性情、自家面目爲目標。

再則，以爲氣勢雄壯者，猶應繼之以「頓挫〔註48〕」之法，以免言意太盡、或入於粗獷〔註49〕。正面之典律當由歐陽脩、王安石詩

〔註44〕參王士禎：〈七言詩凡例〉歸結明七子學杜的特色，在於「至何李學杜，厭諸家之坦地，獨於沈鬱頓挫處用意，雖一變古人，號稱復古，而同源異派，實皆以杜氏爲崑崙墟。」見汪中：《方東樹評古詩選》第 367～368 頁。台北市：聯經，1975 年。

〔註45〕見方東樹：《昭昧詹言》卷一，第七十，25 頁。「故須是用杜公混茫飛動氣勢爲上。」台北市：漢京，1985 年。

〔註46〕見方東樹：《昭昧詹言》卷一，第一二六，頁 41。「漢、魏、阮公、陶公，皆出之自然天成。惟大謝以人巧奪天工。太白文法全同漢、魏，渾化不可測。杜、韓短篇皆然，惟五言長篇不免有傷多之病，而氣脈筆勢壯闊，亦非漢、魏人所能及。」台北市：漢京，1985 年。

〔註47〕參見沈德潛：〈重訂唐詩別裁集序〉見《唐詩別裁》第一冊，第【3】頁。台北市：台灣商務，1978 年。此序中沈德潛乃摘杜、韓的詩語以概括風格，藉以表明其所選詩家風格豐富多樣，較王士禎所選，有所擴充。筆者則借其用語，並以印證前述格調派以時代取捨、風格多樣。

〔註48〕見方東樹：《昭昧詹言》卷一，第六十九，頁 24。曰：「氣勢之說，如所云：『筆所未到氣已吞』，『高屋建瓴』，『懸河洩海』，此蘇氏所擅場。但嫌太盡，一往無餘，故當濟以頓挫之法。頓挫之說，如所云『有往必收，無垂不縮』，『將軍欲以巧服人，盤馬彎弓惜不發』，此惟杜、韓最絕，太史公之文如此，《〈六經〉》、周、秦皆如此。」台北市：漢京，1985 年。

〔註49〕見方東樹：《昭昧詹言》卷一，第七十五，頁 26「漢、魏之人，無不

摹習入手，負面借鏡則陸游詩應以爲戒，此前文固已詳析。另一兼得元氣與文法之妙的典律，則是謝靈運詩，方東樹經由創意誤讀，強調其「氣韻沈酣，精研法律〔註50〕」的特點，以爲大謝頗能兼具「經營章法……文法至深〔註51〕」，與用「元氣結撰〔註52〕」詩篇的奧妙，而成一大宗門，爲杜、韓大家開先鋒〔註53〕。

因此，原本明代格調詩論以來追求「音調圓美」的盛唐詩理想風格，既因姚鼐推崇杜詩而移轉；杜詩中以沉鬱頓挫爲典型的理想詩風，亦在方東樹的創意詮釋下，分化爲杜韓典律兼重「元氣眞切」「文法變化」的雙重考量，並交融作用，隨詩人性情再分化爲「神氣渾涵」〔註54〕「自然奇偉」〔註55〕等等具體風格的崇尚。如聯繫於前文學詩統緒、與對詩體偏重（較適於長篇、長句式者），則知此風格趨向實肇源於桐城派「以文論詩」的精神〔註56〕，是方東樹發揚姚鼐「詩文

飛行絕跡，精深超妙，奇恣變化，蕩漾不可執著，然自厚重不俄。繞一講馳驟，而不會古人深妙，則入於麤獷僞俗。」台北市：漢京，1985 年。

〔註50〕 參見方東樹：《昭昧詹言》卷五第十二，129 頁。曰「謝公每一篇經營章法，措注虛實，高下淺深。其文法至深，頗不易識。」台北市：漢京，1985 年。

〔註51〕 參見方東樹：《昭昧詹言》卷五第二十，131 頁。曰「謝公氣韻沈酣，精研法律，力透紙背，似顏魯公書。」台北市：漢京，1985 年。

〔註52〕 參見方東樹：《昭昧詹言》卷五第三，126 頁。曰「讀謝公能識其經營慘澹，迷悶深苦，而又元氣結撰，斯得之矣。」台北市：漢京，1985 年。

〔註53〕 參見方東樹：《昭昧詹言》卷五第一、第六、第八。126～128 頁。台北市：漢京，1985 年。

〔註54〕 見方東樹：《昭昧詹言》卷一，第一〇八，頁 36。曰「詩文須神氣渾涵，不露圭角。漢、魏以下，惟陶公能爾。大謝以人巧肖天工，已自遜之，是根本不逮，然猶自渾厚。」台北市：漢京，1985 年。

〔註55〕 見方東樹：《昭昧詹言》卷一，第八十三，頁 28。曰「又如韓、蘇〈石鼓〉，自然奇偉，而吳淵穎〈〈觀秦承相斯嶧山刻石墨本碑〉〉則爲有意搜用字料，而傖俗鉏釘，氣骨輕浮。至錢牧翁〈西嶽華山碑〉，益爲無取。」台北市：漢京，1985 年。

〔註56〕 筆者以爲：此種偏重氣勢壯闊，又變之以章法頓挫的論點，誠如方東樹引之於古文的創作要領，曰「艾千子論文曰：道理正，魄力大，

一理」「詩文皆技」等桐城詩論的核心特質，並落實於重塑典律形象、建立學詩定律的自然結果。是故，表面只見典律的標榜、組成不同，其實理想的詩美特徵已漸轉變。而「以文論詩」的適用層面，亦從七言擴張到五言；由古體延伸到今體。

最後，在詩學原理方面，方東樹雖稟持桐城論文篤實的原則，講求文、理、義三者並重。但並能擇取往哲「比興」「興象」之妙釋，折衷於當代詩論中「氣韻」「聲色」之法，故能超越神韻的虛響、格調的定式、肌理的拘窒，而在辨體、學古的功夫上，領會興會神妙之巧，使此一貫串三家、上溯漢魏的學詩定律，具有較寬宏而深刻的創作原理，桐城詩派詩學典範中特有的種種要素，也至此得以齊備、完成。

換言之，桐城詩派「會通詩文」的企圖，經由姚鼐「以文論詩」的凸顯，是在方東樹手中完成「以文評詩」的模式與定律。由此角度來詮釋方東樹詩學在桐城詩派、或清代中葉詩學發展上的地位與貢獻，應是較為具體而中肯的。

第二節　姚門詩學理論的繼承與修正

雖然「以杜詩作為最高詩人典律」、「以文論詩」是姚鼐以後桐城派論詩的共識，但其各弟子的接受與詮釋間，每因個人性格、學養等「期待視野」的差異而多少有所分別。是故「姚門四傑」雖皆為姚先生稱許〔註57〕，其學術專攻、與闡述師說的形式卻各不同。如方東樹雖致力理學與經學，卻撰註《昭昧詹言》，以詩篇的分析、批評，與論述的條理見長；梅曾亮則以選本《古文詞略》精簡、與圈點詳切，得以在京師重振桐城文風；管同其詩早為姚鼐所稱賞，雖不幸早夭，

氣味醇，色澤古，此亦可通之於詩。今欲勝人，全要在此數字中講究，非苦心深思不能領略古人之妙也。」見方東樹：《昭昧詹言》卷十第十四，237 頁。台北市：漢京，1985 年。

〔註57〕參見鄭福照：《方儀衛先生東樹年譜》乾隆五十八年下，敘方東樹受業姚門事，附記之。第二葉左。台北市：台灣商務，1987 年。

其詩文集尙賴同門刊刻，劉開又以駢文、古文專擅〔註58〕，故二人皆未發揚師說。

至於郭麐，雖非顯名天下的姚門子弟，卻頗得其師廣納美才的雅量，矢志搜錄當代有志創作卻未顯名於世者之佳篇〔註59〕。有《靈芬館詩話》十八卷採輯嘉篇美句而評論之，稍可見其論詩祈向。以下便以郭、梅二人之著述爲主，於比較中探討《昭昧詹言》對師說的繼承與修正。

一、與郭麐《靈芬館詩話》選詩方向的異同

據書前孫均〈靈芬館詩話序〉所署年月看來，本書前十二卷內容雖爲郭麐長期以來陸續鈔輯，其結集刊行應不晚於嘉慶 21 年（C1816），此時適爲其師姚鼐卒後一年〔註60〕，對於傳承師說應有所助益；而其說較方東樹《昭昧詹言》早出約二十三年，亦可參照其說同異。

（一）由全書宗旨概括：由於郭麐反對近人多借詩話標立門戶、相互爭勝，故特別強調詩話「存人存詩」的文獻功用。書中常見推讚鄉人佳篇、或隨手摘錄美句以存其人、志其事。是以頗能發揮歐陽脩所謂「集以資閒談〔註61〕」的詩話功能。

雖然其詩話並不以評論爲宗旨，其摘錄詩句中交雜論述的情況，

〔註58〕劉開少以文謁姚鼐，即深受其賞識，以爲「望溪、海風之墜緒，賴以復振」。但其才氣縱橫，氣勢排宕，故爲桐城後學譏其有違師道。引文參見陳方海「傳引」，見劉開：《孟塗先生初集》十卷，第一頁。見台灣大學圖書館藏：久保文庫第 124 冊，清嘉慶間刊本。

〔註59〕參見郭麐：《靈芬館詩話》續編、卷六，第 499～500 頁。曰「……不特吾師闡幽發微之心得以稍慰九京，而橢項黃馘，苦吟憔悴之士，有僻遠沈冥，不獲傳於世者，既以單詞隻句託之不腐，豈非盛事耶？」見杜松柏《清詩話訪佚初編》（二）。台北市：新文豐，1987 年。

〔註60〕參見吳宏一：〈方東樹文學年表〉。見〈方東樹「昭昧詹言」析論〉文後之附錄，《國立編譯館館刊》，第十七卷第一期，1988 年 6 月。

〔註61〕參見歐陽脩：《六一詩話》〈自題〉。見何文煥：《歷代詩話》第五冊《六一詩話》，156 頁上。台北市：藝文印書館，1991 年五版。

則約有三類：

第一、通常陳述一簡明的論點，再帶出某人詩篇爲證〔註62〕。

第二、最多者爲敘其人、記其事、引其詩，而自其中歸結、融入詩理或評論〔註63〕。

第三、或引自他人評論，再驗之詩，分辨其評詩之當否〔註64〕。

是故，今欲確知其論詩旨趣，則須由各篇中連綴其吉光片羽，並參之以文集中的部分論述，乃能略知其論詩旨趣，以下僅舉其大者與方東樹比較。

（二）其論詩有與方東樹相近者

大抵以詩中應具眞性情，但亦須講求格調，勿入於俗。如詩話中卷四以下，所錄胡瘦山（金題）、吳鑑南（璵）、董東亭（湘）等家詩，都各有其詩情眞摯、風流博雅的氣格流露其中，郭麐擇錄其詩，並不計其名位高下，而常因其能「自攄性情〔註65〕」，或顯現「詞意沉酣」「清俊之氣，一洗俗調」〔註66〕的獨特性，而發覺許多眞性情、不附會於世的詩人雅士。此殆因郭麐本以爲：詩者，發於志而形於言者也。故貴在

〔註62〕例如先論「詩以翻案爲工，然需如人意之所欲出爲妙。……（卷三60頁）」而後引吳白華詠史詩爲例證。見（清）郭麐：《靈芬館詩話》卷三，60頁。出於《清詩話訪佚初編》二。台北市：新文豐，1987年。

〔註63〕如其自敘曾於乾隆末年旅食京師，簡介李介夫其人其風「愔然靜者，而風骨卓立，詩宗昌黎，亦有嶔卓癯瘦之意。……」並引其見送之詩云，而後評其詩篇等。見（清）郭麐：《靈芬館詩話》卷三，61頁。出於《清詩話訪佚初編》二。台北市：新文豐，1987年。

〔註64〕如引魏道輔評歐詩少餘味，婉轉謂其評論不妥。見（清）郭麐：《靈芬館詩話》卷二，45頁。出於《清詩話訪佚初編》二。台北市：新文豐，1987年。又見其引隨園評許子遜詩，則印證爲唐詩之上乘。見（清）郭麐：《靈芬館詩話》卷三，57頁。出於《清詩話訪佚初編》二。台北市：新文豐，1987年。

〔註65〕見（清）郭麐：《靈芬館詩話》卷四100～101頁評芝房詩。出於《清詩話訪佚初編》二。台北市：新文豐，1987年。

〔註66〕分見（清）郭麐：《靈芬館詩話》卷四81頁評顧小遒詩，卷四83頁評胡瘦山詩。出於《清詩話訪佚初編》二。台北市：新文豐，1987年。

「所存者深，所志者遠」〔註67〕，而人則無論處於臺閣、或江湖。

但郭麐雖以詩人性情真摯為要，亦強調格調宜雅。故又曰「詩主性情固矣，然言不典雅，則入於俗調。……而雅正霄壤，謂格調可不講，得乎？」〔註68〕以此印證於詩話中多摘錄所謂「宗法唐音」〔註69〕者，也詳述沈歸愚（德潛）諸多詩壇美事〔註70〕，則知本書雖號稱「其人皆無門戶意見存乎其中」（靈芬館詩話序），但其評詩仍不免受當時盛行的格調說影響，而以雅音正體為佳。

（三）其論詩亦有不同於《昭昧詹言》者

1. 主要是評詩強調和平、多稱許的鑑賞與輯錄態度

或有鑑於康熙十年前後京師引發「宋詩熱」〔註71〕後，詩壇多分門立派的相互疵議，郭麐於詩話中多針對詩篇進行鑑賞、或因之稱美其人。故孫均謂其立論特色為：

> 其論古人也，不隨附和、不務刻覈，不事穿鑿，而為取心之有所得者；其論今人也，不別顯晦，不強異同，不為佞諛攻訐之說，而惟取其言之有可采者。視往時之議論，尤覺和平者多，而偏宕者少。（嘉慶丙子秋，孫均：〈靈芬館詩話序〉）

相較於「閱人文字，率少可多否」的方東樹、與論理明切、詳於釐析的《昭昧詹言》而言，這樣的詩論風格似乎過於舒緩，對於詩學觀點的呈現亦較凌散。

〔註67〕 參見郭麐：〈紅茶詩序〉。見《靈芬館集》「雜著」卷二。嘉慶道光間刊本。

〔註68〕 見（清）郭麐：《靈芬館詩話》續編卷六 502 頁。出於《清詩話訪佚初編》二。台北市：新文豐，1987 年。

〔註69〕 如引隨園評許子遜詩，見郭麐：《靈芬館詩話》卷三 57 頁、及卷四 100 頁，以「規模唐賢」稱讚時人詩篇。見《清詩話訪佚初編》二。台北市：新文豐，1987 年。

〔註70〕 參見郭麐：《靈芬館詩話》卷三 66～67 頁。連記三件沈歸愚論詩的盛事：新城尚書、知遇沈歸愚等。出於《清詩話訪佚初編》二。台北市：新文豐，1987 年。

〔註71〕 參見張健：《清代詩學研究》第八章，第 365～375 頁。北京市：北京大學，1999 年。

2. 由詩體通變上肯定宋詩有異於唐詩的風貌，但僅取其古雅者

郭麐曾引其師之論，以爲詩常以後出轉精，並以爲宋人詩常能『於艱難中特出奇麗也』〔註72〕，而詩話中亦有長篇摘錄宋元詩中之珠璣者〔註73〕。但兩相衡較，則以宋詩意味稍有不足。曰：

> 讀唐人詩，覺此中甚深，讀宋人詩，覺於此外甚大。唐人之文，類皆深博無涯涘，或爲瑣悉細碎之文，頗極其古。至其爲詩，則韓杜諸大家外，皆有筆不可寫之語。爲體所囿，宋人之詩，乃如唐人之文，至爲文則立間架以自尊，刪駁雜以取潔，去唐人醇古之氣遠矣。(《靈芬館詩話》卷一，第25頁)

同時，也針對部分宋詩以出奇爲新，以致雜入俚俗的現象，舉出劉龍洲、楊誠齋等人詩篇爲佐證，並評之曰「奇而不法」〔註74〕。可知其雖承姚鼐詩體通變的觀點，對宋詩的風格與創作成就，仍未認同。

3. 在學詩的創作論上，較強調先天才氣的影響

或因郭麐本於詩人創作經驗，深覺「興會」的重要。故以爲詩人除平日應由學識、胸襟上涵養外，更強調先天「才氣」的重要，故一方面說明佳篇常成於「妙手偶得」(《靈芬館詩話》卷二43頁)，一方面也應有「才」，方能與古人相角逐(《靈芬館詩話》卷一16頁)。同時，也藉元好問的詩評以印證此說，解釋蘇東坡詩所以勝黃庭堅的關鍵，便在於其才高。

此種以爲「才氣」天成、不可強能的態度，雖於姚鼐論述中亦曾見，但多出於謙稱，適足以說明姚鼐主張「可學而能」、注重模擬入手的理由。但郭麐因看重性情，強調才氣，而近於性靈詩論，由此歧

〔註72〕參見「姬傳先生言，文章之事，後出者勝……此所謂『於艱難中特出奇麗也』」(續集六卷則爲後來時所增) 姚鼐也有〈宋頻伽（郭麐）東歸詩〉，並在乾隆55年：60歲時旅食京華。乾隆59～嘉慶十年間與吳錫麒等名家相酬唱、文會，阮元爲其詩序。(卷二，34頁)

〔註73〕有專摘佳句者，見（清）郭麐：《靈芬館詩話》卷三第58頁，68～72頁。出於《清詩話訪佚初編》二。台北市：新文豐，1987年。

〔註74〕見（清）郭麐：《靈芬館詩話》卷二41頁。出於《清詩話訪佚初編》二。台北市：新文豐，1987年。

出新解，遂與繼承師教、而由宋詩開展學詩門徑的方東樹詩論在此觀點上迥異。

此外，最顯著的差異，則表現於對當代詩壇的評價。郭麐在詩話中評述乾隆三十年以來清代詩學宗向，約可分三家：

> 隨園樹骨高華，賦材雄驁，四時在其筆端，百家供其漁獵，而絕足奔放，往往不免，正如鐘磬高懸，琴瑟迭奏，極其和雅。……
>
> 忠雅託足甚高，立言必雅，造次忠孝，讚頌風烈。而體骨應圖，神采或乏……。
>
> 歐北梟有萬夫，目短宜世，合銅鐵爲金銀，化神奇於臭腐，欲度越前人，震戒凡俗……要皆各有心胸，各有詣力，善學者去其皮毛，而取其神髓，可矣。（《靈芬館詩話》卷八，196～197頁）

就其指明胸襟、性情之別，各家分析利病而觀，似乎執中而論，態度公允。但如聯繫於前一則批判浙西派、推崇隨園「性靈」說之簡明中弊等論述、及其後極力推許錢載（籜石）淳音古意等評論看來，其似乎對性靈派詩人的創作成果深爲激賞。而至道光年間，或因國勢衰微、或因流弊漫衍，方東樹對此種率意創變、流於滑俗的詩風，乃深惡痛絕，斥爲「傖荒一派」〔註75〕。

綜觀所述，郭麐雖以詩話繼承其師闡發幽微的心願，卻限於性情與體製，對於姚鼐論詩要義鮮少闡發之功，甚至在對宋詩的評價、才學關係的主張，與對性靈派的態度上，都有違於師說、迥異於同門方東樹的觀點，故對桐城詩論的推擴，作用有限。

二、與梅曾亮《古文詞略》典律評論的差異

梅曾亮於姚門弟子中，特以駢文、古文皆擅場。且於道光中期，郭麐、管同等人先後辭世，方東樹、姚鼐均遠離京師，姚鼐古文學多

〔註75〕見方東樹：《昭昧詹言》卷一，第九十八，33頁。台北市：漢京，1985年。

賴梅曾亮於京中發揚，當時「京師治古文者，皆從梅氏問法」〔註76〕。而其《古文詞略》二十四卷，係由其師姚鼐所纂《古文詞類纂》中約選而成，唯其後增錄「詩歌類」四卷，實是最得姚鼐以古文為本、兼論及詩的文論旨趣。

（一）就選集形式而觀

《古文詞略》於書前有凡例、目錄；選篇中則偶有少數註解，或解其題、或註解詞義、考辨字句。而古文「論辨類」中有段落評註〔註77〕，但詩篇中，特別是杜詩長篇中，均未著明其章旨、文法，乃與姚鼐《今體詩鈔》不同；詩句上還有分「圈」「點」等評註標記，可見其多為精警的佳句。基本上應是適於作為詩文教本的選集。唯其未署年月，未能知其思想代表時期。

如歸納其評選詩文的特色，則與《昭昧詹言》有數點相近，可相互參看：

1. 將詩歌視為「古文詞」中一類

梅曾亮於〈古文詞凡例〉之首，即明白指出此一體例的改變，唯其所錄，僅涵五言、七言古詩，而未及其他。可見梅曾亮對於姚鼐「詩文一理」「以文論詩」的觀點，是有選擇性的部分接受與發揚：認為較適於與古文會通的，應僅止於「古體詩」而言。另由其約選為「三

〔註76〕參見〈梅曾亮列傳〉，《新校本清史稿》，卷四百八十六，文苑傳第三，13426 頁。曰：「少時工駢文……讀周、秦、太史公之書，乃頗悟，一變舊習，義法本桐城。稍參以異己者之長，選聲練色，務窮極筆勢。……居京二十年，……曾國藩亦起而應之，京師治古文者，皆從梅氏問法……曾國藩於文推挹姚氏尤至。」

又見：〈邵懿辰傳〉：「與曾國藩、梅曾亮、朱次琦數輩遊處……」卷四百八十，儒林傳一，13162 頁。

又見〈吳敏樹傳〉「時梅曾亮倡古文義法於京師，傳其師姚氏學說……與曾亮語合」卷四百八十六，文苑傳第三，13433 頁。均見《清史稿校註》。台北縣：國史館，1986 年。

〔註77〕此或為自註；或有述其師說者。見梅曾亮：《古文詞略》卷一第七葉右。台北市：世界書局，1964 年。

百餘篇」，亦略知其有效孔子刪詩，以倡復詩教的寓意。

2. 詩文均以「詞備」「氣健」為美

梅曾亮引韓昌黎「詞不備不可以成文」說，以爲詩文之「詞」並非虛華，而是「載吾氣」之道器，故詞既不可太易，亦不可太繁，以免氣爲之儉〔註78〕；此外，「氣」，於個人自然需以氣健爲貴，至如時代之氣衰，如『文衰於東漢，詩至齊梁則弱矣』〔註79〕之類，則不得不刪略。

3. 特別看重杜甫、韓愈的五言古詩

梅曾亮論詩雖自述遵循王漁洋《古詩選》爲選詩鵠的，而汰其大半。但究其實際，於「詩歌類上」所選五言古詩一體，則特別增入李白、杜甫、韓愈三家詩，此於其「凡例」第四中已作說明。但其並未說明何以增錄的原因，而其與同樣看重杜、韓五言古詩的方東樹《昭昧詹言》，其作法上也略有差異，爲深究其原委。以下先藉表列，排比其選篇數量的消長：

選詩狀況	五言古詩			七言古詩			備 註
詩家／選集	《古詩選》	《昭昧詹言》評析	《古文詞略》增錄	《古詩選》	《昭昧詹言》評析	《古文詞略》刪略	
李 白	27	22	6+8〔註80〕	26	4,17〔註81〕	7*	故較《古詩選》少選七古19篇。

〔註78〕 參見梅曾亮：〈古文詞略凡例〉第二，「詞，所以載吾氣者也。歐陽永叔之文，易於詞也。……子瞻、明允爲優，然詞繁，而義亦儉矣」《古文詞略》卷一第一葉右。台北市：世界書局，1964年。

〔註79〕 參見梅曾亮：〈古文詞略凡例〉第四，「文衰於東漢，詩至齊梁則弱矣。以其未入於律也，而概謂之古詩。子建、叔夜之文未嘗非古文也，然氣則靡矣』《古文詞略》卷一第一葉右。台北市：世界書局，1964年。

〔註80〕 梅曾亮《古文詞略》中，對於李白〈古風〉僅略選其中六首，而增錄〈妾薄命〉等八首。

〔註81〕 表格內數字說明：第一數爲方東樹詳析篇數，第二數爲略評篇數。

杜　甫	0	卷八總評，共 21 則。	+41	67/12,40		33＊	故較《古詩選》少選七古 34 篇。
韓　愈	0	卷九，共總評 20 則、單評 4 則。	+4	35/5,16		8	故較《古詩選》少選七古 27 篇。
黃庭堅	0	約 30 餘〔註 82〕	0	25/7,18		0	

經由表列的量化指標，我們得以將《古文詞略》與《昭昧詹言》評選唐宋詩大家典律的現象，集中於二處討論：

1. 梅、方雖共同推重李、杜、韓二家的古體詩，但杜甫在選篇數、與評析詳略等客觀典律地位指數上，都遠比李白、韓愈詩高許多；其中韓愈詩典律地位以較前人所論提昇許多，特別在七古一體，二選集中皆略勝李白。

2. 方東樹《昭昧詹言》中對黃庭堅詩的特別推重，則是與梅曾亮《古文詞略》最顯著的差異。拘於體例簡略，梅曾亮雖未能於書中說明其故，但參見其相關論述，則其論詩最強調「眞」〔註 83〕，常以「肖乎吾之性情而已〔註 84〕」爲作詩要領，而反對刻意以「奇博新異」〔註 85〕爲工者。相較之下，沿杜詩拗體一脈而下的黃庭堅五古詩，則不免有所謂「磊磊若石子著口中不可讀〔註 86〕」或「客氣假象〔註 87〕」的弊病，此或

〔註82〕參見方東樹：《昭昧詹言》卷十第六所述，其所據詩選，乃較《古詩選》增錄劉大櫆所選十篇、姚範所選二十餘篇。故共約三十餘篇。

〔註83〕見梅曾亮：《柏木見山房文集》卷五〈黃香鐵詩序〉。見王有立編：《柏木見山房文集》卷五第 218～221 頁。台北市：華文書局影印成豐六年刊本，1969 年。

〔註84〕見梅曾亮：《柏木見山房文集》卷五〈李芝齡先生詩集後跋〉。見王有立編：《柏木見山房文集》222～224 頁。台北市：華文書局影印成豐六年刊本，1969 年。

〔註85〕見梅曾亮：《柏木見山房文集》卷四〈朱尚齋詩集序〉。見王有立編：《柏木見山房文集》卷四第 185 頁。台北市：華文書局影印成豐六年刊本，1969 年。

〔註86〕參梅曾亮：《柏木見山房詩集》〈自序〉中追述其受業於姚鼐時，對

爲其未予增選的原因。

（二）再參照其評析與圈點的情況而看

　　五言古詩所增錄者，有李白詩八首，乃刪除〈古風〉組詩中託言
仙人、遊冶乘時等旨意較浮泛者，而增錄〈春思〉〈遊泰山〉〈月下獨
酌〉等多首詩意眞切、情景自然者；至於所增錄杜甫與韓愈詩篇，則
更常見長篇寫實的生民心聲、或流徙入蜀的壯士悲咽〔註88〕。

　　七言古詩方面則較《古詩選》簡略許多，且其所刪略者有許多爲
方東樹評爲文法變化獨到，如李白〈襄陽歌〉、〈梁園吟〉，以及杜甫〈奉
先劉少府新畫山水障歌〉等詩〔註89〕。而所保留者則多爲詞句精鍊朗
暢、情韻眞摯的詩篇，如杜甫〈曲江〉、〈樂遊園歌〉等結構未必奇偉，
情意卻眞摯、音節朗暢者，故亦見梅曾亮於詩句上圈點甚多〔註90〕。

　　可見兩人雖同推杜、韓詩，但鑑賞的重點稍異：一重情韻、一重
意蘊，以致於對大家情意融洽的典律略無異議。但對於部分宋詩的風
格、以及「以文爲詩」的創作實踐，則梅曾亮與方東樹相較，乃有接
受程度上的差異。今藉其題詩中所述「以文爲詩古有之，擬經擬子斯
尤奇。……我窺其藩尙茫昧，世觀於隙彌驚疑。一卷冰雪不受暑，避
俗自攜惟自怡。」（題桐城張元道詩稿）看來，梅曾亮雖亦能理解、
欣賞宋詩的特色與風格，但評論間終有未能盡識、不爲世賞的遺憾

　　　《山谷集》的最初印象是「見手一小書不置，竊取，視磊磊若石子
　　　著口中不可讀……」。見梅曾亮：《柏木見山房全集》第十七卷第一
　　　葉。上海市：上海古籍，2002年。
〔註87〕見方東樹：《昭昧詹言》卷十一第二十七，238頁。評陸放翁與山谷
　　　詩，均有衿持盧驕之氣。
〔註88〕可參見梅曾亮：《古文詞略》卷二十二「詩歌」類上二、第七至二十
　　　三葉。有杜甫〈述懷〉〈北征〉〈新安吏〉，及韓愈〈此日足可惜送張
　　　籍〉〈送靈師〉等眞切寫實的詩篇；也有〈發秦州〉〈青陽峽〉等藉
　　　景寓情、胸懷磊落的詩。台北市：世界書局，1964年。
〔註89〕分見汪中編：《方東樹評古詩選》「七言詩歌行卷」第四439～440頁，
　　　及「七言詩歌行卷」第五460～461頁台北市：聯經，1975年。
〔註90〕參見梅曾亮：《古文詞略》卷二十三「詩歌類」下一、第十六至十七
　　　葉。台北市：世界書局，1964年。

感。此與前述對「以文論詩」有所保留、僅取古體的作法，應是相同的考量。

小 結

經與以上兩位同門學者的論述比較，方東樹的確如後人所評論〔註91〕，是與姚鼐相處最久、最得其論詩的完整旨趣者。同時，因其選取了配合選本評註的論述方式，因此其註解、分析詩篇的方法，非但建立了桐城派評詩的模式，也有助於詩文學習者運用之便利。相較之下，郭䃅的詩話叢談、梅曾亮的詩文選集，便無法充分申論。

而《昭昧詹言》中各體總論、各家總評等形式，則尤其易於彙整前輩論述的條理，彰明桐城論詩的要義，故方東樹於姚門各弟子中最具傳承之功；至於其個人勇於評論、批判流俗的性格，也使其評詩論點表現最爲明確。但因方東樹的創作企圖不止於承述師說，時見逞才肆論之語，故其率意發揮處，便易引發後學爭議。

第三節　與當代詩論的激盪互動

由康、乾到嘉、道年間，正是尊唐、宗宋勢力交鋒，各家詩論爭鳴的時期。但因姚鼐基本上不專力於詩，多持平而觀，並不介入其紛爭。甚至務求立場折衷，提出「陶鑄唐、宋」的主張，欲兼取各家之長。

故基本上桐城詩派論詩觀點與當代各家詩論間，每因學術風尚、政教推倡、及詩觀演進等相關因素的作用，而具有或多或少的論點近似、甚至重疊，此殆緣於時空條件、或詩學發展上的不得不「同」；而事實上，這些先後提出的神韻、格調、肌理、性靈等詩學論點間，彼此亦有相互修正、補充的辯證關係。因此，爲求彰顯此種激盪、互動的關係，以下討論乃將焦點集中於「肌理說對神韻與格調的折衷」、

〔註91〕參見鄭福照：《清方儀衛先生年譜》，第 4 頁。台北市：台灣商務，1987 年。

「性靈說對格調說的修正」二處，分別觀察桐城詩派中姚鼐、方東樹師生在面對當代此類詩學議題時，所先、後採取的態度與觀點爲何？

一、對翁方綱肌理說的態度與看法

（一）由立論的動機上看

誠如翁方綱所自述，「肌理說」的提出，是「以闡揚先生（王士禎）言詩大指爲要務」〔註92〕，是懲於時人批判神韻說涉於虛空，而「欲以肌理之說實之〔註93〕」。藉此，我們得知：原有王士禎以神韻詩論爲核心而建立、盛行於康熙朝的詩學典律，到了乾、嘉時期，已漸漸不能符合實學學者的「期待視野」，而翁方綱是以王士禎詩學典範的擁護者自居，卻欲對其詩學內容進行修正、新詮釋，以建立新典範。

至於其所待修正的「虛」，一則是「神韻」所指的「風致、情韻」等較抽象、難驗證的質素，故易產生「流於虛響〔註94〕」的弊病；再則是其學詩方法上亦太空泛，無法全賴後天的學習求得。是以翁方綱原意在重新界說、辨析神韻與格調說的特色、弊病後，提出一個折衷於二者、既具體又可行的學詩方法，故置於〈詩法論〉中闡發，並基於「少陵曰『肌理細膩骨肉勻』，此蓋繫於骨與肉之間，而審乎人與天之合〔註95〕」的命意，而稱之曰「肌理」。此段藉人物品鑑爲喻的

〔註92〕參見翁方綱：〈小石帆亭著錄序〉。見《復初齋文集》卷三，143～144頁。台北市：文海，1966年。

〔註93〕參見翁方綱：〈神韻論〉上，曰「昔之言格調者，吾謂新城變格調之說而衷以神韻，其實格調即神韻也。今人誤執神韻，似涉空言，是以鄙人之見，欲以肌理之說實之。」見：《復初齋文集》卷八，341頁。台北市：文海，1966年。

〔註94〕參見前節引紀昀〈御選唐宋詩醇提要〉，其中以王漁洋爲救宋詩派之弊而倡論，但本身卻「不究興觀群怨之原，故光景留連，變而爲虛響。」見《四庫全書》集部總類第1448冊，第2頁上。台灣商務，1986年。

〔註95〕參翁方綱：《復初齋文集》卷十五，曰「昔李、何之徒空言格調，至漁洋乃言神韻。格調、神韻，皆無可著手也，故予不得不近而指之

論述中，「肉」是謂格調說所指體格、聲律等詩歌的外顯形式；「骨」則指性情、風神等神韻說內涵的詩人氣格。而翁方綱所謂「肌理」則介乎其兩端，猶如今日文學理論中所謂的「現象層」〔註96〕或「意義形式」〔註97〕。故由立論的背景上看，對王士禎詩論的推崇、卻唯恐「神韻」說陳義太虛、過高，而欲對初學者提供更具體可行的學詩「規矩」〔註98〕，是桐城派詩論與肌理說相近的立論動機。

（二）由詩論的原理上看

在乾嘉學者「學術整合化」的時代風氣、與發展趨勢下〔註99〕，各家雖同樣講求考據、義理、詞章三者，但多數皆以考辨爲本，而詞章之「文」爲末。而翁方綱爲提振詩文的地位，駁斥漢學家的狹隘論「理」〔註100〕，乃由「理」字著手，首先賦予「理」有其廣義，將「義理之理、文理之理、肌理之理」〔註101〕三者相互貫通，因而打開了詩學與義理、學術之間的關聯性，所謂「在心爲志，發言爲詩，一衷諸理而已。」〈志言集序〉乃成爲其以肌理論詩的基本原理。

其次，則將狹義的「理」特定於「儒家之理」爲內涵，而不外露、不直言，俟讀者而後知之〔註102〕的「體會」。翁方綱抓住杜甫「精熟

日肌理。少陵曰『肌理細膩骨肉勻』，此蓋繫於骨與肉之間，而審乎人與天之合，微乎難者。」台北市：文海，1966年。

〔註96〕參見劉安海、孫文憲著：《文學理論》111～122頁將文本的組成因素，由外而內概分爲「語言層、現象層、義蘊層」三部份，武昌市：華中師範，2000年

〔註97〕參見龔鵬程：《文學散步》79～87頁，將文學作品分爲「形式、意義形式、意義」三層。台北市：漢光，1987三版。

〔註98〕復初齋文集卷三「神韻論」中「善教者必以規矩焉，必以彀率……」

〔註99〕參見張健：《清代詩學研究》第十五章668頁。認爲「乾嘉時代，出現了學術整合化的傾向，這即是義理、考據、詞章之學的統一化趨向。」北京市：北京大學，1999年。

〔註100〕參翁方綱：〈理說駁戴震作〉。見《復初齋文集》卷十，412頁。台北市：文海，1966年。

〔註101〕參翁方綱：〈志言集序〉。見《復初齋文集》卷四，210～212頁。台北市：文海，1966年。

〔註102〕參翁方綱：〈杜詩『精熟文選理』理字說〉。見《復初齋文集》卷十，

文選理」這段話反覆引申、發揮，藉以反駁嚴羽「不涉理路」（滄浪詩話）、王士禎「詩主言情，不宜說理」（居易錄、卷十）的觀點，而認爲詩篇中寓涵有「理」，本是《詩經》以來文史典籍所共見，故重點不在詩中是否可以有理？而在其表現「理」的方式。綜觀此種詩學原理論，實與桐城派藉「義法說」以貫通詩文與經、史學術的關聯性，有異曲同工之妙。而其反駁漢學對「理」的偏狹解釋，以「一衷諸理」試圖提昇詩文地位的作法，則更與姚鼐「詩文一理」相近。但姚鼐所同之「理」爲藝術創作的原理，翁方綱所指的學術共通之「理」與之相較下，自然顯得迂遠而難周延。

（三）對宋詩的評價與流變上

正由於翁方綱在詩學原理上接納入了「理」的內容，也打通了詩學與學術的聯通，乃得以用較開闊的視野來評論宋詩的特色。因此，在御選典律《唐宋詩醇》「詩至唐而極其盛，至宋而極其變」的通變觀點上，再加入對宋詩細密、深刻特質的推崇：

> 談理至宋人而精，說部至宋人而富，詩則至宋而益加細密。蓋刻抉入裡，實非唐人所能囿也，而其總萃處，則黃文節爲之提挈，非僅江西派以之爲祖，實乃南渡以後，筆虛筆實，俱從此導引而出。（見《清詩話續編》：《石洲詩話》卷四，第五、1425 頁）
>
> 宋人精詣，全在刻抉入裏，而皆從各自讀書學古中來，所以不蹈襲唐人也。（見《清詩話續編》：《石洲詩話》卷四、第六、1426 頁）

正因翁方綱據「肌理」的觀點評詩，因而能由詩歌表現風格上肯定宋詩的藝術價值，也同時確定了黃庭堅在宋詩發展上的關鍵影響。此外，翁方綱並以創意詮釋詩體流變爲才人之詩、詩人之詩、學人之詩三階段，特以杜甫作爲兼才、學、詩人的最高理想典律〔註 103〕。凡

第 406〜407 頁。台北市：文海，1966 年。
〔註 103〕參見翁方綱：《復初齋文集》「有詩人之詩，有才人之詩，有學人之

此，皆承前述義理、考據、詞章三科並重、理通的觀念而來，且與姚鼐等桐城派詩論有近似的觀點。

但是，經由分點一一對照，我們也可發現：翁方綱具有較強烈的創變論述企圖，明顯的想藉由「重新界定名義」，對神韻與格調說調和折衝，組織成一個新穎、周延的詩論新詩學系統。但也因此折衷、而不甘取捨的態度，使其「肌理」義涵太過寬泛、論理太過理想化，故姚鼐晚年評其說「以大家自待……以之自誤，轉以誤人」〔註104〕，便應是針對此而言。

另外，由論點比對中發現姚、翁二家詩論相近的精神、論點頗多，而由傳記、書信亦可考見其曾有唱和〔註105〕、共事〔註106〕的機會，與私下深談〔註107〕、舉薦〔註108〕的特殊情誼，當因此而有溝通見解的機會。今由姚鼐〈答翁學士書〉〔註109〕內容看來，當是鼐在京師

詩。齊梁以降，才人詩也；初盛唐諸公，詩人之詩也；杜則學人之詩也。然詩至於杜，又未嘗不包括詩人、才人。」台北市：文海，1966年。

〔註104〕 參見姚鼐：〈與陳碩士〉一百零三首之八十一。見佚名編：《名清名人尺牘》——《姚惜抱尺牘》第，72頁。台北市：廣文，1987年。

〔註105〕 參見吳宏一：「方東樹文學年表」姚鼐與翁方綱、錢載、錢大昕本爲相互酬唱之好友——年表乾隆三十七年、三十九年。見〈方東樹《昭昧詹言》析論〉附錄，66頁。出於《國立編譯館館刊》第十七卷第一期，1988年6月。

〔註106〕 楊家駱：《四庫全書概述》「文獻」四、「館臣」：「歷任總纂官者，有紀昀、陸錫熊、孫士毅……擔任館事最力者，當推校勘永樂大典纂修官戴震。當時海內積學之士之與是役者，昀、錫、熊、震之外，有任大椿任總目協勘官……姚鼐、翁方綱、朱筠校辦各省送到遺書纂修官。」（135頁）台北：中國學典館，1975年八版。

〔註107〕 參見楊家駱：《四庫全書概述》「文獻」四、「館臣」（143～144頁）姚姬傳先生事略曰：「告老還鄉，臨行曾語之……台北：中國學典館，1975年八版。

〔註108〕 參見姚鼐：《惜抱軒尺牘》中有〈與翁覃溪〉一篇，乃以贈書上呈爲由，推薦門人陳用光（碩士）。見佚名編：《名清名人尺牘》——《姚惜抱尺牘》第13～14頁。台北市：廣文，1987年。

〔註109〕 參見姚鼐：〈答翁學士書〉《惜抱軒詩文集》卷六84～85頁上海市：上海古籍，1992年。

時，承翁方綱教以「肌理說」等學詩之定法，因深不以爲然而覆函申論。亦可知兩人論詩的最大歧異點，則在於學詩方法上。

而由成書時間先後推測〔註110〕，則姚鼐接受影響、略加修正的可能較大。但是，可以確知的是，姚鼐的門人方東樹在詩論中強調「重義蘊、講本領」的詩人修養，文理法三者兼重的作詩條件，以及看重宋詩、取法黃庭堅詩法等觀點，則必有受翁方綱詩論啓發，而修正、開展的關係。但是，與其師姚鼐不同的是，做爲晚輩的方東樹較有機會觀察、檢證肌理說理論與實際間的差距。

因此，方東樹雖亦有所謂「學者之詩」說，卻以謝靈運詩的「精深、華妙」爲典律〔註111〕，委婉地指出：只知以學力追求精深、多正用者，易爲陳言餖飣〔註112〕；而「浮貪華妙，終歸於詞旨膚僞〔註113〕」。便是針對肌理說創作的流弊提出批判，欲學詩者知所懲戒。

二、對性靈說批判格調、肌理說的態度

清代乾隆初期，作爲詩學主流思潮的大約是沈德潛所倡的格調說，中後期則盛行於江寧一代的性靈說勢力漸抬頭，袁枚曾數度與沈德潛書信往返〔註114〕，就詩學上的歧異觀念提出請教與質疑。此舉既

〔註110〕 根據翁方綱《石洲詩話》〈自敘〉曰：「以乙酉（乾隆三十）春至戊子（乾隆三十三）夏與同學論詩箚記，再加與粵諸生論詩所增益者。」原署爲乾隆三十三年九月，初收八百餘條，此應爲觀念初步成形時期；嘉慶二十年間增錄後三卷，屬張維屏校勘重刻，則爲再度修正。但整體而言，前半乃翁方綱先成，而再次補刊則稍後，但皆早於方東樹甚久。

〔註111〕 參見方東樹《昭昧詹言》卷五、第九，128 頁。曰「如謝公，乃是學者之詩，可謂精深華妙。……」台北市：漢京，1985 年。

〔註112〕 參見方東樹《昭昧詹言》卷五、第十九，131 頁。曰「如康樂乃是學者之詩，無一處無來歷率意字撰也。所謂精深，但多正用，則爲陳言。……」台北市：漢京，1985 年。

〔註113〕 參見方東樹《昭昧詹言》卷五、第九，128 頁。曰「但學人不得其精深，而浮貪其華妙，終歸於詞旨膚僞。……」台北市：漢京，1985 年。

〔註114〕 參見袁枚：〈答沈大宗伯論詩書〉、〈再與沈大宗伯書〉等篇。見《小

表現出袁枚率直、敢於公開反對舊有詩學典律、及其權威性，另外，亦藉此可見性靈說與格調說在詩歌的原理、內容與風格上，皆存在著許多根本上對立的論點〔註115〕；至於稍早已撰文、成書的翁方綱肌理說，袁枚也以「誤把書抄當作詩〔註116〕」、「凡詩之傳者，都是性靈，不關堆垛〔註117〕」扼要地辨明其創作實際失當。由此可知，袁枚性靈說雖在晚年時才於《隨園詩話》較集中的呈現其論詩體系〔註118〕，但其觀點早有得自公安派啟發、吳雷發為其前導的基礎，其要旨，更多源於個人性情所近、與退仕後專力詩文創作、教習中所陸續遭遇、思考的問題，故在自成體系之餘，更每每能與當時詩風的趨向產生互動、激盪。

這樣的論述特性，與長期任教於江寧附近、鍾山書院等處的姚鼐頗為相近，加上兩家素有交情，故姚鼐自謂「鼐居江寧，從君遊最久」，也多承其接待，故儘管二人性格、學養均不相類，姚鼐與袁枚的私誼尚稱深厚，身後仍力排異議為其作墓誌銘〔註119〕。今倘以前節姚鼐所凝聚桐城詩學典範雛形中的核心論點、以及本節前所歸結方東樹評詩基模中的特色，與袁枚性靈說中的要點進行比對，則可發現有數項論點的關聯性：

倉山房文集》卷十七。台北市：台灣中華，1980 年。

〔註115〕 參見成復旺、黃保眞合編《中國文學理論史——明清鴉片戰爭前時期》第 663～666 頁。其將二者的對立與論辯區分為：「詩歌是否一定要關乎教化？」「是否一定要溫柔敦厚」「是否一定要合乎古之高格？」三大命題來探討。台北市：洪葉，1994 年。

〔註116〕 見袁枚：〈倣元遺山論詩〉最末首，曰「天涯有客號詅痴，誤把抄書當作詩。抄到鍾嶸詩品日，該他知道性靈時。」見《小倉山房詩集》卷二十七。台北市：台灣中華，1980 年。

〔註117〕 見袁枚：《隨園詩話》卷五、第四葉。台北市：廣文，1979 年再版。

〔註118〕 參見吳宏一：〈方東樹文學年表〉。乾隆五十一年下：記載袁枚年七十一，始作隨園詩話。見〈方東樹《昭昧詹言》析論〉附錄，68 頁。出於《國立編譯館館刊》第十七卷第一期，1988 年 6 月。

〔註119〕 參見姚鼐：〈與陳碩士書〉一百零八首中第七、第十四，見《惜抱軒尺牘》48、50 頁。又見〈袁隨園君墓誌銘〉一文。見《惜抱軒詩文集》卷十三、202 頁上海市：上海古籍，1992 年。

（一）皆謂詩以性情爲主，不汲汲以詩教爲務

「詩本性情」乃自明公安派以來論詩的核心，自清初錢謙益、王士禛等人的闡發，已漸成爲共識，但對「性情」的說解，則各家有別：如前述《御選唐宋詩醇》中論「性情」強調其「正」；沈德潛論「性情」則須有感觸、得其眞。至於袁枚所謂「性靈」，則極力排拒前二者以名教加諸性情的約束，而極力主張緣「情」，其情之自然，甚至包括大力肯定男女之情。而姚鼐論詩，雖亦重視詩人性情，卻將之歸於創作上的要領與風格：既謂天賦氣質剛、柔有別，故應隨性情而取長避短〔註120〕；用於分析詩篇時，表現性情的因素則爲「意」與「氣」。乃有所謂：

> 自漢魏以來……能爲詩者殆數千人，而最工者數十人。……
> 其體製固不同，所同者，意與氣足主乎辭而已。（〈答翁學士書〉《惜抱軒詩文集》卷六，84～85 頁）

故知，桐城派論詩雖同由「性情」出發，卻有強調創作實際、偏重「意」的趨向。至方東樹論詩時則更鮮明，儘管仍以「詩之爲學，性情而已」開篇標榜，其所詮釋於「感而有思、思積而滿」者，卻已含「意、情、景、文法變化」四者，「情」只爲其一；甚至聯繫於「本領」與修身行己之「道」而論，則直謂「詩以言志」。換言之，雖同由性情立論，經方東樹將詩學與義理、學問連通的結果，便走向了與性靈說相對的立場。

（二）表現自家面目，追求自成一家

在前文第四章中，論述方東樹主張由辨體而學古創變、而自見面目、追求自成一家，其與性靈說中「著我」〔註121〕的精神，是相當接

〔註120〕參見姚鼐：〈復魯絜非書〉。見《惜抱軒全集》，文集卷六，第 71 頁。台北市：廣文，1960 年。

〔註121〕此乃見於成復旺、黃保眞合編《中國文學理論史》的歸結，其引袁枚「作詩不可無我，無我則抄襲敷衍之弊大」（隨園詩話卷七），與〈題宋人詩話〉詩中文字爲證。見：《中國文學理論史——明清鴉片戰爭前時期》第 653 頁。台北市：洪葉，1994 年。

近的，皆是對詩人的創作個性、獨特風格表示肯定。但是袁枚論詩「欲其鮮、欲其眞」（隨園詩話、卷一），故鼓勵詩人表現其先天才性之特色，特別是「性靈說」中屬於「靈機」特有的敏銳感覺、或活潑生命力。以致袁枚常因隨順性靈，而有反對名教、勇於逆俗的言行〔註122〕；至其末學則更爲強調創變，而致率易、流俗〔註123〕。相較之下，桐城詩論的「自見面目」，則始於依性情所近而擇一力學，終於「離而去之以自立〔註124〕」，故講求力學古人、胸襟涵養〔註125〕，反對「客氣假象〔註126〕」。故其學詩理想雖與性靈說者相近，但學習、進行的路徑卻不同。

（三）重視才力與興會

袁枚雖強調詩人的「性情」「靈機」等先天的才力，但並不否定學力的重要，主張藉學力與人巧以輔助自鳴「天籟」〔註127〕，頗似姚鼐「道與藝合，天與人一」的境界。但袁枚係以後天輔成其天分完成詩篇，而姚鼐則藉詩文以彰明其「道」，其在詩學境界上仍有實虛之別。而方東樹評註《昭昧詹言》雖基本上以「可學而能」建構學詩

〔註122〕袁枚常反叛禮教道學的約束人心，而刻意隨情感興致表現出作奇駭俗的言行。如乾隆 55 年文相士有壽終七六之言，作「生挽詩」，招同人和之；乾隆 57 年則召集上下名士張燈設宴，做即事詩。同參吳宏一：〈方東樹文學年表〉。見〈方東樹《昭昧詹言》析論〉附錄，66 頁。出於《國立編譯館館刊》第十七卷第一期，1988 年 6 月。

〔註123〕方東樹即對趙翼、錢載等人，提出這樣的批判。參見昭昧詹言卷一第九十八，33 頁，卷十二第四一二、342 頁。

〔註124〕參見方東樹：《昭昧詹言》卷一第五十，18 頁。台北市：漢京，1985年。

〔註125〕參見姚鼐：〈與陳碩士書〉第一○三首之五，44 頁。以此二者爲磨練筆勢的二要領。見佚名編：《名清名人尺牘》──《姚惜抱尺牘》第 77、79 頁。台北市：廣文，1987 年。

〔註126〕參見方東樹：《昭昧詹言》卷一第一四四，46 頁。台北市：漢京，1985 年。

〔註127〕參見袁枚：《隨園詩話》卷七，第六葉，提出人籟、天籟之區分。台北市：廣文，1979 再版；及成復旺、黃保眞合編《中國文學理論史──明清鴉片戰爭前時期》第 647 頁。台北市：洪葉，1994 年。

門徑，於創作上卻時時講求「興會」「興象」「氣韻」〔註128〕等主體因素，並歸結大家詩篇成於以己爲緯、以情爲骨〔註129〕。可見其說應曾與性靈說產生某些程度的互動或影響。

　　總之，或因姚鼐與袁枚的交遊私誼、或因對袁枚作詩與與評詩實際的景仰〔註130〕，他對性靈說中強調性情、表現個性、重視天生才情的因素仍多所接受、參酌，對昔日詩友之情也有所顧忌〔註131〕，並無顯然的批判。但至方東樹撰《昭昧詹言》時，則因斯人已逝〔註132〕，便對其末流率性妄作、近於淺俗的趨向，勇於批判。於評論曲直、分辨是非時，其言乃不免理直氣壯。而曰：

> 近世有一二妄庸鉅子，未嘗至合，而輒矜求其變。其所以爲變，但揉以市井諧諢，優伶科白，童孺婦媼淺鄙凡近惡劣之言，而濟之以雜博，饾飣故事，蕩滅典則，欺誣後生，遂令古法全亡，大雅殄滅。（《昭昧詹言》卷一第九八，33頁）

綜觀全書類此評者甚多〔註133〕，而其批判的關鍵，皆針對性靈說之

〔註128〕參見方東樹：《昭昧詹言》卷一第八十九、30頁論「興象」：卷一第八十五，29頁，論氣韻。台北市：漢京，1985年。

〔註129〕參見方東樹：《昭昧詹言》卷十七第二，396頁評析杜甫〈秋興〉八首。台北市：漢京，1985年。

〔註130〕參見姚鼐：〈袁隨園君墓誌銘〉，曰「見人善，稱之不容口。後進少年，詩文一言之美，君必能舉其詞，爲人誦焉。」「於爲詩尤縱才力所至，士人心所欲出不能達者，悉爲達之。士多效其體，故隨園詩文集，上自朝廷公卿，下至市井負販，皆知貴重之。」見人善，稱之不容口。後進少年，詩文一言之美，君必能舉其詞，爲人誦焉。」「於爲詩尤縱才力所至，士人心所欲出不能達者，悉爲達之。士多效其體，故隨園詩文集，上自朝廷公卿，下至市井負販，皆知貴重之。」見《惜抱軒詩文集》卷十三、202頁上海市：上海古籍，1992年。

〔註131〕參見吳宏一：〈方東樹文學年表〉乾隆三十七年、三十九年下，略記鼐與翁方綱、錢載、錢大昕，甚至於紀昀，本爲相互酬唱之好友，或有同事之情誼。見〈方東樹《昭昧詹言》析論〉附錄，66頁。出於《國立編譯館館刊》第十七卷第一期，1988年6月。

〔註132〕嘉慶二年袁枚卒，年八十二：章學誠是年始攻擊之：姚鼐則卒於嘉慶二十年，其後二十三年，方東樹始初撰《昭昧詹言》。

〔註133〕參見方東樹：《昭昧詹言》第一卷第四十七則，17頁。「如近某某……」

流衍（如錢載、趙翼等人）所論過於率性、求新，以致詩風趨於駁雜鄙俗，故爲崇雅正的桐城諸家所厭棄。

　　且由《昭昧詹言》整體論詩旨趣而言，除在詩風上「崇雅正、黜鄙俗」是與性靈說較大的分別外，更因其講求學詩之「法」，而於立論間傾向於認同格調詩論所謂的「性情面目，人人各具」〔註134〕「詩貴性情，亦須論法」〔註135〕的主張。以致創作論中多見對「辨體」觀點的遵從與實踐，以及由模擬入手、學古而創變的技法磨練等，發揮格調說精神的論述，此或許可視爲對「性靈說」過度氾濫後的一種反動。而對沈德潛詩論中所提出「以實運虛」〔註136〕、「才學兼重」〔註137〕的折衷論點，「靜氣按節、密詠恬吟」〔註138〕等藉聲氣讀詩的要領，則更引爲同道，並援引桐城派傳統中的文論特色，而大加發揮〔註139〕。

　　但綜觀整體而辨析之，其所認同於格調論者多偏重於學詩的創作論方面，且是有選擇、修正性的接受，而非全盤的接受〔註140〕、或態度前後矛盾。如其《昭昧詹言》卷二十一中，其雖大量引用沈

　　　　　　方東樹乃以袁枚等人爲主要攻訐對象。又見於第十二卷第二七四
　　　　　　則、第四一二則、四一八則、四二○則、台北市：漢京，1985年。
〔註134〕參見方東樹：《昭昧詹言》第二十一卷、第二二七則，535頁。台北
　　　　　　市：漢京，1985年。
〔註135〕參見方東樹：《昭昧詹言》第二十一卷、第一三一則，505頁。台北
　　　　　　市：漢京，1985年。
〔註136〕參見沈德潛：〈許雙渠抱山吟序〉一文。見《歸愚文鈔》卷十三，
　　　　　　國家圖書館藏《沈歸愚詩文全集》，乾隆年間沈氏教忠堂刊本。
〔註137〕此爲沈德潛《說詩晬語》中的論點，而見引於方東樹：《昭昧詹言》
　　　　　　第二十一卷第一七六則，518頁。台北市：漢京，1985年。
〔註138〕此爲沈德潛《說詩晬語》中的論點，而見引於方東樹：《昭昧詹言》
　　　　　　第二十一卷第一三一則，505頁。台北市：漢京，1985年。
〔註139〕參見姚鼐：〈與陳碩士〉第三三首，56頁；又第八十，71頁。見佚
　　　　　　名編：《名清名人尺牘》──《姚惜抱尺牘》第23頁。台北市：廣
　　　　　　文，1987年
〔註140〕參見吳宏一：〈方東樹《昭昧詹言》析論〉「二」歸結其卷二十一的
　　　　　　特點，其第三點曰「方東樹所引述的明清詩話，皆爲格調派的理
　　　　　　論」。見《清代文學批評論集》第313頁。台北市：聯經，1998年。

德潛《說詩晬語》中對各體詩創作要領的評析〔註141〕，但對照原書，其對於參雜於作法間的詩家評論則僅擇取部分，對韓愈、黃庭堅等家詩的負面評論，常見其刪略、或跳過〔註142〕。又如，雖接受明代格調詩論者由模擬入手，是必要的基本功夫〔註143〕，但對於其實踐上「昧於作用而強學其句格」〔註144〕的缺失，亦勇於批評、修正，甚至對於格調論後繼者的論理失當，亦以「贗古者」、「齊失而楚亦未爲得〔註145〕」譏評之。部分學者曾據此而質疑方東樹對格調論的評論態度相互矛盾？〔註146〕但我們若細察此段源自抄本評註的文義，則知其所指疵者，乃《唐詩別裁》中的選篇與評價，故與前述稱引《說詩晬語》創作論的作法並不相同、亦無所謂矛盾，此種對沈氏評價不以爲然的例證，又可見於對初唐詩與明詩的高下批評〔註147〕。可知方東樹對沈德潛詩論、與詩評的接受態度本有不同，恰如其所自述般應「分別觀之」。

〔註141〕見21～130——21～190，加上21～226、227，共約63則，是本卷中引見詩論最多的一家；另引謝臻之詩話也頗多（21～6、13～20、24～32等）亦多論創作要領

〔註142〕參見沈德潛：《說詩晬語》卷上第80～81、96；卷下第8則等。見丁福保輯《清詩話》第535～538，545頁。台北市：木鐸，1988年。

〔註143〕姚鼐對明代七子之說，採取斟酌取用的態度：「明代成、宏諸人，橋首高視，雖論有失平，然豈得盡誣爲謬妄？……」《惜抱軒筆記》卷八，228頁。台北市：廣文，1971年。又見其〈與陳碩士書〉一〇八首，第70、77頁；及〈與伯昂從姪孫〉十一首第三。

〔註144〕參見方東樹：《昭昧詹言》第一卷第一三七則、44頁。引劉大櫆之批評而歸納、評論。台北市：漢京，1985年。

〔註145〕參見方東樹：《昭昧詹言》卷一第四十七則，17～18頁及抄本小字。台北市：漢京，1985年。

〔註146〕參見漢京版：《昭昧詹言》正文後，汪紹楹所撰「點校後記」，541頁。以及卷十五第五385頁，引沈樵士云……以下抄本曰「沈確士《唐詩別裁》取擇既陋，持論更傖，其去三家村不遠。然其語亦有可採者，須分別觀之，未可沒也。」其中附見的「念慈讀注」則以爲方東樹此說前後矛盾。台北市：漢京，1985年。

〔註147〕參見方東樹：《昭昧詹言》卷十五、第一則、383頁。對初唐沈雲卿〈古意〉詩推崇，並反駁沈德潛《明詩別裁、序》中對明詩的過譽。台北市：漢京，1985年。

小　結

　　經由格調——肌理——性靈——桐城的詩論的擇要討論，我們發現乾嘉時期清代詩壇詩論觀點相互激盪、交融的現象，其實相當積極而普遍，故無論是肌理對神韻、肌理對格調；或性靈對肌理、性靈對格調，或桐城對性靈、桐城對格調，各詩論間均出現相互取法、修正的內容，且已漸漸脫離明代以來僅以時代宗尚（尊唐、宗宋）爲標榜的門戶論爭，而轉向詩學原理、創作方法，乃至藝術特質的探討。是以，桐城詩論此一稍慢才由方東樹成形的詩學典範，可說是歷經乾嘉詩壇的粹鍊汰洗，而在道光、咸豐間展現論述與批判光彩的著作。

第四節　對桐城後學的啓發

　　藉由詩論本身、同門派比較、與同代詩說論衡三方面，已漸勾勒出方東樹以繼承師論爲基礎、力求創變新說的閱讀視野，終能形成桐城派詩學典範的獨特「學詩定律」——是以黃庭堅的專力創藝爲方法、秉持韓愈的經史學養與創變氣度，而以追求杜甫詩的道藝合一爲理想，並以三者共同有的士人氣格爲審美基準，追求自具面目、自成一家。故在乾、嘉以來的詩學論爭中，桐城詩論能善於取擇、凝聚成一股獨特的評論勢力；而方東樹所述《昭昧詹言》，雖有部分觀點亦復現於同門學者的論述中，卻因其勇於表述、創變，而能在繼承師說中獨創詮釋。

　　然而，更值得我們關注的，是由其所標立的詩家典律共同的人格特質、及評註中對雄健風格的偏重，皆使人感覺：在其標榜詩家正統、建構學詩門徑、等種種專研創作活動的論述底層，其實乃沉潛著一種理性感知、自覺爲公的士人文化性格。此種文化性格通常是生發於盛世將盡、衰勢微現，憂患意識初萌的政治局勢中，由社會中下階層的知識份子所自覺興發的革新意識。由發展史實上驗證，此種意識或文

化性格通常具現於對某些特定歷史人物的推崇、或認同上，譬如北宋詩文革新時，歐陽脩對韓愈、及中唐詩風的提倡是如此，清代乾嘉盛世後，桐城詩派對杜甫、韓愈詩的特別推崇，亦復如此。

方東樹雖居末僚，卻志在兼濟，由其《匡民正俗對》《病榻罪言》等著述，固已知他對國事民生的關心，由其〈憂旱〉〈閉戶〉〈回首〉等詩篇中幽憤衰微、歌頌義民的激切眞摯，更鮮明傳達了前述自覺爲公、匡復儒學的士人氣格。

由此可知，方東樹在《昭昧詹言》中的詩學評述，除有完成桐城派詩學典範的理論體系、建立批評模式的具體詩論功能外，其推崇韓愈詩、重視北宋諸家的評論，更強化了一種貼近中唐詩風、貼近北宋革新的士人氣格，據吳湘州先生的闡釋：此種氣格乃源出於儒家大一統、誅除異己的觀念，具有儒學復興、自覺爲公、尚忠黜奸的時代氣氛〔註148〕；王鎭遠先生則歸納其外顯於變革文風、強調「經世匡時」的主張〔註149〕。如聯繫於《昭昧詹言》成書前後，清代在外交、內政上的種種困境，及方東樹所交遊者（如林則徐、黃遵憲、姚瑩等）的書信、論述〔註150〕，更可確定方東樹在其詩學論著中，確實貫注了這種振復儒學、自覺爲公的士人氣格、與時代精神。

〔註148〕 參見吳湘州：《中唐詩文新變》第四章第一節「對儒術現實意義的認識過程」203～209頁。又：第三章第二節「骨力道勁風格的轉變」160～170頁。其中主要在詮釋中唐詩文新變的根源，在於儒學復興的精神。並且「其主要采用的是（漢代）儒家的大一統觀念，誅除異己的觀念，秩序與教化的觀念……不同的是，中唐人又重申了儒家關於樹立自覺爲公的人格理論。……他們不僅自己力求作一個忠義正直之士，而且希望朝廷也重視忠義，造成一種尚忠黜奸的氣氛。」以此解釋中唐以來對杜甫詩的推崇，與韓愈等詩人的創變自覺。台北市：商鼎文化，1996年。

〔註149〕 參見王鎭遠：《桐城派》——五～一「時代風尚與共同祈向」中所論述。99～102頁。台北市：國文天地，1991年。

〔註150〕 參見方東樹：〈答姚石甫書〉〈復姚君書〉等篇。見《儀衛軒文集》卷七十二到十九葉；又見姚瑩：〈與方植之書〉〈再與方植之書〉分見《中復堂選集》第二冊，第144～146，151～152頁。台北市：台灣銀行經濟研究室，1960年。

依此角度觀察，前述桐城派詩學典範的確立，在稍後的清代中葉詩壇，仍具有相當的影響力，並有二條或伏或顯、持續開展的脈絡。我們得以循此觀察其被同城後學所接受的重點爲何？產生了怎樣的啓發、或影響？

一、曾國藩學詩典律的修正

目前研究桐城派古文發展的學者，多謂方苞、姚鼐爲開創與集成的大家，以姚門諸弟子爲傳播、流衍的動力，而推崇曾國藩爲使桐城古文復盛的核心人物〔註151〕。若就桐城詩學的傳播上看，其集成、與流變階段雖稍別於前，但曾國藩卻依舊是一個發揚、與創變桐城派詩學的關鍵點。

根究其發揚、復興詩派的力量，主要與其長期在京供職，具有政教上的權位與影響力有關；此外，在京師與「工於古詩文者」（如梅曾亮、邵懿辰、朱琦等）往來，得聞「桐城姚郎中之緒論〔註152〕」，基本上則使曾國藩所延續的文論，具有兼重詩文的特質：梅曾亮雖以古文聞名，其實本身也擅長詩〔註153〕；而自謙留京後始獲姚鼐之學啓發、學治古文詞的曾國藩，自幼便頗具詩文才華〔註154〕。故其在掌文

〔註151〕參見王鎭遠《桐城派》27～150 頁。台北市：國文天地，1991 年；及黃保眞、成復旺《中國文學理論史——清末民初時期》第二章第二節 90～108 頁。

〔註152〕本處與前段引文，皆出於曾國藩：〈致劉孟容〉，「聞此間有工爲古文詩者，就而審之，乃桐城姚郎中之緒論。」見《曾文正公全集》——「書札」卷一，13000 頁。台北市：文海，1974 年。

〔註153〕據劉聲木評論，其詩亦「天機清妙」「詩文皆有獨到處……特以聞名太盛，詩爲之掩。」明遂爲古文所掩：今由其著作亦可檢證。參見：《桐城文學淵源撰述考》地 243～244 頁。合肥市：黃山書社，1989 年。

〔註154〕參見黎昌庶編《清曾文正公年譜》卷一，第 9、10 頁，道光十四年下、公二十四歲，曰「肄業嶽麓書院……公以能詩文名。」；又於道光十五年、公二十五歲下曰「會試不售，留京師讀書。研窮經史，尤好昌黎韓氏之文，慨然思躡而從之，治古文詞自此始。」台北市：台灣商務，1978 年。

柄後，即「頗以文學倡導後進〔註155〕」。加上曾國藩本身「胸襟遠大、思慮精微」的人格特質，非但推廣了桐城派論文的精神，也以「氣體說」、「情理論」重新體認、總結桐城文論中的藝術規律〔註156〕，所以被推崇爲桐城文論的推廣與深化者。

在曾國藩教子讀書爲學的諸多著述中，有《十八家詩鈔》一部，專爲標立學詩的大家典律，供學詩者鑑賞、摹習。概觀其選集體例、與典律呈現的義涵，乃和桐城論詩所本的王、姚二家詩選有不少差異：（參見附表7～1：曾國藩《十八家詩鈔》選篇分析表）

（一）就整體流變概觀

以所選名家做爲詩體初盛的表徵，《十八家詩鈔》中五言古詩以建安時期曹植詩爲始，七言古詩則由盛唐李白始；五言律詩首由盛唐王維代表，七言律詩則由盛唐杜工部開其先；至於絕句部分，僅選七言，而以盛唐李白、杜甫爲成熟。可見，除五古上溯漢魏名家外，其餘各體，皆以唐詩（尤其是盛唐詩）爲體製之正者。參照於十八名家的時代分佈，唐有其八，亦可知其在發展地位上重唐詩之旨趣。

（二）於分體典律的評選上

曾國藩《十八家詩鈔》於五言古詩一體，亦如方東樹、梅曾亮般，增選杜甫、韓愈詩，以表示尊崇。卻也與梅選相同，較推崇李白，而未選黃庭堅的五言古詩。其所取捨，看似步驅於梅曾亮《古文詞略》，而與方東樹評註有別，事實上，其將李白評爲諸家之冠，卻是與方、梅皆不同者；七言古詩方面，則顯然以宋代蘇、黃最高，李、杜僅次其後。其中李白甚至超越杜甫，此實與王士禎以來尊崇杜甫七古爲主脈的觀點有別，也與姚鼐以來，桐城派皆推尊杜甫的觀點顯然歧異。

〔註155〕劉聲木：《桐城文學淵源撰述考》「曾國藩：補遺」182 頁。合肥市：黃山書社，1989 年。

〔註156〕本段評論觀點與用語，係參考引用自黃保眞、成復旺《中國文學理論史——清末民初時期》第二章第二節之二，對曾國藩文論的評述。見該書第 99～106 頁。

再由其大量選錄蘇軾、白居易七古詩看來，其接受淺易、諷諭，不拘
於雅正、不偏好雄健〔註157〕的觀點，也與梅曾亮等桐城派有別。至
於七律、七絕，則以蘇軾、陸游爲擅長，對其選取甚詳，殆因其全集
中習作也較多。

（三）於詩家專長的詮釋上

　　總觀《十八家詩鈔》各體詩的選錄，於十八家中五體兼具的只有
杜工部——可見他是作爲兼善各體的大家典律，而其創作最爲曾國藩
稱善者，則是五律（此與姚鼐《今體詩鈔》的推重有關）；而李白詩
在五古、七古詩選篇數雖略高於杜甫，卻僅擅於某些體裁，特別是五
言古詩。此處對李杜大家的詮釋，乃稍異於方東樹；而韓愈詩整體典
律地位雖下降，但詮釋其專長在於古體，特別是認爲五古優於七古，
則呼應方東樹以來桐城詩論的特色。對於宋代詩家方面，則以爲蘇軾
於七言句式的古、律、絕各體均著名；而黃庭堅則各體互有短長，也
均以七言長句擅場，但典律地位較不如方東樹所評。

　　因此，歸納整體選詩現象而言，曾國藩在注重杜、韓，兼取唐、
宋的大方向雖持續桐城評詩特色，但在詩學正典的評選上，卻與姚
鼐、曾梅亮、方東樹等人的典律評論皆不盡相同，特別是對李白、蘇
軾、白居易的評論角度調整，是與桐城派的稍違背、而較接近《御選
唐宋詩醇》的詩教觀點與評價。倘若我們參照曾國藩的創作實際、與
評詩趨向上看，其平素學養，本以宋學爲宗〔註158〕，所作詩的風格，
大約於「五七古學杜韓，近體專學杜，而於蘇黃之古詩、溫李之近體，

〔註157〕梅選：王安石 1 篇、黃庭堅 8 篇、晁補之 1 篇、陸游 11 篇，整體趨
　　　　　向仍與方東樹重雅健的趨向接近。相較下，曾國藩未取陸游，卻多
　　　　　取白居易、蘇東坡詩。
〔註158〕參見黎昌庶編《清曾文正公年譜》卷一，第 17 頁，道光二十一年、
　　　　　公三十一歲——七月，「公從（唐鑑）講求爲學之方，時方詳覽前
　　　　　史，求經世之學，兼治詩、古文詞，分門紀錄。唐工專以義理之學
　　　　　相勖，公遂以朱子之學爲日課，始肆力於宋學矣。」台北市：台灣
　　　　　商務，1978 年。

亦最為致力。〔註159〕」，故其曾感慨當世與其同志者稀，於詩中自述
曰「杜韓不作蘇黃逝，今我說詩將附誰？手似五丁開石壁，心如六合
一游絲」（〈酬九弟〉見《曾文正公詩集》卷二）。而平日對後學論詩，
則於「詩主昌黎、山谷」，強調「詞章嶄新而不蹈襲故常」〔註160〕。
可見其本身的創作、評論與涵養，還是大體依循桐城詩派的評論趨
向，而一旦編鈔詩集、選立詩學正典，則反而有所顧忌與遷就，無法
如實呈現其評價，這也算是其兼具推廣與深化詩論的優勢時，所不得
不接受的現實考量。

藉此分別，則亦可知，前述由方東樹詩論中所隱含的士人氣格、
與經世匡時的理想，在曾國藩時期方真正付諸實現，成為影響詩風祈
向的大宗，故近代陳衍論述清詩流變，乃特別以曾國藩作為新詩派的
分流關鍵〔註161〕。而另一位與他論詩理念相契者，則是何紹基。

二、何紹基詩藝理論的補充

何紹基（C1799～1874）也是一位服膺實學、並恪行宋儒性理之
說的儒學志士。其於道光十六年舉進士、至道光二十九年使粵前，皆
任職京師，故與曾國藩相交遊，因意見相合而唱和。二人同宗杜、韓、
蘇、黃各家詩，又分別在朝在野提倡風氣，逐漸影響士習，形成所謂
「宋詩派」〔註162〕。但溯其源流、探其宗旨，其實多源自於姚鼐、

〔註159〕 參見黎昌庶編《清曾文正公年譜》卷一，第21頁，道光二十四年、
公三十四歲下曰——「公作字，初學顏柳帖……於詩，則五七古學
杜韓，近體專學杜，而於蘇黃之古詩、溫李之近體，亦最為致力。」
台北市：台灣商務，1978年。
〔註160〕 同見劉聲木：《桐城文學淵源考》「曾國藩：補遺」182頁。合肥市：
黃山書社，1989年。
〔註161〕 參見陳衍：〈近代詩鈔序〉評論清代詩學流變，曰「有清二百餘載，
以高為主持詩教者，在康熙曰王文簡，在乾隆曰沈文愨，在道光、
咸豐則祈文端、曾文正也。」見《近代詩鈔》第一冊、第一頁。上
海市：商務，1923年。線裝本。
〔註162〕 見陳衍：《石遺室詩話》卷一，曰「道咸以來，何子貞、祈春圃、
魏默深、曾滌生、歐陽潤東、鄭子尹、莫子偲諸老，始喜言宋詩。」

方東樹等人所凝聚的桐城詩學典範。只是，何紹基兼擅書法，遂於會
通詩文、書法時，於藝術原理上獨具深刻體會，對桐城詩論的創作構
思、與藝術規律上頗多闡述與補充。

（一）論詩精神直繼桐城詩論

　　何紹基的詩學論點雖多散見於文鈔中諸多論詩的書信、詩文集序
中，但其中〈使黔草自序〉一篇，頗能顯現其論詩要義，特引出作爲
討論依據：

> 詩文不成家，不如其已也；然家之所以成，非可於詩文求
> 之也，先學爲人而已矣。
>
> 立誠不欺，雖世故周旋，何非篤行！至於剛柔陰陽、稟賦
> 各殊，或狂或狷，就吾性情，充以古籍，閱歷事物，眞我
> 自立，絕去模擬，大小偏正，不枉厥材，人可成矣。
>
> 於是移其所以爲人者，發見於語言文字；不能移之斯至也，
> 曰去其與人共者，漸括其已所獨得者，又刊其詞義之美而
> 與吾人之爲人不相肖者，始則少移焉，繼則半至焉，終則
> 全赴焉，是則人與文一。人與文一，是爲人成，是爲詩文
> 之家成。（《東洲草堂文鈔》，卷三）

由此段論述中，我們可以發抉許多承自桐城論詩的精神，是前述方東
樹詩論中士人氣格的發揮與強化。

　　其一，其以學習詩文，必以「自成一家」爲終極目標。並以爲自
家風格、面目的建立，是以性情、人品的自立爲前提。故應由「平日
明理養氣於孝弟忠信大節，從日用起居及外間應務」上涵養「性眞」，
故其「先學爲人」，乃是前述姚鼐「人與詩爲一」、與方東樹「詩學與
理學貫通」理想的結合與深化。

　　其二，以立誠爲本，表現性眞：除以孝悌謹信、出入有節爲「爲
人」之準，何紹基更推演孔子「修辭立其誠」的精神，將「立誠」作
爲爲人與學詩的根本；故無論性情剛柔、狂狷，都應以「眞我」來讀

　　見：《石遺室詩話》第一頁。台北市：台灣商務，1976 年。

書、明理、閱事、養氣，而詩文之作，則貴在表現「眞性情」。此與
方東樹《昭昧詹言》卷一「通論五古」中強調「修辭立誠」，並主張
由居身居學上「立誠」，以厚植本領〔註163〕，其貫通詩學與理學的立
場是一致的。

其三，在「人與文一」的理想下，何紹基概括立誠的用力之要在
「不俗」，並藉黃庭堅的話爲引申，所謂「臨大節而不可奪，謂之不
俗」，既指不可隨流俗靡風而逐波，也不贊成爲作異而好新奇。其雖
不像方東樹以直言批判，但也溫和的表明其對時風的流於鄙俗、或刻
求創意不以爲然。

（二）評論態度上兼容並蓄

於瞭解生平及詩論比對中，我們明顯感覺到：何紹基其生平爲
學、仕宦上雖嚴謹耿介，但在學術主張上卻能「打破漢、宋門戶之見」，
而顯得識解精超；詩學上則能斟酌於神韻、格調、性靈，乃至道學家
的詩論，都能兼取其長〔註164〕。故桐城詩派注重性情、取法杜韓、
宋詩的主張，經他重新鎔鑄，而後轉換、蛻變成爲宋詩派中最核心的
理論，而前述自覺爲公的士人氣格，也隨者詩論的推廣、內涵的擴充，
而轉爲冷靜、寬容。

（三）落實了學詩的法度與功夫

另外，何紹基特別發揚、推闡的是詩文創作過程中的運思、與藝
術化的規律。故其明白指出詩文應有其獨特的藝術要求，例如「作詩
文自有多少法度，多少功夫〔註165〕」，又曰「若到文與詩上頭，便要

〔註163〕 參見方東樹：《昭昧詹言》卷一、第七，3頁。台北市：漢京，1985
年。

〔註164〕 參見參見成復旺、黃保眞合編《中國文學理論史——清末民初時期》
第112～117頁。評論何紹基爲學與詩論中的參酌與融合傾向。台北
市：洪葉，1994年。

〔註165〕 參見何紹基：〈題馮魯川小像冊論詩〉《東洲草堂文鈔》十。見於龍
震球、何書置校點《何紹基詩文集》，第814頁。長沙市：岳麓，
1992年

有聲情氣韻，波瀾推蕩，方得眞性情發見充滿。〔註166〕……」。凡此，都是較方東樹等前輩更具體論及詩文的藝術特質與學詩方法者。

而其由題材上論詩人應「有爲而作」、風格要「人與文一」、運思上則強調應於平日修養，而自然等候「機到神來」〔註167〕、再藉概括想像而超以象外、離形得神〔註168〕。幾乎概括了詩篇創作中應當注意的環節與修養。而其所以能較前人深入詮釋藝術創作的心理體驗，或因其能兼取神韻派詩論中對興會、興象的細膩捕捉，也因其融合了自身會通書法藝術的體驗，因此，其在承襲桐城派論詩的特長時，也爲之補強了創作歷程、與藝術思維方面的論述。

於是可知，一般詩論發展史中，多將何紹基、甚至曾國藩等人，視爲清中葉後新興「宋詩派」的代表詩人〔註169〕。其實，其論詩旨趣、創作要點，特別是藉詩文創作、評論所發揚的「士人氣格」方面，都有直繼桐城詩派姚、方諸家的精神顯現出來，而不只是在學詩典律上標榜宋詩而已。故藉此討論，既爲清中葉後「宋詩派」的發展追溯嬗變的源頭，也足見方東樹在完成桐城詩學典範體系後，其論述本身、與典律表徵的士人氣格，對桐城後學及後代詩人，皆持續發揮的影響性。

〔註166〕 參見何紹基：〈與江菊士論詩〉《東洲草堂文鈔》卷十。見於龍震球、何書置校點《何紹基詩文集》，第 817 頁。長沙市：岳麓，1992 年。

〔註167〕 此論創作運思部分，可參見何紹基：〈跋董香光畫稿冊〉《東洲草堂文鈔》卷十二。見於龍震球、何書置校點《何紹基詩文集》，第 914 頁。長沙市：岳麓，1992 年。

〔註168〕 參見何紹基：〈祭詩辭〉。見《東洲草堂詩鈔》卷三。見於龍震球、何書置校點《何紹基詩文集》，第 60 頁。長沙市：岳麓，1992 年。

〔註169〕 參見成復旺：《中國文學理論史——清末明初時期》，第？頁，以曾國藩、何紹基爲宋詩派的代表詩人。台北市：洪業文化事業，1994 年。

第九章　結　論

　　依循研究計畫所訂方向，本論文已完成各章研究。正文部分計有
七章，共約二十七萬餘字，依序由解讀客觀材料、闡釋詩論主題、釐
定詩學定位三個層面討論「方東樹《昭昧詹言》及其詩學定位」：

　　首先，是對方東樹及《昭昧詹言》進行背景文獻的考察、與文本
材料等第一層面的解讀與分析。

　　第二章「方東樹《昭昧詹言》的詩學表述」中，先針對《昭昧詹
言》的成書背景、論述特色及特殊的詩學論題進行瞭解，再以第三章
「《昭昧詹言》與宋代詩學的關聯」探求宋代詩學的特徵、在清初的
發展，以便勾勒《昭昧詹言》評註所詮釋的宋代詩學譜系。由於此部
分的研究力求還原《昭昧詹言》文本的獨特論述型態、並對本書的評
註作全面性的觀察與分析，因此，獲致的各項結論中，有頗多是前出
學者未加闡述的：

　　（一）《昭昧詹言》基本上並不同於詩論專著的系統論述，而是
方東樹晚年歸返鄉里、為課兒孫、初學詩者而配合《古詩選》《今體
詩鈔》二部選集所評註，全書二十一卷，分為三部份，先後於三年內
完成。名曰《昭昧詹言》，因稟持『金針度人』的熱誠、不忌為體太
陋，詳於細微章句、和盤托出作詩要領，是以矯訛返淺、匡復雅正為
志。故其體例上遂產生「結合筆記與評點」「兼具分體與流變觀」「批

評論與創作論融合為一」等三項特色。並奠基於桐城派文道觀、義法說、能事論的文學理念上開展新論題：針對詩人素養，主張「重義蘊、講本領」；在作詩條件上，強調文、理、法合一；並將詩法要領歸結為「講求作用」「追求創變」。而其最終目的，則在打通詩學與理學的聯繫。

（二）方東樹雖未曾以詩名家，但其詩才穎發、吟作不輟，詩風以「橫空盤硬」顯其氣格。加上中年後編校《援鶉堂筆記》等前輩詩文評、及父親《鶴鳴集》等詩家別集的經驗，使方東樹對桐城先賢詩文得以深入鑑賞。早年承教於師門、獲致於家學的詩文素養，也得以再次反芻、驗證，故其所撰《昭昧詹言》頗獲學者「思深感銳」的評價。由桐城詩派發展上初步觀察，《昭昧詹言》的成書不但有將前輩詩論「系統化」、「普遍化」的推廣作用，更有廓清當代談詩異說、鞏固桐城地位的重要性。

（三）縱觀唐詩、宋詩論爭的演變歷程，清代中葉是重要的轉折點，此時詩壇逐漸形成的唐宋兼取的傾向，也顯然反映在桐城派「陶鑄唐宋」的主張。《昭昧詹言》雖配合選集體製，依循「辨體」原則分別推崇漢魏、唐、宋為各體詩的正典。但評註間則可見較推崇善於變化的詩家，如杜甫、韓愈、蘇軾、黃庭堅諸家，且顯然較王漁洋、姚鼐二家重視宋詩典律。

（四）由詩篇評註上分析，《昭昧詹言》的評詩特色有四：方東樹的評註最詳於七言古詩一體，對北宋諸家詩篇，更運用文法分析其結構、作法，以發揮「以文論詩」的創作論精髓；將五古詩統往下延伸，修正格調派以來保守的辨體觀；以黃庭堅學杜為例，指出：學古的最佳途徑，便是以宋詩入門。而對「宋調」「唐音」這組相對命題的評論內容，則顯示《昭昧詹言》表面上雖以唐詩為參照點，其目的卻在檢討宋代詩對唐詩的創變路徑。故知《昭昧詹言》詮釋宋代詩學譜系的意義，最終目的在接續杜韓詩統、改革江西學詩舊徑，為學詩者指出學詩與創變的最佳途徑。

其次，第二層面則針對方東樹評註中呈現出特殊傾向、及重要論題，作較廣泛而詳細的闡釋：

第四章「《昭昧詹言》對宋詩體裁概念的繼承」中探討《昭昧詹言》雖遵循當代「論詩必先辨體」的共識，卻在評註中強調學古創變、追求自成一家的觀點；第五章則闡明方東樹詩論中對宋詩創作意識、與學詩活法等觀點的繼承與體現。由於此研究觀點為前人所未論及，卻為方東樹詩論的重要論題，遂詳予驗證、推論，獲致以下數點結論：

（一）方東樹《昭昧詹言》中因大部份承自前人詩選的觀念與詩選體制，故有較為保守的「辨體」傾向，也有表現出會通詩文、追求創變的積極論述，此皆得自於宋人「破體為詩」的創作啟發。兩者看似矛盾而對立，但在《昭昧詹言》在指導學詩者入門的明確目的下，卻有其相容互補、建立學詩理想的功效。

（二）方東樹以學古而創新為功夫，標榜「遠宗杜韓」「近法歐王」，便是將「以文為詩」視為「變體」的重要法門。並由此敘論「辨體以識變」、「循體而習作」、及「分體而評析」的學古歷程，並鼓勵學詩者以詩篇求「變」、求「遠」著手。

（三）方東樹論詩雖注重辨體、講求本色，卻也轉化理學修養上「深造之以道」的訓勉，欲學詩者能依性之所在、專精力學，以追求「自見面目」「自成一家」。而此「自見面目」的創作目標，是由效法杜、韓、蘇、黃等大家的實踐經驗而來，並具體提出「文行如一，詩寓品格」「詩中有人，書寫胸臆」「修辭有我，獨具創意」三項要領，供學詩者遵循。

（四）宋人「自成一家」的論詩期許與號召，帶給了方東樹「創作」意識上的啟發，遂將此種「絕去蹊徑，別具隻眼」的創作自覺，分別體現於評註的三種面向：1. 在桐城派強調「詩文為能事」的基礎上，以「作用——個人獨特的藝術風格」落實所謂「能事」的內涵；並改造「創意、造語」等宋人詩法，為學詩、作詩的路徑。2. 方東樹轉化宋代詩學「無定而有定」的活法觀，並取法黃庭堅「領略古法

生新奇」的精神，建構出以文法輔成才情、偏好氣勢的學詩方法論。

3. 因考量讀者需求與社會環境，而藉助科舉制義的行文用語、結構概念、文章評點的法則，用以強調詩篇中運用曲筆、截斷、逆筆的效果，形成偏好曲深、崇尚氣格等詩風，作爲「以文論詩」的批評實例。

因此，穿透《昭昧詹言》在評註上偏好創變、重視宋詩的現象，我們可以發現方東樹詩論與宋代詩學間的內在聯繫、精神繼承。形式上雖遵循唐宋兼取的時風及師教，但實質上卻深受宋代詩學啓發，著力於宋詩典律的詮釋。故可說是清代中葉宗宋派詩話中善於闡發宋詩特色，立論又較公允、持平的重要評論。

而第三層面則對方東樹《昭昧詹言》對典律的創意詮釋、與詩學典範型態進行評價。

爲求說明的準確與條理，乃先藉助現代文學批評上「典律」的觀點說明傳統詩選集的評論特性、與典律類型；再藉「誤讀」理論的觀點分析方東樹《昭昧詹言》對選集中詩篇的閱讀與創意詮釋，以凸顯其詩論的創變特性。而後，縱觀《古詩選》《今體詩鈔》以下的選集評論，以比對《昭昧詹言》評論上的特色，並與同門、同代的詩論傾向衡較，以適當評價方東樹對桐城詩派詩學典範建立上的貢獻，確定其在清詩發展上的歷史地位。而此部分在研究方法、與研究結果上的特別作法爲：

（一）爲求理論的運用更爲適切，本層面的研究方法上，首先對傳統詩選集的特色、近代典律觀念的發展進行探討，並對照《昭昧詹言》的典律批評特色後，發現方東樹有明顯「創意詮釋──誤讀」前人典律的現象，企圖藉其新詮釋在詩論上有所「創變」。而具體的「典律」批評類型，可分三種：

　　1. 藉漢魏古詩爲例，考察方東樹在詩體典律上有運用「限制」式創意詮釋的現象。分析方東樹因注重詩篇結構、修辭上的釐析，將原本「意興自然」的古詩，限制於「文法高妙」的獨特視角，呈現出篇章謹嚴的章法之美，也改變原有的閱讀

情致。但此種典律的創意詮釋，比前人「自然高妙」「無跡可求」的模糊評語，較為確實而易摹習。方東樹並配合「兼及文法與義理」「陳義高厚」等自覺性的修正，以使評述更為周全，實不失為一種有創意、積極性的詮釋。

2. 以李白詩為例，說明方東樹在詩家典律上有運用「表現」式創意詮釋的現象。前人由「法度」觀點評李白詩雖前有所見，但經由方東樹的重新瞄準、擴充意義，乃將李白詩的典律意義由「放逸奇縱」轉換為「章法變化」。並明確指出「典律化閱讀」的重點——學其文法高妙，以及閱讀典律的次第：先訓詁——典故——意脈。藉此，為「以文為詩」的先天的影響創作因素——才氣，尋找有力的例證。既使學詩者有學詩脈絡可循，也得以補強其「由學而能」「以有法變於無法」的創作原理。

3. 以杜、韓典律為理想詩人的指標，我們發現：方東樹由韓詩「去陳言」的精神，重塑其形象，並強化杜詩——韓詩的傳承關係，以「富涵義理」「筆勢壯闊」「自具面目」勾勒理想詩人形象。並以此指疵陶淵明詩，重新為其定位，因而建立以杜韓典律為最高典律、理想風格的評價。

總之，本文第六章的研究創獲，便在於：藉三種典律實例為線索，我們得以一一檢視方東樹在依循王士禎《古詩選》典律選錄的表象下，其實藉由筆記式評註，有意地進行各種形態的創意詮釋，這樣的創意，通常都自然地融入選集註解中，藉選編者的公正性為偽裝，不知不覺地便改變了原有典律的形象、甚至評價與地位。透過布魯姆「誤讀圖示」中三類型的分析，我們乃得以釐清方東樹進行創意詮釋的過程與特質，增加了對方東樹評詩模式、與詩學詮釋的瞭解。

（二）就選集的詮釋作用深究，傳統詩選集本有樹立「典律」、修正前人評論的功用，故選集本身、或其相關評註便可視為一套評論基模、或詩學典範的凝現。藉助清初以來重要詩選集的分析、比較，

則可細緻地觀察詩學典範革新、或變遷的軌跡，對《昭昧詹言》前後的重要詩選集及其評詩內容，產生以下的瞭解：

1. 由《古詩選》的典律選錄與編排可知，王士禎詩學的脈絡，係對明七子以降的格調說、與公安到虞山派的主性情詩學都有所繼承。其建構典律的核心旨趣係以「復古」為基調，以「創變」為變奏，以致於有體例上保守客觀、卻鼓勵具有創變性的詩家典律。同時，由典律的流傳上考察，王士禎所倡古體詩典律、詩論雖曾盛行於士林，蔚為當代重要的詩學典範。稍後《御選唐宋詩醇》即挾「御選」之優勢重塑新的詩典律，到《四庫全書》立館纂集，王士禎詩選集的地位已被邊緣化，於詩學原理、詩體史觀、甚至評詩基準上也都顯然出現改變的軌跡，可見詩學典範已漸轉移。

2. 姚鼐對桐城詩派詩論的貢獻，是確定了「以文論詩」的大方向。並有兩項論點突破：1）善用詩選集的典律特性，串聯選集為而成學詩門徑，並標立杜甫典律作為表徵，提出由法入手、沉鬱頓挫、兼取正變等的評論原則。2）姚鼐以「詩文一理，取徑不同」的結論闡明詩文關係。並為此詩文共通的「理」，作了深入的形上探求，使「以文論詩」的評理，具有明確的形上原理。桐城派詩學典範乃得以呈現雛形。

（三）方東樹在《昭昧詹言》進行的詩篇閱讀與創意詮釋，其意義不只是對典律評價的改變，在評詩模式、詩學原理上均已呈現出有別於前人的新結構，而其最終目的，則在為桐城詩派完成一個新的詩學典範體系。故分別由「詩學論理歸納」、「同門論述比較」、「當代詩論激盪與互動」、及「對桐城後學的啟發」等四個面向來觀察、檢證方東樹《昭昧詹言》對桐城詩學論述的貢獻：

1. 《昭昧詹言》在評註詩篇中建立通論詩體、總評各家、再釐析詩篇的評論模式，各步驟中更形成特有的論述條理與效用。

2. 方東樹雖遵循桐城詩派由姚鼐形成的「以文論詩」師法，卻

在持續此論詩方向中開發「文法評詩」「評論合一」的新作法，
因而凸顯出「以杜詩為核心、韓詩為取法，重建詩統」「析宋
詩、通文法，作為入門」「重氣格，好雄健，轉變詩風」三大
論點，建立桐城詩派特有的學詩定律。

3. 與郭麐、梅曾亮等同門學者比較，方東樹的確如後人所評論，
是受教於姚鼐最久、最得其論詩旨趣者。同時，因《昭昧詹
言》註解、分析詩篇的型態，建立了桐城派評詩的模式，也
有助於詩文學習者運用之便利，並易於彙整前輩論述的精
義，故方東樹《昭昧詹言》於姚門各弟子中最具詩學傳承之
功。

4. 經與格調、肌理、性靈等當代詩論的擇要比較，我們發現乾
隆、嘉慶時期，詩壇中論詩觀點的相互激盪、交融，是相當
普遍的現象，故桐城詩派對格調、肌理、神韻詩論，均有所
取法、修正。且已漸漸脫離明代以來僅據時代宗尚（尊唐、
宗宋）為標榜的門戶論爭，而轉向詩學原理、創作方法，乃
至藝術特質的探討。是以，桐城詩論雖較後出，卻因《昭昧
詹言》的評註典律而建立較完整的詩學典範，可說是歷經乾
隆、嘉慶詩壇的粹鍊汰洗，而在道光、咸豐間展現論述與批
判光彩的詩學著述。

5. 方東樹《昭昧詹言》的詩學評述，強化了一種貼近中唐詩風、
貼近北宋革新的士人氣格、與經世匡時的理想，此種理想在
稍後曾國藩階段，方真正付諸實現，轉移當代詩風，故曾國
藩雖作為宋詩派分流的關鍵人物，而其嬗變源頭實可追溯於
方東樹；何紹基所提出「自成一家」「立誠為本」「人與文一」
等宋詩派中的核心觀點，也是由桐城詩派注重性情、取法杜
韓、宋詩的主張中重新鎔鑄、轉換而成。前述自覺為公的士
人氣格，乃隨著何紹基對宋詩派詩論的推廣、內涵的擴充，
轉換為探求藝術原理的冷靜、與兼取當代詩論的寬容。

綜觀所述，本論文交互運用宏觀全面、與微觀細部的研究視野，改變研究方法與材料運用，並配合現代文學批評理論的參酌與借鏡，重新對方東樹《昭昧詹言》的評論特色、詩學趨向進行較客觀而詳切的分析，因得以獲致以上各項研究心得，闡明前輩學者所尚未詳盡之處。最終目的則欲兼及歷時性的文學流變、與共時性的整合融會雙重角度，爲方東樹《昭昧詹言》的詩學確定歷史地位。

期待本論文的研究，能提舉《昭昧詹言》評詩的特色，經由宋代詩學的聯繫、比較，抉發方東樹詩論深入省察詩體特性的觀點；藉助現代文論的思路，辨析方東樹創新求變的論詩特色，提供中西詩學比較研究的參考。也希望本文的撰寫，對於歷代宗宋派詩話、詩學特色有所開發。對唐宋詩之爭問題的權衡、以及清代詩學發展的軌跡，也提供些許的參考價值。

參考書目

壹、專書論著

一、桐城派總論及研究（依書名筆畫序列）

1. 《古文法纂要》，朱任生編述。台北：臺灣商務印書館，1984 年。
2. 《桐城文派：文章法的總結與超越》，何天杰編。廣州市：廣州文化，1987 年。
3. 《桐城文派學述》，尤信雄撰。台北市：文津出版社，1975 年。
4. 《桐城文學史》，葉龍撰。香港：龍門書局，1975 年。
5. 《桐城文學淵源撰述考》，劉聲木撰。合肥市：黃山書社，1989 年。
6. 《桐城派》，王鎮遠撰。台北：國文天地，1991 年。
7. 《桐城派文學藝術欣賞》，葉龍撰。香港：繁榮出版社，1998 年。
8. 《桐城派研究論文集》，王氣中等撰。安徽：安徽人民出版社 ，1963 年。
9. 《桐城派研究論文選》，安徽社科院文學研究所編。合肥市：黃山書社，1986 年。
10. 《清代桐城派古文義法研究》，麥穗岐著。屏東：中國書局，1974 年。
11. 《清代文壇盟主桐城派》，楊懷志、潘忠榮主編。合肥市：安徽人民出版社，2002 年。

二、桐城派門人著作及研究（約依門人先後序列）

1. 《戴名世集》，戴名世撰、王樹民編校。北京市：中華書局，1986

　　年。

2. 《方苞集》二冊，方苞撰，劉季高校點。上海市：上海古籍出版社，1983 年。

3. 《方望溪文學研究》，姚翠蕣編。台北：文史哲出版社，1988 年。

4. 《海峰文集》，劉大櫆撰。東海大學圖書館：清同治十三年重刊本。八卷。

5. 《論文偶記》，劉大櫆撰。中研院傅斯年圖書館藏：道光二十七年（1847 年），遜敏堂叢書本，一卷。

6. 《劉大櫆集》，劉大櫆撰。上海市：上海古籍出版社，1990 年。

7. 《海峰文集》劉大櫆撰。東海大學圖書館藏：清刊本，八卷本。

8. 《海峰文集》劉大櫆撰。東海大學圖書館藏：清同治十三年重刊本，十四卷本。

9. 《援鶉堂筆記》，姚範撰。台北市：廣文書局，1971 年。

10. 《今體詩鈔》，姚鼐編。台中市：中庸出版社，1959 年。

11. 《今體詩鈔》，姚鼐編，費遠總勘。台北市：中華書局珍倣宋版，1981 年。

12. 《惜抱軒全集》。姚鼐撰、江蘇金壇市：中國書店，1991 年。

13. 《惜抱軒筆記》，姚鼐撰。台北市：廣文書局，1971 年。

14. 《惜抱軒詩文集》，姚鼐撰、劉季高標校。上海市：上海古籍出版社，1992 年。

15. 《姚惜抱尺牘》，姚鼐撰。見佚名編：《明清名人尺牘》。台北市：廣文書局，1987 年。

16. 《靈芬館詩話》，郭麐撰。見《清詩話訪佚初編》。台北市：新文豐出版公司，1987 年。

17. 《靈芬館集》五種，郭麐撰。台灣大學圖書館藏，嘉慶道光間刊本。

18. 《孟塗先生初集》，劉開編。台灣大學圖書館藏：久保文庫第 124 冊，清嘉慶間刊本。

19. 《古文詞略》，梅曾亮編。台北市：世界書局，1964 年。

20. 《柏木見山房文集》，梅曾亮撰、王有立編。台北市：華文書局影印咸豐六年刊本，1969 年。

21. 《柏木見山房全集》，梅曾亮撰。上海市：上海古籍出版社，2002 年。

22. 《方東樹評古詩選》，王士禛選、方東樹評、汪中編。台北市：聯經圖書出版公司，1975 年。

23. 《方東樹評今體詩鈔》，姚鼐選、方東樹評、汪中編。台北市：聯經圖書出版公司，1975 年。

24. 《方植之全集》，方東樹撰。台北市：明文書局，1983 年（據光緒中刊本印，社資中心藏微縮捲片）。

25. 《攷槃集文錄》，方東樹撰。上海市：上海古籍出版社，2001 年。

26. 《昭昧詹言》，方東樹撰、汪紹楹校點。北京：北京人民出版社，1984 年。

27. 《昭昧詹言》，方東樹撰。台北市：漢京文化事業，1985 年。

28. 《昭昧詹言》，方東樹撰；吳闓生評。清道光間刊民國七年訂補本，台北市：廣文書局，1987 年。

29. 《清方儀衛先生東樹年譜》，鄭福照輯。台北市：台灣商務印書館，1978 年。

30. 《儀衛軒文集》，方東樹編。中央研究院傅斯年圖書館藏，清同治間刊本。

31. 《漢學師承記》（外二種：漢學商兌，國朝宋學淵源記），徐洪興編校。香港：三聯書店，1998 年。

32. 《柏堂遺書》，方宗誠撰，嚴一萍輯。台北縣：藝文印書館，1971 年。

33. 《曾文正公全集》，曾國藩編。台北市：文海書局，1974 年。

34. 《清曾文正公年譜》，黎昌庶編。台北市：台灣商務印書館，1978 年。

35. 《曾文正全書析粹》朱任生撰。臺北市：國立編譯館，1972 年。

36. 《桐城吳先生全書》，吳汝綸編。北京市：人民文學出版社，1981 年。

37. 《文學研究法》，姚永樸撰、許振軒校點。安徽：黃山書社，1989 年。

38. 《文學研究法》，姚永樸編。台北市：廣文書局，1971 年。

三、歷代詩文評及研究（略依詩話成書時代先後，先總後分）

1. 《百種詩話類編》，臺靜農主編。台北市：藝文印書館，1974 年。

2. 《歷代詩話》，何文煥訂。台北市：藝文印書館，1991（五版）。

3. 《歷代詩話論作家》，常振國、絳雲編。台北市：黎明文化事業，1993 年。

4. 《歷代詩話續編》，丁仲祜編訂。台北縣：藝文印書館，1984 年。

5. 《文心雕龍》，劉勰撰。臺北市：臺灣商務印書館，1983 年。

6. 《文心雕龍註》，范文瀾。台北市：明倫書局，1970 年。

7. 《文心雕龍注釋》，周振甫編。台北市：里仁書局，1984 年。

8. 《詩品》，鍾嶸原著：徐達譯注。臺北市：臺灣古籍出版社，1996年。

9. 《唐詩論評類編》，陳伯海主編。濟南：山東教育出版社，1992年。

10. 《詩式》，釋皎然撰。臺北市：臺灣商務印書館，1965年（一版）。

11. 《詩式校注》，周維德校注。浙江古籍出版社，1993年。

12. 《皎然詩式輯校新編》，許清雲編。台北市：文史哲出版社，1983年。

13. 《宋詩話全編》，吳文治主編。南京市：江蘇古籍出版社，1998年。

14. 《宋詩話輯佚》，郭紹虞校輯。臺北市：華正書局，1987年。

15. 《六一詩話》，歐陽修著、鄭文校點。北平市：人民出版社，1983年。

16. 《後山詩話》，陳師道撰。上海市：學書局石印本，1770年。

17. 《晁氏客語》，晁說之撰。臺北縣：藝文印書館，1967年。

18. 《冷齋夜話》，釋惠洪撰。臺北縣：藝文印書館，1965年。

19. 《珊瑚鉤詩話》，張表臣著、嚴一萍選輯。台北縣：藝文印書館影印，1965年。

20. 《歲寒堂詩話》，張戒撰。臺北縣：藝文印書館，1969年。

21. 《捫蝨新語》，陳善編。台北縣：藝文印書館，1966年。

22. 《後村詩話》，劉克莊撰、王秀梅點校。北平市：中華書局，民72年。

23. 《滄浪詩話》，嚴羽編。台北市：金楓出版社，1986年。

24. 《四溟詩話》，謝榛撰、藝文印書館編。臺北縣：藝文印書館，1971年。

25. 《詩藪》，胡應麟撰。台北市：廣文書局，1976年。

26. 《詩源辯體》，許學夷著。北京市：人民文學出版社，1998年（一版）。

27. 《清詩話》，丁福保編。台北市：木鐸出版社，1988年。

28. 《清詩話續編》（一），吳喬編。台北市：藝文印書館，1985年。

29. 《西河詩話》，毛奇齡撰。台北市：新文豐出版公司，1985年。

30. 《原詩》，葉燮著、霍松林校注。北京市：人民文學出版社，1998年（一版）。

31. 《帶經堂詩話》，王士禛撰。台北市：廣文書局，1971年。

32. 《師友詩傳錄》，王士禛等述郎廷槐錄。臺北市：臺灣商務印書館，1966年（一版）。

33. 《師友詩傳續錄》，王士禛等述。台北：廣文書局，1971年。

34. 《漫堂說詩》，宋犖撰。臺北縣：藝文印書館，1966年。

35. 《談龍錄、石洲詩話》，翁方綱、趙執信撰，陳邇冬點校。台北市：木鐸出版社，1982 年。

36. 《石洲詩話》，（清）翁方綱撰。北京：人民文學出版社，1981 年。

37. 《隨園詩話》，袁枚撰。台北市：廣文書局，1979 年（再版）。

38. 《甌北詩話》，趙翼撰、霍松林點校。台北市：木鐸出版社，1982 年。

39. 《北江詩話》，洪亮吉撰。北京：人民文學出版社，1983 年。

40. 《初月樓古文緒論》，吳德旋。見四部備要本《古文緒論，説詩晬語，文心雕龍》。台北市：中華書局，1981 年。

41. 《石遺室詩話》，陳衍撰。台北市：台灣商務印書館，1976 年。

四、歷代總集與別集（略依選集時代先後序列）

（一）總　集

1. 《文選》，蕭統編、李善注。台北市：藝文印書館，1983 年。

2. 《全唐詩稿本》屈萬里、劉兆祐主編：台北市：聯經圖書出版公司，1979 年。

3. 《中興閒氣集》，（唐）高仲武編。景印文淵閣《四庫全書》第 1332 冊，台北市：台灣商務印書館，1986 年。

4. 《國秀集》，（唐）芮挺章編。景印文淵閣《四庫全書》第 1332 冊，台北市：台灣商務印書館，1986 年。

5. 《河嶽英靈集》，（唐）殷璠編。景印文淵閣《四庫全書》第 1332 冊，台北市：台灣商務印書館，1986 年。

6. 《古今詩刪》，（明）李攀龍編。景印文淵閣《四庫全書》第 1382 冊，台北市：台灣商務印書館，1986 年。

7. 《石倉歷代詩選》，（明）曹學佺編。景印文淵閣《四庫全書》第 1387～1394 冊，台北市：台灣商務印書館，1986 年。

8. 《詩鏡》，（明）陸時雍編。景印文淵閣《四庫全書》第 1411 冊，台北市：台灣商務印書館，1986 年。

9. 《唐詩品彙》，（明）高木秉編。景印文淵閣《四庫全書》第 1371 冊，台北市：台灣商務印書館，1986 年。

10. 《古詩評選》，王夫之評選，張國興校點。北京市：文化藝術出版社，1997 年。

11. 《唐詩評選》，王夫之評、王學太校點。北京市：文化藝術出版社，1997 年。

12. 《御選唐宋詩醇》，乾隆十五年敕編。景印文淵閣《四庫全書》第 1448

冊，台北市：台灣商務印書館，1986 年。

13. 《清朝山左詩鈔》，盧見曾撰。東海大學藏清乾隆二十三年山東德州盧氏雅雨堂刊本。（線裝）

14. 《四庫全書概述》，楊家駱編。台北：中國學典館，1975 年（八版）。

15. 《四庫全書總目提要》，紀昀撰。台北市：漢京文化事業，1981 年。

16. 《古詩選》，王士禎選，《四部備要、集部》第 582～583 冊。台北：台灣商務，1966 年。

17. 《唐詩別裁》，沈德潛編。台北市：台灣商務印書館，1978 年。

18. 《古詩源》，沈德潛編，《四部備要、集部》第 582 冊。台北市：台灣商務印書館，1966 年。

19. 《清詩別裁》，沈德潛編。二冊。上海市：上海古籍出版社，1981 年。

20. 《明詩別裁》，沈德潛編。台北市：台灣商務印書館，1965 年。

21. 《古文辭類纂評註》，姚鼐纂、王文濡評校。台北市：台灣中華書局，1967 年。

22. 《近代詩鈔》，陳衍編。上海市：商務印書館，1923 年。

（二）別集（依原撰著者時代先後序列）

1. 《韓昌黎文集》，韓愈撰、楊家駱主編文學名著。台北市：世界書局，1960 年。

2. 《豫章黃先生文集》，黃庭堅撰。上海市：上海商務印書館，1936 年。

3. 《山谷全集》，黃庭堅撰。台北市：中華書局，1981 年。

4. 《黃庭堅論文》，戴月芳主編。台北市：錦鏽出版社，1982 年。

5. 《黃庭堅選集》，黃庭堅撰、黃寶華編。上海市：上海古籍出版社，1991 年。

6. 《淮海集》。秦觀撰。台北市：中華書局，1981 年。

7. 《後村先生大全集》，劉克莊撰。台北市：商務印書館印行，1975 年。

8. 《朱子語類》，朱熹著、黎靖德編。台北市：文津出版社，1986 年。

9. 《須溪集》，劉辰翁撰。見《叢書集成續編》第 132 冊。台北市：新文豐出版公司，1985 年。

10. 《滹南遺老集》，王若盧撰：嚴一萍選輯。台北：藝文印書館，1966 年。

11. 《滄溟先生集》，李攀龍撰。上海：上海古籍出版社，1992 年。

12. 《空同集》，李夢陽撰。台北：台灣商務印書館，1986 年。

13. 《牧齋初學集》，錢謙益著、錢仲聯標校。上海市：上海古籍出版社，1985 年。

14. 《尤太史西堂全集、艮齊倦稿》，尤侗撰。北京市：北京出版社，2000 年。

15. 《樊榭山房文集》，厲鶚撰。上海市：中華書局，1920 年。

16. 《樊榭山房集》，厲鶚撰。上海市：商務印書館，1970 年。

17. 《鬲津草堂詩》六卷，田霢撰。見《四庫全書存目叢書》集部、第二五四冊。台北市：莊嚴文化出版公司，1999 年。

18. 《童山文集》，李調元撰。見《叢書集成初編》第 2515～2517 冊。北京：中華書局，1985 年（新一版）。

19. 《戴震集》，戴震撰。台北市：里仁書局，1980 年。

20. 《歸愚文鈔》，沈德潛撰。《沈歸愚詩文全集》國家圖書館藏，乾隆年間沈氏教忠堂刊本。

21. 《復初齋文集》，翁方綱撰。台北市：文海書局，1966 年。

22. 《小倉山房詩集》，袁枚撰。台北市：台灣中華書局，1980 年。

23. 《中復堂選集》，姚瑩撰。台北市：台灣銀行經濟研究室，1960 年。

24. 《何紹基詩文集》，何紹基撰、龍震球、何書置校點。長沙市：岳麓書社，1992 年。

25. 《東洲草堂詩鈔》，何紹基撰。上海市：上海古籍出版社，2002 年。

26. 《雅歌堂文集》，徐經撰。國家圖書館善本書室，清同治甲戌（十三）年徐有林刊本。

27. 《鳴鶴堂文集》，（清）任源祥撰。國家圖書館善本書室，光緒乙丑（十五年）任道鎔刊本。

28. 《劉申叔先生遺書》，劉師培撰。台北：大新書局，1965 年。

29. 《聞一多全集》，朱自清等編。台北市：里仁書局，1993 年。

30. 《魯迅書信集》《魯迅全集》，魯迅撰。台北市：谷風出版社，1989 年。

五、文學發展史與其他論著

1. 《上湖紀歲詩編》，王師韓。上海市：上海古籍出版社，2002 年。

2. 《中國文學批評史》，郭紹虞撰。台北市：文史哲出版社，1990 年。

3. 《中國文學理論史》，成復旺、黃保眞等編。台北市：洪葉文化事業，1994 年。

4. 《中國文學理論史——清末民初時期》，黃保眞、成復旺撰。台北市：洪業文化事業，1994年。

5. 《中國文學理論史——明清鴉片戰爭前時期》，成復旺、黃保眞撰。台北市：洪葉文化事業，1994年。

6. 《中國古典文學接受史》，尚學鋒等撰。濟南市：山東教育出版社，2000年。

7. 《中國近三百年學術史》，梁啓超撰。台北：華正書局，1979年。

8. 《中國近代詩歌史》，馬亞中撰。台北市：台灣學生書局，1992年。

9. 《中國近代文學發展史》，郭延禮著。北京市：高等教育出版社，2001年。

10. 《中國經學史》，馬宗霍撰。台北市：台灣商務印書館，1992年（一版七刷）。

11. 《中國詩話史》，蔡鎭楚撰。長沙市：湖南文藝，1988年。

12. 《中國詩學批評史》，陳良運撰。南昌：江西人民出版社，2001年。

13. 《宋金元文學批評史》，顧易生等著。上海：上海古籍出版社，1996年。

14. 《金聖嘆評點才子全集》，金聖嘆評點、林乾編。四卷。北京市：光明日報出版社，1997年。

15. 《香祖筆記》，王士禎金聖嘆。上海市：上海古籍出版社，1993年。

16. 《唐七律藝術史》，趙謙金聖嘆。台北市：文津出版社，1992年。

17. 《清代文學批評史》，王鎭遠、鄔國平著。上海市：上海古籍出版社，1995年。

18. 《清代文學評論史》，清木正兒著，陳淑女譯。台北市：開明書店，1992年二版。

19. 《清代詩歌與王學》，陳居淵撰。台北市：文津出版社，1994年。

20. 《清代詩歌發展史》，霍有明撰。台北市：文津出版社，1994年。

21. 《清代詩學研究》，張健撰。北京市：北京大學出版社，1999年。

22. 《清史稿校註》，國史館編。台北縣：國史館，1986年。

23. 《清詩流派史》，劉世南撰。台北市：文津出版社，1985年。

24. 《王士禎年譜》，孫言誠點校。北京市：中華書局，1994年。

25. 《四書集註——中庸》，朱熹編。台北：漢京文化事業，1981年。

26. 《宋代文化史》，姚瀛艇撰。開封市：河南大學出版社，1992年。

27. 《詞科掌錄》，杭世駿輯。江蘇省：江蘇廣陵古籍刻印社，1989年。

28. 《第五才子書施耐庵水滸傳》，金聖嘆評點。河南：中州古籍出版社，1985 年。

29. 《螢雪叢說》，俞成撰。臺北縣：藝文印書館，1965 年。

六、近人詩文研究及評論

1. 《中古文學史論》，王瑤。台北：長安出版社，1982 年。

2. 《中唐詩文新變》，吳湘州。台北市：商鼎文化出版公司，1996 年。

3. 《中國散文藝術論》，李正西。台北市：貫雅文化出版公司，1991 年。

4. 《元代詩法校考》，張健。北京市：北京大學，2001 年。

5. 《文氣與文章創作關係研究》，朱榮智。台北市：師大書苑，1988 年。

6. 《文學活動的審美維度》，童慶炳。北京市：高等教育出版社，2001 年。

7. 《文學接受與文化過濾——中國對法國象徵主義詩歌的接受》，金絲燕。北京市：中國人民大學，1994 年。

8. 《文學散步》，龔鵬程編。台北市：漢光出版公司，1987 年（三版）。

9. 《文學藝術鑑賞概論》，魏飴、劉海濤主編。北京市：高等教育出版社，2002 年。

10. 《王漁洋詩論之研究》，黃景進。台北市：文史哲出版社，1980 年。

11. 《古代詩文總集選介》，張滌華。台北市：國文天地社，1990 年。

12. 《古典詩詞藝術探幽》，夏紹碩。台北縣：漢京文化事業，1984 年。

13. 《古詩十九首探索》，馬茂元。高雄市：復文圖書出版公司，1988 年（二版）。

14. 《朱自清古典文學專集》，朱自清。台北市：宏業圖書出版公司，1983 年。

15. 《朱自清古典文學論文集》，朱自清。臺北市：源流圖書出版公司，1982 年（初版）。

16. 《宋代文學通論》，王水照。開封市：河南大學，1997 年。

17. 《宋代語言研究》，李文澤。北京市：線裝書局，2001 年。

18. 《宋金四家文學批評研究》，張健。台北市：聯經圖書出版公司，1975 年。

19. 《宋詩：融通與開拓》，張宏生。上海市：上海古籍出版社，2001 年。

20. 《宋詩之新變與代雄》，張高評。台北市：洪葉文化事業，1995 年。

21. 《宋詩話考》，郭紹虞。台北縣：漢京文化事業，民72年。

22. 《宋詩派同光體詩選譯》，劉大特。四川省：巴蜀書社，1997年。

23. 《宋詩綜論叢編》，張高評編。高雄：麗文文化事業，1993年。

24. 《宋詩論文選輯》（一），張高評編。高雄：復文圖書出版公司，1988年。

25. 《李白研究》，安旗。台北市：水牛圖書出版公司，1992年。

26. 《李白評傳》，陳香。台北市：國家出版社，1997年。

27. 《杜甫與六朝詩人》，呂正惠。台北市：大安出版社，1989年。

28. 《典律與文學教學》，劉光能、陳東榮、陳長房主編。台北市：比較文學學會，1995年。

29. 《明清文學批評》，張健。台北市：國家出版社，1983年。

30. 《明清詩文論文集》，蘇州大學明清詩文研究室編。上海：江蘇古籍出版社，1986年。

31. 《建構與反思——中國文學史的探索學術研討會論文集》，中國古典文學研究學會。輔仁大學編。台北市：學生書局，2002年。

32. 《唐宋詩之爭概述》，齊治平。山東：齊魯書社，1984年。

33. 《唐詩的傳承——明代復古詩論研究》，陳國球。台北市：學生書局，1990年。

34. 《「唐詩」、「宋詩」之爭》，戴文和。台北市：文史哲出版社，1997年。

35. 《清代文化與浙派詩》，張仲謀。北京市：東方出版社，1997年。

36. 《清代文學批評論集》，吳宏一。台北市：聯經圖書出版公司，1998年。

37. 《清代詩學初探》，吳宏一。台北市：學生書局，1986年。

38. 《清代經學國際研討會論文集》，張高評等撰。台北：中研院文哲所籌備處，1984年。

39. 《黃庭堅研究論文集》，孫乃修。江西：江西人民出版社，1986年。

40. 《會通化成與宋代詩學》，張高評。台南市：國立成功大學出版組，2000年。

41. 《詩學美論與詩詞美境》，韓經太。北京市：北京語言文化大學，2000年（一版）。

42. 《歐、梅、蘇與宋詩的形成》，黃美鈴。台北市：文津出版社，1998年。

43. 《談文學》，朱光潛。台北市：金楓出版社。1987 年
44. 《談藝錄》，錢鍾書。台北市：書林出版公司，1988 年 11 月。
45. 《韓愈古文校注彙集》第一冊，羅聯添編。台北市：國立編譯館，民 92 年。

七、西方文學譯著及研究

1. 《孔恩：評論集》，朱元鴻、傅大爲主編。台北市：巨流圖書出版公司，2001 年。
2. 《文學理論》，劉安海、孫文實著。武昌市：華中師範大學，2000 年。
3. 《文學理論導論》，泰瑞‧依果頓〔Terry Eagleton〕原著，吳新發譯。台北市：書林圖書出版公司，1994 年。
4. 《比較文學方法論》劉介民撰。台北市：時報文化圖書公司，1990 年。
5. 《比較文學理論與實踐》張漢良撰。台北市：東大圖書出版公司，1986 年。
6. 《比較文學論》，曾順慶。台北市：揚智文化事業，2003 年。
7. 《比較文學影響論——誤讀圖示》，哈羅德、布魯姆著，朱立元、陳克明譯。台北：駱駝出版社，1992 年。
8. 《西方文藝理論名著選編》，伍蠡甫、胡經之主編、方珊譯。北京市：北京大學，2000 年。
9. 《西方著名文學家評傳》，閻國忠主編。安徽：安徽教育出版社，1991 年。
10. 《如何讀西方正典》，哈洛、卜倫著，余君偉等譯。台北市：時報文化出版公司，2002 年。
11. 《批評、正典結構與預言》，（美）哈羅德、布魯姆著：吳瓊譯。北京市：中國社會科學出版社，2000 年。
12. 《科學革命的結構》，孔恩原著，王道還等譯。台北：遠流圖書出版公司，1989 年。
13. 《接受反應文論》，金元浦著。濟南：山東教育出版社，1998 年。
14. 《當代文學理論》，張雙英、黃景進中譯主編。台北市：合森文化事業，1991 年。
15. 《影響的焦慮》，徐文博譯。北京市：三聯書店，1989 年。
16. *A Map of Misreading,* Harold Bloom. Oxford：Oxford University Press, 1975.

17. *The hall of fame: Harold Bloom takes the measure of 100 literary geniuses and their creations,* Judith Schulevitz. New York: New York Times Book Review, 2002.

18. *Third World Literature in the Era of Multinational Capitalism*，Fredric Jameson, Social Text 15:65，1986.

八、其他相關著作

1. 《中國考試制度史資料彙編》，張學爲等三人編。合肥市：黃山書社，1992 年。

2. 《宋詩鑑賞辭典》，李廷先審訂。上海：上海辭書出版社，1987 年。

3. 《佛教思想大辭典》，吳汝鈞編。台北市：台灣商務印書館，1994 年（初版二刷）。

4. 《訓詁學大綱》，胡楚生。台北市：蘭臺出版社，民 74 年。

5. 《教育心理學》，張春興。台北市：東華書局，1995 年。

6. 《新譯莊子讀本》，黃錦鋐註譯。台北市：三民書局，民 66 年。

7. 《管錐編》，錢鍾書撰。台北市：書林圖書出版公司，民 79 年。

貳、學位論文（依篇名筆畫序列）

1. 《方東樹詩論研究》，康維訓。高師大國文所，碩士論文，1988 年。

2. 《方東樹詩學源流及其美感取向之研究》，郭正宜。成功大學史語所，碩士論文，1993 年。

3. 《方東樹詩論研究》，謝錫偉。香港浸會學院，哲學碩士論文，1994 年。

4. 《方東樹文論研究》，金鎬。政大中文所，碩士論文，1997 年。

5. 《方苞詩文研究》，廖素卿。文化中文所博士論文，1992 年。

6. 《方望溪古文理論及其實踐》，金姬成。臺灣師範大學國文研究所，碩士，1993 年。

7. 《北宋以文爲詩詩風形成原因及其風格之研究》，戴麗霜。國立政治大學，中國文學研究所，碩士論文，1991 年。

8. 《沈德潛及其弟子詩論之研究》，林秀蓉。高雄師範大學國文研究所，碩士論文，1986 年。

9. 《明清格調詩說研究》，吳瑞泉。東吳大學中文所，碩士論文，1988 年。

10. 《明清性靈詩說研究》，王頌梅。東吳大學中文所，博士論文，1991 年。

11. 《金聖歎詩學研究》，廖淑慧。輔仁大學中文所，碩士論文，1991 年。

12. 《活法與宋詩》，鄭倖宜。成功大學中文研究所，碩士論文，2001 年。

13. 《姚惜抱及其文學研究》，張春榮。師大國文所，博士論文，1988 年。

14. 《唐詩、宋詩之爭研究》，戴文和。中央大學中文研究所，碩士論文，1990 年。

15. 《神韻派詩論之研究》，易新宙。政大中文所，碩士論文，1983 年。

16. 《神韻詩學譜系研究——以王漁洋為基點的後設考察》，黃繼立。台南市：成大中文所，碩士論文，2002 年。

17. 《乾嘉詩學初探》，何石松。文大中文所，碩士論文，1983 年。

18. 《翁方綱詩學之研究》，宋如珊。文化大學中文所，碩士論文，1991 年。

19. 《袁枚與性靈詩論研究》，張簡坤明。文化大學中文所，博士論文，1986 年。

20. 《清代宋詩學研究》，吳彩娥。政大中文研究所，博士論文，1993 年。

21. 《清初杜詩學研究》，簡恩定。東吳大學中文所，博士論文，1986 年。

22. 《劉大櫆散文研究》，黃雅淳。高雄師範大學國文研究所，碩士論文，1995 年。

23. 《劉海峰論文偶記研究》，鄭美慧。臺灣師範大學國文研究所，碩士論文，1994 年。

24. 《歷代杜詩學詩法論研究》，杜國能。國立台灣師範大學，國文研究所，博士論文，2002 年。

參、近人單篇論文與期刊論文（依發表時間先後序列）

一、期刊論文

1. 〈桐城詩派〉，黃華表。《新亞生活雙週刊》，1 卷 13 期。1958 年

2. 〈桐城詩派道咸詩派詩案〉，黃華表。《新亞學術年刊》，第一期，1959 年。

3. 〈沈德潛的格調說〉，吳宏一。《幼獅月刊》，44 卷 3 期，1976 年 9 月。

4. 〈味同嚼蠟的宋詩〉，周寅賓。《新湘評論》，第五期，1978 年。

5. 〈論宋詩〉，張志岳。《學習與探索》，第二期，1979 年。

6. 〈論朱熹詩學的理論統一性〉，霍炬。《陝西師範大學學報》哲學社會科學版，30 卷 1 期。

7. 〈胡應麟《詩藪》的辨體觀〉，簡錦松。《古典文學》，第一冊，327
～353 頁，1979 年 12 月。

8. 〈韓愈姚鼐文學觀之異同〉，汪洋。《江淮論壇》，第三期，1982 年。

9. 〈試論方東樹《昭昧詹言》的詩歌鑑賞〉，劉文忠。《江淮論壇》，第
五期，1983 年。

10. 〈文化變遷中典律運作的過程〉，凌平彰譯。《人類與文化》，第 20
期，1984 年 5 月。

11. 〈沈德潛對歷代詩體的批評〉，胡幼峯。《幼獅學誌》，18 卷 4 期，1985
年 10 月。

12. 〈也談戴名世與桐城派〉，金中揚。《安徽師大學報：哲社版（蕪湖）》，
1986 年 2 月。

13. 〈古文和詩歌的會通與分野——桐城派譚藝經驗之新檢討〉，梅運
生。《安徽師大學報》（哲學社會科學版）第一期。第 8～18 頁。1986
年。

14. 〈姚惜抱著述知見錄〉，張春榮。《中國學術年刊》，第十期，399～
411 頁，1986 年 2 月。

15. 〈文學結構的生成、演化與接受：伏迪契卡的文學史理論〉，陳國球。
《中外文學》，15 卷 8 期，1987 年 1 月。

16. 〈典範的衝擊——評陳國球著《胡應鄰詩論研究》〉，李順媚。《文訊
月刊》，第三十卷，1987 年 6 月。

17. 〈試論唐七律於明復古詩論中的「正典化過程」〉，陳國球。《中外文
學》，16 卷 6 期，65 頁，1987 年 11 月。

18. 〈蘇軾、黃庭堅的詩法理論〉，林正三。《德明學報》，第六期，1987
年 11 月。

19. 〈試論劉大櫆的詩歌理論〉，徐天祥。《江淮論壇》，第三期，84～90
頁，1989 年。

20. 〈簡論桐鼐文學理論中的主體條件思想〉，徐天祥。《合肥教育學院
學報》社會科學版，第一期，30～36 頁，1989 年。

21. 〈韓愈「以文為詩」的問題〉，柯萬成。《孔孟月刊》，28 卷 5 期，44
～50 頁，1990 年 1 月。

22. 〈戴名世與桐城派〉，王獻永。《安徽師大學報》，291～294 頁，1990
年 3 月。

23. 〈戴名世新論〉，朱端強。《雲南師範大學學報》，53～39 頁，1991
年 5 月。

24. 〈姚鼐的詩文理論——以「氣」為中心的創作觀〉，張靜二。《中外文

學》，12 卷 5 期，61～93 頁，1991 年 10 月。

25. 〈淺談古典詩歌的語言美〉，熊有爲、孫慎鳴。《貴州教育學院學報》社科版，第四期，15～22 頁，1994 年。

26. 〈明代格調派詩論中的「杜詩集大成」說——以李東陽《懷麓堂詩話》爲論述中心〉，連文萍。《國立編譯館館刊》，23 卷 1 期，225～238 頁，1994 年 6 月。

27. 〈經典：文學的準則／權力的準則〉，Hazard Adams 作，曾珍珍譯。《中外文學》，23 卷 2 期，15 頁，1994 年 7 月。

28. 〈從"法度"到"活法"——江西詩派內部機制的自我調節〉，呂肖奐。《復旦學報》社會科學版，第六期，83～88 頁，1995 年。

29. 〈論韓愈和中唐文士的思想特徵〉，王東春。《復旦學報》社會科學版，第一期，60～66 頁，1995 年。

30. 〈韓愈文學語言語勢特質淺探〉，王自周。《東方論壇》，第三期，66～72 頁，1995 年。

31. 〈清高宗與杜子美—《唐宋詩醇》評選杜詩平議〉，廖美玉。《成大中文學報》，第三期，65～109 頁，1995 年 5 月。

32. 〈宋代坊肆刻書與詩文集傳播的關係〉，周彥文。《國立中央圖書館館刊》新 28 卷，第 1 期，67～77 頁。1986 年 6 月。

33. 〈四庫館臣與杜詩學〉，趙曉蘭。《杜甫研究學刊》，第四期，41～47 頁，1996 年。

34. 〈兼濟·兼容·兼美——姚鼐古文理論及其文化背景概說〉，鍾揚。《南京師大學報》社科版，109～113 頁，1996 年。

35. 〈清代"肌理說"詩論概觀〉，叢遠東。《上海社會科學院學術季刊》，第三期，184～191 頁，1996 年。

36. 〈尋找陌生——論韓愈的詩藝創新〉，曹連觀。《南京師大學報》社會科學版，第三期，106～110 頁，1996 年。

37. 〈誤讀與點化—布魯姆詩論與江西詩派詩論比較〉，廖學新。《河池師專學報》，第一期，30～34 頁，1996 年。

38. 〈清代初、中期評白居易詩之探究——以辨體觀念爲討論基礎〉，黃麗卿。《淡江大學中文學報》，第三期，203～242 頁，1996 年 12 月。

39. 〈以文爲詩、以文論詩——桐城詩派的詩學觀〉，方任安。《安慶師院社會科學學報》，第一期，23～29 頁，1997 年。

40. 〈論韓孟詩派生硬勁峭的內在品質〉，楊國安。《許昌師專學報》社會科學版，16 卷 2 期，50～53 頁，1997 年。

41. 〈中國古代詩法敘論〉，陸凌霄。《廣西民族學院學報》哲學社會科

學版，19 卷 2 期，108～112 頁，1997 年 4 月。

42. 〈從杜甫、韓愈到宋詩的形成〉，龔鵬程。見《宋代文學研究叢刊》第三期，1～19 頁，1997 年 4 月。高雄市

43. 〈論「宋詩」的特色及其形成的主要背景〉，張雙英。見《宋代文學研究叢刊》第三期，21～45 頁，1997 年 4 月。高雄市

44. 〈換骨、中的、活法、飽參——江西詩派理論研究〉，黃景進。見《宋代文學研究叢刊》第三期，47～69 頁，1997 年 4 月。高雄市

45. 〈能自樹立不因循——論韓愈的詩歌理論及其詩學精神〉，高林廣。《內蒙古師大學報》哲學社會科學版，第六期，29～34 頁，1998 年。

46. 〈議論、文字、才學——再論蘇東坡、黃山谷詩格之異同兼及宋詩的發展〉，王守國。《許昌師專學報》社會科學版，17 卷 1 期，38～42 頁，1998 年。

47. 〈趙翼論詩的宏觀視野和創新精神〉，畢桂發。《河南大學學報》社會科學版，38 卷 1 期，1998 年 1 月。

48. 〈宋詩研究的面向和方法〉，張高評。《成大中文學報》，第六期，1998 年 5 月。

49. 〈"以學問為詩"初探——江西詩派一個理論問題的溯源〉，劉志毅。《中國民航學院學報》，16 卷 5 期，60～65 頁，1998 年 10 月。

50. 〈"以文為詩"辨—└關于唐宋詩變中一個文學觀念的檢討〉，郭鵬。《北京大學學報》哲學社會科學版，36 卷 1 期，73～82 頁，1999 年。

51. 〈翁文綱的"肌理"說探析〉，吳兆路。《蘭州大學學報》社會科學版，27 卷 3 期，1999 年。

52. 〈錢謙益詩論初探〉，王則遠、房克山。《廣播電視大學學報》哲學社會科學版，第二期，18～35 頁，1999 年。

53. 〈乾嘉時期文藝學的格局—考据學的挑戰和桐城派的回應〉，錢競。《文學評論》（京），60～70 頁，1999 年 3 月。

54. 〈從詩史觀到理想典律——王漁洋擇定選集所映現的詩歌觀點與意涵〉，吳明益。《中國古典文學研究》，第一期，113～118 頁，1999 年 6 月。

55. 〈詩文一理，取徑不同——姚鼐「以文論詩」觀點釐析〉，楊淑華。《台中師院學報》，第十四期，1999 年 6 月。

56. 〈劉大櫆因聲求氣說之理論與驗證〉，楊淑華撰。《台中師院學報》，第十三期，民 88 年 6 月。

57. 〈論中國古典詩論的"誤讀"接受〉，樊寶英。《陝西師範大學學院》哲學社會科學版，28 卷 2 期，138～142 頁，1999 年 6 月。

58. 〈論《錢注杜詩》對清代詩歌詮釋學的影響〉，郝潤華。《西北成人教育學報》，第二期，21～24 頁，2000 年。

59. 〈論朱熹對歷代詩歌的批評〉，莫礪鋒。《南京大學學報》哲學・人文科學・社會科學，37 卷 1 期，85～95 頁，2000 年。

60. 〈論南宋理學分化與＂宋調＂變異式微〉，許總。《社會科學輯刑》，第六期，130～136 頁，2000 年。

61. 〈情動言形——中國古典詩學語言生成論〉，丁云亮。《安徽教育學院學報》，18 卷 1 期，49～51 頁，2000 年 1 月。

62. 〈韓愈的心態特徵及對其詩文創作的影響〉，池萬興。《運城高等專科學校學報》，18 卷 2 期，40～43 頁，2000 年 4 月。

63. 〈詩歌本質論——中國詩學研究系例論文之一〉，陸凌宵。《廣西民族學院學報》哲學社會科學版，22 卷 3 期，75～83 頁，2000 年 5 月。

64. 〈『詩文一理，取徑不同』——姚鼐「以文爲詩」觀點釐析〉，楊淑華。《台中師院學報》，第十四期，2000 年 6 月。

65. 〈一個思想方法上的怪圈——明人何以貶宋詩？〉，張福勛。《陰山學刊》，13 卷 2 期，38～40 頁，2000 年 6 月。

66. 〈文學典律與文化論述—中古文論中的兩種「原道」觀〉，鄭毓瑜。《漢學研究》，18 卷 2 期，285～316 頁，2000 年 12 月。

67. 〈論詩歌自律和主觀選擇對韓愈＂以文爲詩＂的影響〉，趙彩娟。《陰山學刊》，14 卷 3 期，22～25 頁，2001 年 9 月。

68. *Poetry in review*, Harold Bloom. The Yale Review. New Haven: Jan 1998. Vol. 86, Iss. 1; pg. 179

69. *Harold Bloom's Shakespeare* , A D Nuttall. Raritan. New Brunswick: Winter 1999. Vol. 18, Iss. 3; pp. 123，12 pgs

70. *On First Looking Into Gates's Crichton*, Harold Bloom. New York：New York Times, Jun 4, 2000.

71. *How to Read and Why*, Charlotte Abbott,Sarah F Gold, Mark Rotella. Publishers Weekly. New York: May 8, 2000. Vol. 247, Iss. 19; pg. 212,

72. *The Necessity of Misreading*, Harold Bloom, The Georgia review.Vol.55/56, Iss.4/1,p69,17p ,2002.

73. *Harold Bloom's Shakespeare*, Lawrence Danson. Shakespeare Quarterly. Washington: Spring 2003. Vol. 54, Iss.1; pg. 114, 5 pgs

二、論文集單篇

1. 〈關於宋詩評價的討論綜述〉，劉乃昌。見張高評編《宋詩綜論叢編》，

1983 年 9 月。

2. 〈宋詩特徵試論〉，徐復觀。見黃永武、張高評編《宋詩論文選輯》（一），90～91 頁，1988 年。

3. 〈技進於道的宋代詩學〉，龔鵬程。見黃永武、張高評編《宋詩論文選輯》，高雄：復文，188～215 頁，1988 年。

4. 〈知性的反省——宋詩的基本風貌〉，龔鵬程。見黃永武、張高評編《宋詩論文選輯》，138～145 頁，1988 年。

5. 〈試論宋詩對清代詩人的影響〉，馬亞中。見黃永武、張高評編《宋詩論文選輯》，1988 年。

6. 〈宋詩與翻案〉，張高評。《宋代文學與思想》，台北市：台灣大學中文所，1989 年。

7. 〈什克洛夫斯基〉，張冰。《西方著名文學家評傳》，282～283 頁，1991年。

8. 〈清代對於黃山谷詩歌的批評及其意義〉，吳彩娥。《第二屆清代學術研討會論文集》，1991 年。

9. 〈從回到古代走向世界：清代文學變遷的模式〉，蔣英豪。《社會科學戰線》第二卷第 2 期，274～279 頁，1992 年。

10. 〈一察自好：清代詩學測微〉，周策縱。《第一屆國際暨第三屆清代學術研討會論文集》，第 1～8 頁。高雄市：中山大學中文系，1993年。

11. 〈重新認識清代文學在中國文學史上的地位〉，陳燕。《第一屆國際暨第三屆清代學術研討會論文集》，345～362 頁。高雄市：中山大學中文系，1993 年。

12. 〈王漁洋「神韻說」重探〉，黃景進。《第一屆國際暨第三屆清代學術研討會論文集》，539～564 頁。高雄市：中山大學中文系，1993年。

13. 〈袁枚與陳衍——論詩談盟主對清詩發展的積極影響〉，錢仲聯。《第一屆國際暨第三屆清代學術研討會論文集》，1993。

14. 〈從宋人論「意」與「語」看宋詩特色的形成〉，黃景進。《第一屆宋代文學研討會論文集》，72～79 頁，1995 年。

15. 〈從宋人論「意」與「語」看宋詩特色的形成——以梅堯臣、蘇軾、黃庭堅為中心〉，黃景進。見《第一屆宋代文學研討會論文集》，63～90 頁，1995 年。高雄市：麗文文化事業，1997 年。

16. 〈文學的歷史動向〉，聞一多。《聞一多全集》，台北市：里仁，1996年。

17. 〈從杜甫、韓愈到宋詩的形成〉，龔鵬程。見《宋代文學研究叢刊》第三期，1～19頁。高雄市：麗文文化，1997年4月。

18. 〈論「宋詩」的特色極其形成的主要背景〉，張雙英。見《宋代文學研究叢刊》第三期，21～45頁。高雄市：麗文文化，1997年4月。

19. 〈換骨、中的、活法、飽參〉，黃景進。見《宋代文學研究叢刊》第三期，47～69頁。高雄市：麗文文化，1997年4月。

20. 〈乾嘉時期的思想界〉，陳祖武。見《第五屆清代學術研討會論文集》第2～26頁。高雄市：中山大學中文系，1997年。

21. 〈典律的生成——序〉，王德威。《典律的生成——年度小說選三十年精編》，1～3頁，民87年。

22. 〈創意造語和方東樹論山谷詩〉，楊淑華。《第五屆中國詩學會議論文集》，223～262頁，民89年。

23. 〈上湖紀歲詩編序〉，桂元復。《上湖紀歲詩編》，上海市：上海古籍，2002年。

24. 〈清初宗唐詩話與唐宋詩之爭—以「宋詩得失論」為考察重點〉，張高評。《中國文學與文化研究學刊》，第一期，83～158頁。台北市：學生書局，2002年6月。

25. *Treason Our Text：Feminist Challenges to the Literature,* Lillian Robinson, Feminist Criticism：Essays on Women, Literature, Theory. New York：Pantheon Books，1985.

附錄一　關鍵名詞界定與說明

一、「典律」與「典範」

　　整體而言，本論文中『典律』與『典範』兩詞的使用分別有較特定的意涵，不同於一般語用的慣性，需加以說明。

　　首先，在日常的中文應用上，我們較罕見『典律』一詞；無論由傳統語文典籍或近現代國語語用兩方面概略搜尋〔註1〕，都少有引用『典律』為語詞的線索（可見它應非習用的名詞，而有其特定的用法或意涵）。而在國內學術研究上的援用與通行，則見於八十一年五月召開的「典律與文學教學」全國比較文學會議，將「典律」一詞確定為文學研究中「canon」的譯名〔註2〕，用以指稱文學上經過篩選的經典性文本。並由多位學者從多重面向對典律與典律化進行探討、詮釋

〔註1〕筆者參閱國內最普遍的日用辭典，均未見「典律」「典範」等詞。僅見較為相近的「典型」。參閱三民書局大辭典編纂委員會編：《大辭典》第一冊第410頁。台北市：三民書局，民國74年；教育部重編國語辭典委員會編：《重編國語辭典》，第一冊，第930頁。台北市：臺灣商務印書館，民國71年。

〔註2〕另見於王守元、張德祿編：《文體學辭典》，第568～569頁。則將canon譯為「真作」。表示「堅持傳統之作」。並分釋其做為作家「代表作」、及於俄國形式主義、布拉格學派中作為「堅持文學或詩歌傳統」的著作……種種稍有歧義的用法。濟南市：山東教育出版社，1996年。

〔註3〕，並廣泛論及典律理論與美國典律之爭中的重要人物等有關典律的省思〔註4〕。其後則有九篇論文及相關答辯在《中外文學》月刊第二十一卷、第二、三期（1992 年 7 月起）中陸續登載，持續推廣國內文學研究中對「典律」的關注。

由此之故，本文中凡論及「典律」處，多以上述文學評論中對「典律」的認知與用法爲基礎而展開討論。

至於『典範』的語用則較爲廣泛，一般多見於指稱典冊所傳、具體可見、可奉爲典型遵從的實例，與『典律』指稱典籍所存、具有權威的基本法則或發展規律，是較不同的〔註5〕。然而，國內學術界的用法卻與此迥然有別：除了社會科學等實證研究上強調發展類型的典範實例外，最著名的專業用語是孔恩的『典範』論述。

『典範』（Paradigms）在學理上的使用雖不始於孔恩，但孔恩將它在語言學上「形式變化的範型」的特色，轉化爲科學研究上的範例與模型，作爲常態科學傳統之所以發生與延續的條件〔註6〕，並藉以分析科學發展的三個階段（常態科學、危機與革命），對科學哲學的討論具有重要貢獻〔註7〕。今藉此概念用於文學理論，也可用於指稱某些時代中造成重大影響的詩學觀念或方法，因其爲特定文學團體中

〔註3〕見於陳長房等編：《典律與文學教學》一書陳長房的「代序」v 頁，爲典律下了簡要的說明：「典律是受過教育的知識份子所閱讀的傳統書籍，更是經過官方制定認可的偉大著作。」也歸納論文集中各篇詮釋「典律」的不同角度。台北市：比較文學學會，1995 年。

〔註4〕同見陳長房等編：《典律與文學教學》一書的「出版說明」，II 頁。台北市：比較文學學會，1995 年。

〔註5〕一般人根據中文字詞的簡易訓詁（增字爲訓的方法）推測：「典律」爲「典之律」，應指稱典籍所存、具有權威的基本法則或發展規律；「典範」則同爲詞組，似指典冊所傳、具體可見、可奉爲典型，而加以遵從的實例，如此，則正與學術研討上的詞義相反。

〔註6〕參見孔恩原著、王道還等譯：《科學革命的結構》，第 54 頁。台北市：遠流，1989 年。

〔註7〕同見孔恩原著、王道還等譯：《科學革命的結構》，書後附錄二、第348 頁。台北市：遠流，1989 年。

的成員所共同認同、信守，遂成爲其暫時的文學「典範」，直至時空轉變造成詮釋上的危機，才有可能被後人再加創變、革命，而產生新的詩學典範。

　　本文在討論桐城詩論對王漁洋《古詩選》的詮釋，甚至論及宋詩學對唐詩的創變時，多藉助於此處『典範』的概念。

　　總之，本論文中所用「典律」「典範」二詞，其義涵並不同於日常語用習慣，而係以國內、外學術討論中對「canon」「Paradigms」的翻譯與衍生討論爲核心，再借鏡其觀點，用於中國傳統詩學理論的研究。

二、「影響」與「誤讀」

（一）影響（influence）

　　在人文學科中，影響一詞通常用以表示「思想家的意識和文字形式對文學作品、批評或整個時代所產生的種種作用〔註8〕」，而「影響研究」則是文學史或比較文學研究中一個極重要的方向。

　　早期的影響研究，源自法國學派戴克斯特（Joseph Texte）等學者對歐洲各國文學間相互交流、作用，與異同比較的探討〔註9〕。其後形成了以「流傳學」又稱「譽輿學」（Doxologie）爲主流的一套研究方法，有系統的探究「影響的種類與層次」「如何判斷影響的存在」「如何衡量影響的功能」……等涉及影響的相關問題。

　　然而，此種以菁英作家或作品爲核心，注重以具體的實證性材料來考察其對當代或後續的文學發展產生何種作用的傳統的影響研究，在近期接受美學、讀者理論衝擊下，開始將研究焦點引向接受者，修正其觀察角度爲「一種影響只有在被接受時，才變成有創造價值的

〔註8〕參見劉介民：《比較文學方法論》，218頁。台北市：時報文化，1990年。

〔註9〕同見劉介民：《比較文學方法論》，218～219頁。台北市：時報文化，1990年。

影響」〔註10〕。但是，對文學上「影響」關係的重新認定，則待稍後「誤讀」理論的提出。

（二）誤讀（misreading）

文學中「誤讀」的概念，本源於閱讀學、或比較文學中的討論，用以指偏離閱讀對象本意、內容的誤差性閱讀〔註11〕。因此，多數是作為貶義詞。直至二十世紀中末期，西方文學批評在後現代主義、解構主義發展下，提出「影響即誤讀」「閱讀總是一種誤讀」等論點，不但扭轉了「誤讀」一詞的負面意涵，連帶使得「影響」研究突破了事象驗證的表層，探求後出者在閱讀接受時的心理機制。

著名的「誤讀」理論，主要是由美國當代文學批評家布魯姆（Harold Bloom）在《影響的焦慮》一書提出，他藉英美浪漫主義詩人密爾頓、華滋華斯、喬福來‧哈特曼等接受前輩的影響為例，認為：這種影響不僅是對前人的繼承，而主要是對前人的誤讀、修正和改造〔註12〕。進而得出「文學影響其實就是創造性誤讀」的結論。

隨後，在《文學影響論──誤讀圖示》中，布魯姆更擴充了「影響」的可能，指出影響不僅指前輩對後輩的影響，也適用於同輩作家與作品之間，所以他說「影響意味著，壓根兒不存在本文，而只存在本文之間的關係（互文性，又稱本文間性），這些關係取決於一種批評行為，即取決於誤讀或誤解──一位詩人對另一位詩人所作的批評、誤讀或誤解。〔註13〕」同時，他更藉由圖示和應用實例，將被影響者的「創作性誤讀」區分為「限制──也就是『重新發現』」（re-seeing

〔註10〕參見曹順慶等編：《比較文學論》，87頁。台北市：揚智文化，2003年。

〔註11〕參見曹順慶等編：《比較文學論》，203頁。台北市：揚智文化，2003年。

〔註12〕參見曹順慶等編：《比較文學論》，204頁。台北市：揚智文化，2003年。

〔註13〕參見美、哈羅德、布魯姆：《文學影響論──誤讀圖示》，「導論」第1頁。台北縣：駱駝出版社，1992年。

is a limitation）、「替代——也就是『重新評價』」（re-estimating is a substitution）、與「表現——也就是『重新瞄準』」（re-aiming is a representation）〔註14〕三種型態，使我們對文學發展中「影響」現象的討論，得以更為細緻而深刻。本文第陸章便嘗試借鏡此類觀念，用於詮釋《昭昧詹言》對前人詩篇的評論。

（三）詮　釋

詮釋（interpretation）一詞本來自於拉丁文的「interpretatio」，在拉丁修辭學中原指「用一個詞來解釋一個詞」；而據《牛津英語詞典》的解釋，其動詞字根 interpret 的字義「闡明意義；使清晰或者明確；解析；解釋」等，其再由此引伸為名詞性用法，則指「中介者、媒介物、使者」及「外語的翻譯者」等。是故，詮釋（interpretation）的常見意涵，至少兼有「闡發、解釋的行為」、「翻譯的作品」等不同層面。

而馬龍（Steven Mailloux）因此以為「詮釋」一詞的意義，應「同時指向兩個方面：被詮釋的文本，和需要這個詮釋的聽眾」，並暫時定義為：「『詮釋』即『可以接受的、近似的翻譯』」〔註15〕，故需透過歷史化、諷喻化、雙關、溯源等詮釋法則，已獲得讓讀者可以接受、而近似於文本或作者意圖的翻譯。本論文（特別是第六、八章）對於《昭昧詹言》中分析歷代詩學典律的特色、與應該習法的重點等等，多視為方東樹對《古詩選》《今體詩鈔》等前人詩選集的接受或「詮釋」。即是將其視為此一文學典律傳承與接受過程中的翻譯者，欲進一步釐析其對詩選集的評註中，有哪些是接受和繼承？有哪些經過創造性的詮釋？

〔註14〕參見 Harold Bloom：A Map of Misreading. P4 . Oxford：Oxford University Press，1975.

〔註15〕參見 Frank Lentricchia & Thomas McLaughilin 編、張京媛等譯：《文學批評術語》，「第二部分——詮釋」第 159～161 頁。香港：牛津大學出版社，1994 年。

附錄二　方東樹學術年表

分期	起迄年代	著作與思想大要	同代詩人或詩集	備　註
第一：習文時期	乾隆三十七年出生 ～嘉慶四年 年二十八歲 （C1772～1797）		三十七年（C1772）：翁方綱自粵東歸，與錢載、錢大昕、程晉芳、嚴長明、曹仁虎、姚鼐酬唱。 三十八年（C1773）：設四庫全書館，紀曉嵐爲總纂，調取邵晉涵、戴震等入四庫編校。 三十九年（C1774）：錢載與翁方綱、朱筠、程晉芳、曹仁虎、姚鼐飲集寓齋。 四十一年（C1776）：朱孝純延吳定校刊其師劉海峰詩集。	
		乾隆四十七（C1782），年十一，初學爲文，效范雲作愼火樹詩，鄉先輩咸歎異之。		
			五十一年（C1786）：袁枚作隨園詩話。梅曾亮生。郭麐讀書鍾山書院，與秦大光、鮑桂星俱授業姚鼐，號鍾山三友。	
		乾隆五十四（C1789），年十八，先生自少喜爲古文辭，十八九時讀孟子書，憮然悟學之更有其大者、遠者，遂不肯輕易作文。		
			五十五年（C1790），姚鼐有〈送頻伽（郭麐）東歸〉詩。	

		乾隆五十八（C1793），年二十二，與卿先生皆受業於姚姬傳先生門下。而先生隨侍講席最久，與管、梅、劉並稱為姚門四傑。		二十二歲，入縣學補弟子員，踰數年補增廣生。生平僅一應歲試，應鄉試十次。道光戊子八年（57歲）後始不復應。
			五十九年（C1794）：郭麐與吳嵩梁、法試善、吳錫麒唱酬。	
			六十年（C1795）：郭麐旅食京華，與能文之士雅相過從。	
			嘉慶元年（C1796）：阮元督學兩浙，選輯浙人之詩《兩浙輶軒錄》。	
			嘉慶三年（C1798）：阮元招同何元錫、郭麐夜集西湖湖心亭。姚甬過武林，郭麐往晤之。	嘉慶三年（C1798）授經陳用光家。（途中作〈過丹徒〉〈西湖〉諸詩）
		嘉慶四年（C1799），年二十八，授經陳侍郎家。三月，自訂少作，名「櫟社雜篇」 序曰：（周秦以來諸子之文）莫不本於壹而出之，後世之士專欲工文章而不務本道術，敝踤致役於文、遊心竄句，紛耘於百氏之場，於是其人其言始離而為二…… ✳自記云：余年二十八歲於後為學始壹正其趣向，雖未敢言能立本，而於其雜焉者，亦庶免矣，		
第二：鑽研道術義理時期（兼納老）	嘉慶四年，二十八歲～嘉慶二十四年，四十八歲（C1772～1819）	姚：〈與胡雒君書〉「植之昨有書云近大用功心性之學，若果爾，則為今日第一等豪傑耳。」 四月，序《老子章義》曰：老子之書不可謂無見於道，特其發辭偏激；魏晉清談豈老子者哉；朱子即恐其流有害於道；老子之言固易知也； 『今吾作解，合儒佛之理而通之本義，則竊取之朱子……』	嘉慶四（C1799）：阮元集成《廣陵詩事》何紹基生。 嘉慶六（C1801）：趙翼以所撰唐宋金七家詩示洪亮吉； 洪氏著手作北江詩話。 嘉慶九（C1804）：阮元序郭麐詩二集。	嘉慶六年（C1801）授經汪稼門家。

			嘉慶十（C1805）：郭麐與吳錫麒、楊蓮裳、江藩等作文酒之會。	嘉慶十年（C1805）授經汪稼門家。
				嘉慶十二年（C1807）江甯書院課姚鼐長孫誦。
				嘉慶十三年（C1808）客池州，作〈齊山〉〈池陽雜詩〉等
				嘉慶十五年（C1810）在江甯書院。
				嘉慶十六年（C1811）爲《江甯府志》分纂。
				嘉慶十七至二十一年間依胡克家幕中。
				嘉慶十九年（C1814）秋，往池州閱試卷
		二十三年（C1818）序《考正篇感應》，略曰：此書立意意甚美，毋任其以出於道家見忽於世 鄭按：先生是書發明天道人事物理極爲詳盡，又引經義史事及諸傳記以證明之。 應粵督阮元召，纂「廣東通志」		
第三：致力心性之學	嘉慶二十四年，年四十八歲～道光六年，年五十五歲（C1819～1826）	道光四年（C1824），授經阮元幕中。時阮元方輯刻《皇清經解》，以漢學導世，先生以是書（《漢學商兌、序》）上之（參文集〈上阮宮保書〉）。（註一）	道光四（C1824）：郭麐於昆陵舟中序劉嗣綰尙絅堂集。	初任《廣東通志》分纂月內告竣，留任總纂，續在通志局、主海門、韶陽等書院
		五年（C1825），作《書林揚觶》（註二）	道光五（C1825）：鄭珍獲選拔貢成均，學政程恩澤爲取字曰子尹。	道光五年（C1825）授經阮文達幕中
		六年（C1826），自粵旋里，往浙右		
※進德修業	道光六年，年五十五歲～道光十二年，年六十一歲（C1826～1832）			道光七年主盧陽書院
			道光八（C1828）：呂璜從吳德旋學古文，理所受五十三條古文法則爲《初月樓文談》。	道光八年主泖湖書院

				道光九年客宣城（闈郡試卷）
		十（C1830）年五月，著《未能錄》序曰：余參劑於劉、孟二書，爲十言以自程，曰：謹獨、衛生、修內、愼動敬事、燭幾、盡倫、執義安命、積德，以上十義，昔賢名理名言，既精且詳，不可勝舉，今日惟在自家切身檢點實踐而已，不作言詮也。		
		十一年（C1831）著《進德譜錄》，序曰：進德之義本於《易》，……憫質美志學者不得其門，又昧於從事....所述爲私具之理「吾所自具者，合吾首、適吾足，必不同於人之所有也……」，	道光十一（C1831）：郭麐、管同卒。	道光十一年（C1831）主松滋書院
		十二年（C1832），自編詩集《半字集》。又作〈對月遣悶雜書〉絕句十四首。		
第四：編纂	道光十二年，年六十一歲～道光二十年，年六十九歲（C1833～1840）	十三年（C1833），姚瑩延先生編校其先祖《援鶉堂筆記》。		十四年（C1834）客姚瑩官廨中（作滄浪亭詩）
		十五年（C1835），書其後曰：「古人校定書籍，綜覽義旨軌示前則……」故推崇馬鄭賈服等之於經、應孟等之於史……每編校一書所費日力等於著書；並推崇近人惠何盧錢四家足與於斯流；且由析其優劣短長中獲得結論：書非自訂而託之後人，多成增謗……		
		十六年（C1836）命門人蘇淳元重編張楊園先生年譜並請刊行。		
		十七年（C1837）六月編校展卿先生《鶴鳴集》並刊行。	十七年（C1837）：程恩澤卒。	十七年（C1837）赴粵，客總督鄧嶰筠幕中。

		十八年（C1838）八月刻援鶉堂筆記刊誤序；九月漢學商兌、書林揚觶單刊誤補義二卷；校勘七經紀聞；十二月定族譜義例	
		十九年（C1839）校刊《柿葉軒筆記》撰《先友記》；著《昭昧詹言》（註三）	
			二十年（C1840）：吳汝綸生。
第五：歸里著述以教子孫	道光二十年，年六十九歲～咸豐元年，年八十歲，卒。（C1840～1851）	二十年（C1840）夏歸里，文漢光、戴鈞衡及宗誠俱受業於門。著《大意聞尊》以教諸孫讀書行己制心處事之道。	
		二十一年（C1841）續《昭昧詹言》七言律詩卷	
		二十二年（C1842）著《獵較正簿》自訂文集十二卷	
		二十四年（C1844）摘古人格言，編《山天衣聞》以示三孫。	
			二十五年（C1845）招九老會，有詩記之。
		二十七年（C1847）著《一得拳膺錄》	二十七年（C1847）合葬祖母、繼母，作詩記之
		二十八年（C1848）作《思適居鈴語》詩集《考槃集》	
		三十年（C1850）修《大意聞尊》	

註　釋

註一：清史稿說法略異，並應參見《漢學商兌、序》及《待定錄、序》。

（一）《漢學商兌、序》之要點如下：

　　1. 自述漢學考證者「以闢宋儒、攻朱子爲本，以言心言性言理爲屬禁」，並標宗旨峻門戶，而有亂經畔道之實，因思彌縫其失而啓其辨論之端。

　　2. 一一駁漢學家所執爲宋儒之罪。

3. 漢學家以言理爲厲禁，是率天下而從於昏也。

4. 自認於百家中獨契朱子之言，故所辨唯在「毒螫朱子、悖義理誤學術者」，志於考證異同則無關宏旨，不強論。

（二）《待定錄、序》之要點如下

1. 於身心性命之旨、修己接物之方體驗甚悉。

2. 自贊曰：博學篤志，切問近思。求仁之術，西河是師。追惟生平，否之匪人。維瘠思善，有獲必新。理本大同，心有先得。削其雷同，務絕勦說。雖知無文行而不遠，惟布與菽其又可貶……。

另可參見方東樹於嘉慶二十四年〈與姚石甫書〉一文所述：「先時爲學亦頗氾濫，老釋雜家亦爲之撰述，近反求之，吾身所見似日益明，有所獲則箚記之，名曰待定錄，歲月既多，積成七十餘卷……。」鄭按：先生之學，適粵後益專精矣。

註二：清史稿說法略異，並應參見《書林揚觶、序》《書林揚觶序》之要點如下：

1. 因阮元「建學海堂成，首以學者願著何書策堂中學徒」，感慨後世著書太易而多殆。

2. 爲十六論

3. 終篇辨『嗜好』不足爲『學』。並提出君子之學在於「崇德、脩慝、辨惑、懲忿窒慾、遷善改過，修之於身以齊家治國平天下。窮則獨善，達則兼善，明體達用，以求至曬善之止而已……。」

註三：參見《清史稿》文苑三〈方東樹傳〉，要點如下：

1. 學承家學與師教：「東樹曾祖澤，拔貢生，爲姚鼐師，東樹既承先業，更師事鼐。當乾嘉時，漢學熾盛，鼐獨守宋賢說，至東樹排斥漢學益力。」

2. 著二書之動機：《漢學商兌》：「阮元幕下明劉輯湊，東樹不苟同於眾……發憤著《漢學商兌》一書，正其違謬。」；《書林

揚單》:「戒學者勿輕事著述。」

3. 學凡三變說:「始好文事,專精治之,有獨到之識,中歲爲義
理學,晚耽禪悅,凡三變,皆有論撰。」

按1:〈列傳〉中似乎對方宗誠評價較高,以爲東樹「博極群書,
窮老不遇,傳其學宗誠……宗誠刊布其書,名乃大著。」並歸其論學
之旨,在『熟於儒家性理之學,欲合文與道爲一。』,並勤於纂述,

按2:〈列傳〉中另有周濟、包世臣、李兆洛、潘德輿、龔鞏祚、
魏源、梅曾亮、管同、劉開、何紹基、馮桂芬、張裕釗、吳汝綸、林
紓、嚴復等人,宜相互參照。

參考資料

1. 吳宏一:〈方東樹文學年表〉。見〈方東樹「昭昧詹言」析論〉
之附錄,《國立編譯館館刊》,第十七卷第一期。

2. 《清史稿》列傳二七三,文苑三〈方東樹傳〉。

3. 鄭福照輯:《清方儀衛先生東樹年譜》。臺北市:台灣商務,
民國 67 年。

附錄三 《昭昧詹言》評註詩體分析表

一、五 古

1. 先秦至漢，無名氏古詩（26）至漢末古辭（8）：每家大多取一至四首，具名者共十一家，計五十四首。（以古詩十九首、蘇李應答與擬作、樂府古辭爲大宗）
2. 曹魏，魏武帝至嵇康：各家多樂府，具名者共十家，計六十五首。

以下表列選取三首以上者：

時 代			《昭昧詹言》評析狀況			《古詩選》分卷	備 註
分期	詩家名、字	《古詩選》總篇數	詳析	略析	無評		
漢初	無名氏古詩	26	26			卷 一	古詩
	蘇 武	4	4			卷 一	詩附無名氏擬作
	李 陵	3	3			卷 一	與蘇武詩
	秦 嘉	3		1	2	卷 一	
	無名氏古辭	8		2	6	卷 一	
	魏武帝	3	3			卷 二	
	曹 植	20	16	1	3	卷 二	
	附：劉公幹	5				卷 二	另加
	阮 籍	32	32			卷 三	

3. 兩晉，各家多組詩：除左思、陶潛外，每家多選一至四首，
具名者共十五家，一百三十首。以下所列選取三首以上者：

時　　　代			《昭昧詹言》評析狀況			《古詩選》分卷	備　註
分期	詩家名、字	《古詩選》總篇數	詳析	略析	無評		
兩晉	張　華	3			3	卷　四	
	陸　機	4			4	卷　四	
	陸　雲	4			4	卷　四	
	潘　岳	3			3	卷　四	
	張　協	6			6	卷　四	
	左　思	10	8		2	卷　五	
	桃　葉	3			3	卷　五	
	陶　潛	70	30	36	4	卷　五	附；陶詩考

4. 南北朝——劉宋，謝靈運至張融：具名者共十七家（謝靈運、
顏延之、鮑照、謝朓為大宗），計一百五十三首。

時　　　代			《昭昧詹言》評析狀況			《古詩選》分卷	備　註
分期	詩家名、字	《古詩選》總篇數	詳析	略析	無評		
	謝靈運	31	29	1	1	卷　七	
	謝　瞻	4			4	卷　七	
	謝惠連	4	2	1	1	卷　七	
	顏延之	19	5	5	9	卷　八	
	鮑　照	28	20	7	1	卷　八	
	謝　朓	47	25	15	7	卷　九	
	王　融	9			9	卷　九	

5. 南朝──梁朝，何遜至賀力牧：具名者共三十六家（何遜、
　　沈約、吳均爲大宗），計一百五十三首。

時　　　　　代			《昭昧詹言》評析狀況			《古詩選》分卷	備　註
分期	詩家名、字	《古詩選》總篇數	詳析	略析	無評		
	何　遜	37			37	卷　十	以下各家多略之
	沈　約	14			14	卷　十	
	范　雲	6			6	卷　十	
	任　昉	3			3	卷　十	
	庾肩吾	5			5	卷　十	
	簡文帝	5			5	卷　十	
	元　帝	4			4	卷　十	
	江　淹	31			31	卷十一	
	柳渾？	7			7	卷十一	
	吳　均	16			16	卷十一	
	江　總	10			10	卷十二	

6. 北朝──魏，北齊，隋，劉昶至侯夫人：具名者共三十家，
　　計六十四首。（庾信爲大宗，其餘多爲一首）

時　　　　　代			《昭昧詹言》評析狀況			《古詩選》分卷	備　註
分期	詩家名、字	《古詩選》總篇數	詳析	略析	無評		
	顏之推	3			3	卷十三	
	王　褒	5			5	卷十四	
	庾　信	16			16	卷十四	
	楊　素	4			4	卷十五	
	薛道衡	3			3	卷十五	
	虞世基	3			3	卷十五	
	孫萬壽	5			5	卷十五	

7. 唐代（卷十六至十七），陳子昂至柳宗元，共五家，一百七十一首

時 代			《昭昧詹言》評析狀況			《古詩選》分卷	備 註
分期	詩家名、字	《古詩選》總篇數	詳析	略析	無評		
	陳子昂	17			17	卷十六	
	張九齡	30		13	17	卷十六	
	李　白	27		22	5	卷十六	
	韋應物	80			80	卷十七	與王漁洋異趣
	柳宗元	17		3	14	卷十七	

二、七　古

1. 先秦至漢，古歌（26）至兩漢樂府古辭（1）、鐃歌（2）、古辭（6）：每家多取一至三首，具名者共十二家，計五十五首。
2. 魏晉，魏文帝至樂府辭歌曲（9）：均各家一首，具名者共七家，計五十五首。
3. 南北朝至隋，鮑照至隋無名氏：具名者共三家（鮑照、梁武帝、庾信），計十四首。
4. 唐代（卷三至六），李嶠至李商隱（義山）。

時 代			《昭昧詹言》評析狀況			《古詩選》分卷	備 註
分期	詩家名字（沿用詩選中原稱）	《古詩選》總篇數	詳析	略析	無評		
初唐	李　嶠	1		1		卷　三	
初唐	宋之問	1		1		卷　三	
初唐	張　說	1			∨	卷　三	

初唐	王　翰	1		1		卷　三	
盛唐	王右承（維）	7	1	6		卷　四	
附	王龍標	2			2	卷　四	
盛唐	李東川（頎）	13		9	4	卷　四	
盛唐	高常恃（適）	7		2	5	卷　四	
附	崔司勳	1			1	卷　四	
盛唐	岑嘉州（參）	8		2	5	卷　四	
盛唐	李翰林（白）	26	4	17	5	卷　四	
盛唐	杜詩（甫）	67	12	40	15	卷　五	
中唐	韓詩（愈）	35	5	16	14	卷　六	
附	李義山（商隱）	1			1	卷　六	

5. 宋代（卷七十二）

時　　代			《昭昧詹言》評析狀況			《古詩選》分卷	備　註
分期	詩家名、字	《古詩選》總篇數	詳析	略析	無評		
初宋	歐陽詩	40	2	32	6	卷　七	
初宋	半山詩	35	6	21	8	卷　八	
	蘇　詩	105	11	71	23	卷　九	
附	潁濱詩	12		5	7	卷　九	
	黃山谷詩	54	6	40	8	卷　十	
附論	陳後山					卷　十	
	晁具次	10		4	6	卷十一	
	晁無咎	21		9	12	卷十一	
南宋	陸放翁（游）	78	2	33	43	卷十二	

三、七律（五律，姚鼐選註，方東樹未加評論）

　　1. 唐代（卷一至五），沈雲卿至李商隱（義山）

時　　　　代			《昭昧詹言》評析狀況			《古詩選》分卷	備　註
分期	詩家名、字	《古詩選》總篇數	詳析	略析	無評		
初唐	沈雲卿	2	1	1		卷　一	
初唐	杜必簡	2		2		卷　一	
初唐	李巨山	1	∨			卷　一	
初唐	蘇廷碩	2		1	1	卷　一	
初唐	張道濟	2		2		卷　一	
初唐	宗楚客	1		1		卷　一	
盛唐	王摩詰(維)	11	3	8		卷　二	
盛唐	李　頎	6	3	3		卷　二	
	岑　參	3		2	1	卷　二	
盛唐	高達夫	3		2	1	卷　二	
盛唐	崔　顥	2	2			卷　二	
盛唐	崔　曙	1		1		卷　二	
	張正言	2		2		卷　二	
	祖　詠	1		1		卷　二	
盛唐	杜子美	60	43	17		卷　三	
盛唐	劉文房	12	8	4		卷　四	
盛唐	韋應物	2		2		卷　四	
	韓君平	3	1	1	1	卷　四	
	李君虞	1	1			卷　四	
	黃甫茂政　附：錢仲文	4	1		3	卷　四	另加（贈闕下閻舍人）
	盧允言	4		2	2	卷　四	
	李從一	2		2		卷　四	

	李　端	2		2		卷　四	
	劉夢得	5	2	3		卷　四	
	楊景山	1		1		卷　四	
	柳子厚	3		2	1	卷　四	
	秦公緒	1			1	卷　四	
	王仲初					卷　四	
	張文昌	1			1	卷　四	
	竇遺直	1			1	卷　四	
	白樂天	10	2	7	1	卷　四	
	元微之	1			1	卷　四	
晚唐	李義山（商隱）	32	10	19	3	卷　五	另加（南朝）

2. 五　代

時　　　代			《昭昧詹言》評析狀況			《古詩選》分卷	備　註
分期	詩家名、字	《古詩選》總篇數	詳析	略析	無評		
五代	溫飛卿	5		1	4	卷　五	
	許用晦	7		3	4	卷　六	
	杜牧之	4			4	卷　六	
	薛陶臣	2		2	2	卷　六	
	李德新	1			1	卷　六	
	李楚望	1			1	卷　六	
	李文山	1			1	卷　六	
	趙承祐	3			3	卷　六	
	韓致堯	3		1	2	卷　六	
	吳子華	2		1	1	卷　六	
	張　佖	2			2	卷　六	
	羅昭諫	2			2	卷　六	
	韋端己	8		2	6	卷　六	

3. 宋　代

時　　代			《昭昧詹言》評析狀況			《古詩選》分　卷	備　註
分期	詩家名、字	《古詩選》總篇數	詳析	略析	無評		
宋代	楊仲猶	2			2	卷　七	
	楊大年	5			5	卷　七	
	劉子儀	3			3	卷　七	
	胡武平	4			4	卷　七	
	林君復	2			2	卷　七	
	宋公序	1			1	卷　七	
	宋子京	2		1	1	卷　七	
	文寬夫	1			1	卷　七	
	王介甫	5		2	3	卷　七	
	王仲甫	1			1	卷　七	
	蘇子瞻	30（31）	1	24	5	卷　八	
	黃魯直	25	7	18		卷　八	
	陳履常	4			4	卷　八	
	秦少游	1			1	卷　八	
	晁無咎	1			1	卷　八	
	晁景迂	2			2	卷　八	
	米元章(芾)	1			1	卷　八	
	劉景文	1			1	卷　八	
	楊公濟	1			1	卷　八	
	陸務觀(游)	87		65	22	卷　九	
	陳去非	1			1	卷　九	
	曾吉甫	2		1	1	卷　九	
	楊廷秀	1			1	卷　九	

附錄四　曾國藩《十八家詩鈔》選篇分析表

時代 詩家 詩體		漢魏 共六家						唐代 共八家								宋代 共三家			金代
		曹子建	阮嗣宗	陶淵明	謝康樂	鮑明遠	謝元暉	王右丞	孟襄陽	李太白	杜工部	韓昌黎	白香山	李義山	杜牧之	蘇東坡	黃山谷	陸放翁	元遺山
五言	篇數	55	82	114	65	131	118			560	258	142							
	排序					4	5			1	2	3							
七言	篇數									157	146	78	64			238	165		
	排序									3	4					1	2		
五言	篇數							104	138	100	601								
	排序							3	2	4	1								
七言	篇數									150				117	55	540	25	554	
	排序									3				4		2		1	
五言	篇數																		
	排序																		
七言	篇數									79	105					438		652	
	排序									4	3					2		1	

附錄五　本論文引用《昭昧詹言》各章原文統計

一、總次數概覽

論文出現章節位置＼典分卷	卷　一 通論五古	卷　二 漢魏	卷　三 阮公	卷　四 陶公	卷　五 大謝（附謝惠連、顏延之）	卷　六 鮑明遠	卷　七 小謝（附張九齡、李白、柳宗元）
總計 648 原有	157	85	49	85	102	69	86
引用	190	33	15	23	20	7	4

論文出現章節位置＼典分卷	卷　八 杜公	卷　九 韓公	卷　十 黃山各（附陳后山）	卷十一 總論七古	卷十二 分論各家	卷十三 附論「陶詩附考」等	卷十四 通論七律
總計 648 原有	21	24	23	41	424	46	21
引用	19	21	25	62	130	0	34

論文出現章節位置＼典分卷	卷十五 初唐諸家	卷十六 盛唐諸家	卷十七 杜公	卷十八 中唐諸家	卷十九 李義山	卷二十 蘇、黃	卷二一 附論諸家詩論
總計 648 原有	9	29	64	43	35	117	227
引用	2	10	9	7	2	26	14

二、分章節統計細目

原典分卷 ＼ 論文出現章節位置			卷 一 通論五古		卷 二 漢 魏	卷 三 阮 公	卷 四 陶 公
總計	648		小計 190		小計 33	小計 15	小計 23
第二章	第一節	3	正文： 附註：3、13、156	3	正文： 附註：	正文： 附註：	正文： 附註：
	第二節	11	正文： 附註：2、3、6、7、11、24、26、27、36、157	11	正文： 附註：	正文： 附註：	正文： 附註：
	第三節	23	正文：1、5、6、7、21、23、42、90、137 附註：2、3、4、6、22、27、28、36、42、67、90、141、157、	23	正文： 附註：	正文： 附註：	正文： 附註：
第三章	第一節		正文： 附註：		正文： 附註：	正文： 附註：	正文： 附註：
	第二節		正文： 附註：		正文： 附註：	正文： 附註：	正文： 附註：
	第三節	1	正文： 附註：		正文：1 附註：	1 正文： 附註：	正文： 附註：
	第四節	4	正文： 附註：24、26、50、76	4	正文： 附註：	正文： 附註：	正文： 附註：
第四章	第一節		正文： 附註：		正文： 附註：	正文： 附註：	正文： 附註：
	第二節	12	正文：68、64、3、49 附註：32、31、60、39、41、28、12、21	12	正文： 附註：	正文： 附註：	正文： 附註：
	第三節	10	正文：24、51、50 附註：26	4	正文： 附註：75、76	2 正文：30、2 附註：1、5	4 正文： 附註：
	第四節	18	正文：23、33 附註：31、6、13、14、33	8	正文：58、85、56、3 附註：	4 正文：6、7 附註：1、32	4 正文： 附註：2、3	2

章	節									
第五章	第一節	16	正文：116、117、54、38、67、33、28、52、48、47、12、17 附註：67、146、46	15	正文： 附註：81	1	正文： 附註：		正文： 附註：	
	第二節	19	正文：20、23、28、92 附註：90、91、48、52、55、41、39、44、49、46、146、58、89	19	正文： 附註：		正文： 附註：		正文： 附註：	
	第三節	33	正文：80、74、82 附註：67、49、47、48、55、27、89、90、91、58、80、81、157、92、52、54、77、41、39、44、65、46、146	29	正文： 附註：17、14、32	3	正文： 附註：20	1	正文： 附註：	
第六章	第一節		正文： 附註：		正文： 附註：		正文： 附註：		正文： 附註：	
	第二節	8	正文： 附註：139、140、141、143、146、145、147	8	正文： 附註：		正文： 附註：		正文： 附註：	
	第三節	28	正文：80 附註：	1	正文：1、5、2、10、11、19、8、57 附註：11、12、30、31、45、25、6、3、9、54、65	20	正文： 附註：1、3、5、40、2、1	6	正文：4 附註：	1
	第四節	52	正文：45、48、14、12、126、99 附註：39、40、41、42、43、44、45、46、47、48、49、50、51、52、14、9、10、11、93、25、12、53、31、104、105	34	正文：37 附註：	1	正文： 附註：		正文：17、59 附註：6、3、15、11、4、69、70、59、34、18、12、14、38、8、19	17
第七章	第一節	1	正文： 附註：		正文： 附註：		正文： 附註：		正文： 附註：4	1
	第二節		正文： 附註：		正文： 附註：		正文： 附註：		正文： 附註：	
	第三節		正文： 附註：		正文： 附註：		正文： 附註：		正文： 附註：	

第八章	第一節	10	正文： 附註：11、50、19、31、70、126、69、75、108、83	10	正文： 附註：		正文： 附註：		正文： 附註：	
	第二節	1	正文： 附註：98	1	正文： 附註：		正文： 附註：		正文： 附註：	
	第三節	9	正文：98 附註：98、50、144、89、85、47、137	9	正文： 附註：		正文： 附註：		正文： 附註：	
	第四節	1	正文： 附註：7	1	正文： 附註：		正文： 附註：		正文： 附註：	

原典分卷／論文出現章節位置		卷 五 大謝（附謝惠連、顏延之）		卷 六 鮑明遠		卷 七 小謝（附張九齡、李白、柳宗元）		卷 八 杜 公	
總計		小計　20		小計　7		小計　4		小計　19	
第二章	第一節	正文：		正文：		正文：		正文：	
		附註：		附註：		附註：		附註：	
	第二節	正文：		正文：		正文：		正文：	
		附註：		附註：		附註：		附註：	
	第三節	正文：		正文：		正文：		正文：	
		附註：		附註：		附註：		附註：	
第三章	第一節	正文：		正文：		正文：		正文：	
		附註：		附註：		附註：		附註：	
	第二節	正文：		正文：		正文：		正文：	
		附註：		附註：		附註：		附註：	
	第三節	正文：	6	正文：		正文：12	1	正文：7、8	5
		附註：		附註：		附註：		附註：4、5、6	
	第四節	正文：	8	正文：		正文：12	1	正文：4	7
		附註：		附註：		附註：		附註：12、4、6、8、15	
第四章	第一節	正文：		正文：		正文：		正文：	
		附註：		附註：		附註：		附註：	
	第二節	正文：	1	正文：		正文：		正文：12	1
		附註：		附註：		附註：		附註：	
	第三節	正文：		正文：		正文：		正文：	
		附註：		附註：		附註：		附註：	
	第四節	正文：		正文：		正文：		正文：	
		附註：		附註：		附註：		附註：	
第五章	第一節	正文：30	7	正文：	4	正文：	2	正文：	1
		附註：9、3、30		附註：25、11		附註：3		附註：	
	第二節	正文：		正文：		正文：		正文：	
		附註：		附註：		附註：		附註：	
	第三節	正文：	12	正文：	7	正文：	4	正文：	1
		附註：68、3、6、9、19、30、31		附註：6、10、11、25		附註：3		附註：	

章	節								
第六章	第一節	正文： 附註：		正文： 附註：		正文： 附註：		正文： 附註：	
	第二節	正文： 附註：		正文： 附註：		正文： 附註：		正文： 附註：	
	第三節	正文： 附註：		正文： 附註：		正文： 附註：		正文： 附註：	
	第四節	正文： 附註：	7	正文： 附註：10	1	正文： 附註：		正文：5 附註：13、2、18、5	6
第七章	第一節	正文： 附註：		正文： 附註：		正文： 附註：		正文： 附註：	
	第二節	正文： 附註：		正文： 附註：		正文： 附註：		正文： 附註：	
	第三節	正文： 附註：		正文： 附註：		正文： 附註：		正文： 附註：	
第八章	第一節	正文： 附註：1、6、8、3、12、20	6	正文： 附註：		正文： 附註：		正文： 附註：	
	第二節	正文： 附註：		正文： 附註：		正文： 附註：		正文： 附註：	
	第三節	正文：9 附註：9、19	3	正文： 附註：		正文： 附註：		正文： 附註：	
	第四節	正文： 附註：		正文： 附註：		正文： 附註：		正文： 附註：	

原典分卷 論文出現章節位置		卷　九 韓　公		卷　十 黃山各（附陳后山）		卷十一 總論七古		卷十二 分論各家	
總計		小計 21		小計 25		小計 62		小計 130	
第二章	第一節	正文： 附註：		正文： 附註：		正文： 附註：		正文： 附註：	
	第二節	正文： 附註：		正文： 附註：		正文： 附註：		正文：161 附註：	1
	第三節	正文： 附註：	1	正文： 附註：		正文：27 附註：	1	正文： 附註：	
第三章	第一節	正文： 附註：		正文： 附註：		正文： 附註：		正文： 附註：	
	第二節	正文： 附註：		正文： 附註：		正文： 附註：		正文： 附註：	
	第三節	正文： 附註：	17	正文：6、10 附註：4、1	5	正文：1 附註：20、23	3	附註：194、195、166、4、1、165、148、126、23	9
	第四節	正文：21、6 附註：21	39	正文：1 附註：19、6	3	正文：30、20、21、34、29、38、39、23 附註：23	9	正文：166、256、356、386、357、371、391、161、355、126、165 附註：148、165、126、195、194、287、105、161、159、166、358	24
第四章	第一節	正文： 附註：	1	正文： 附註：		正文：4 附註：	1	正文： 附註：	
	第二節	正文： 附註：	23	正文： 附註：		正文：11、23、14、41 附註：33、38、44、8、12	9	正文：166、170、172 附註：171、178、179、168、3、140、161、126、169	14
	第三節	正文： 附註：	11	正文： 附註：		正文：28、10、24、22、37 附註：9	6	正文：290 附註：162、191、216、265	5
	第四節	正文： 附註：	3	正文： 附註：		正文：32、31 附註：	2	正文： 附註：2	1

章	節	數	正文／附註	數	正文／附註	數	正文／附註	數	正文／附註	數
第五章	第一節	16	正文：　附註：		正文：　附註：1、4	2	正文：19、38、17、18　附註：23、13	6	正文：165、168、169、178、170　附註：169	8
	第二節	14	正文：　附註：		正文：　附註：1	1	正文：24、1、11、10、9、8　附註：27、7、15、12、23	12	正文：　附註：358	1
	第三節	30	正文：　附註：		正文：　附註：		正文：　附註：24、2、4、7、12、15、23	8	正文：43、170、211、151　附註：165、4、5、8、45、55、159、157、141、127、144、158、152、157、169、358	22
第六章	第一節		正文：　附註：		正文：　附註：		正文：　附註：		正文：　附註：	
	第二節	1	正文：　附註：		正文：1　附註：	1	正文：　附註：		正文：　附註：	
	第三節	10	正文：　附註：		正文：　附註：		正文：　附註：		正文：1、2、26、29、28、42　附註：37、27、33、30	10
	第四節	39	正文：11、8、20、15、16、1、3　附註：1、2、6、4、22、15、16、12	16	正文：10　附註：1、4、5、10	5	正文：31、29　附註：	2	正文：108、117、105、102　附註：102、95、110、105、109、117、125、113、115、52、54、103	16
第七章	第一節		正文：　附註：		正文：　附註：		正文：　附註：		正文：　附註：	
	第二節		正文：　附註：		正文：　附註：		正文：　附註：		正文：　附註：	
	第三節	4	正文：　附註：		正文：　附註：6、11	2	正文：　附註：		正文：　附註：358	2

		正文：		正文：		正文：		正文：	
第 八 章	第 一 節	附註：23、24	2	附註：6、10、 11、17、3、4、 5、14	9	附註：23、4、 6、7、8、9、 23、21	8	附註：102、95、 287、126、127、 165、166、285、 286、195、200、 211	12
		31		正文：		正文：		正文：	
	第 二 節	正文： 附註：		附註：		附註：27	1	附註：	
		1							
	第 三 節	正文： 附註：		正文： 附註：		正文： 附註：		正文： 附註：412、 274、412、418、 420	5
		5							
	第 四 節	正文： 附註：		正文： 附註：		正文： 附註：		正文： 附註：	

論文出現章節位置 / 原典分卷			卷十三 附論「陶詩附考」等	卷十四 通論七律		卷十五 初唐諸家	卷十六 盛唐諸家
總計			小計 0	小計 34		小計 2	小計 10
第二章	第一節		正文： 附註：	正文： 附註：		正文： 附註：	正文： 附註：
	第二節		正文： 附註：	正文： 附註：		正文： 附註：	正文： 附註：
	第三節	3	正文： 附註：	正文：19、18、5 附註：	3	正文： 附註：	正文： 附註：
第三章	第一節		正文： 附註：	正文： 附註：		正文： 附註：	正文： 附註：
	第二節		正文： 附註：	正文： 附註：		正文： 附註：	正文： 附註：
	第三節	5	正文： 附註：	正文： 附註：1、2、11、122	5	正文： 附註：	正文： 附註：
	第四節	4	正文： 附註：	正文： 附註：11、13、16	4	正文： 附註：	正文： 附註：
第四章	第一節	1	正文： 附註：	正文： 附註：21	1	正文： 附註：	正文： 附註：
	第二節	3	正文： 附註：	正文：5、6 附註：5	3	正文： 附註：	正文： 附註：
	第三節	3	正文： 附註：	正文：5、21 附註：17	3	正文： 附註：	正文： 附註：
	第四節		正文： 附註：	正文： 附註：		正文： 附註：	正文： 附註：
第五章	第一節	3	正文： 附註：	正文：16、15 附註：17	3	正文： 附註：	正文： 附註：
	第二節	2	正文： 附註：	正文：5 附註：21	2	正文： 附註：	正文： 附註：
	第三節	16	正文： 附註：	正文：5 附註：1、2、17、21	6	正文： 附註：	正文： 附註：1、2、3、4、5、6、7、8、9、10

第六章	第一節		正文： 附註：		正文： 附註：		正文： 附註：	正文： 附註：
	第二節		正文： 附註：		正文： 附註：		正文： 附註：	正文： 附註：
	第三節		正文： 附註：		正文： 附註：		正文： 附註：	正文： 附註：
	第四節	2	正文： 附註：	正文：14 附註：16	2	正文： 附註：	正文： 附註：	
第七章	第一節		正文： 附註：		正文： 附註：		正文： 附註：	正文： 附註：
	第二節		正文： 附註：		正文： 附註：		正文： 附註：	正文： 附註：
	第三節		正文： 附註：		正文： 附註：		正文： 附註：	正文： 附註：
第八章	第一節	2	正文： 附註：	正文： 附註：17、2	2	正文： 附註：	正文： 附註：	
	第二節		正文： 附註：		正文： 附註：		正文： 附註：	正文： 附註：
	第三節	1	正文： 附註：	正文： 附註：		正文： 附註：5、1	2	正文： 附註：
	第四節		正文： 附註：		正文： 附註：		正文： 附註：	正文： 附註：

原典分卷／論文出現章節位置	總次	卷十七 杜公	卷十八 中唐諸家	卷十九 李義山	卷二十 蘇黃	卷二十一 附論諸家詩話
小計		9	7	2	26	14
第二章 第一節	2	正文： 附註：	正文： 附註：	正文： 附註：	正文： 附註：	正文： 附註：221、222 小計：2
第二章 第二節		正文： 附註：	正文： 附註：	正文： 附註：	正文： 附註：	正文： 附註：
第二章 第三節	1	正文： 附註：	正文： 附註：	正文： 附註：7 小計：1	正文： 附註：	正文： 附註：
第三章 第一節		正文： 附註：	正文： 附註：	正文： 附註：	正文： 附註：	正文： 附註：
第三章 第二節		正文： 附註：	正文： 附註：	正文： 附註：	正文： 附註：	正文： 附註：
第三章 第三節	13	正文： 附註：	正文： 附註：2、[1] 小計：3	正文： 附註：	正文： 附註：1、86、87、67、113、54、57、55、62 小計：9	正文： 附註：71 小計：1
第三章 第四節	8	正文： 附註：	正文： 附註：	正文： 附註：	正文：5 附註：16、[5]、[1]、27、26 小計：8	正文： 附註：
第四章 第一節		正文： 附註：	正文： 附註：	正文： 附註：	正文： 附註：	正文： 附註：
第四章 第二節		正文： 附註：	正文： 附註：	正文： 附註：	正文： 附註：	正文： 附註：
第四章 第三節		正文： 附註：	正文： 附註：	正文： 附註：	正文： 附註：	正文： 附註：
第四章 第四節	7	正文： 附註：	正文：17 附註：2、3 小計：3	正文： 附註：4 小計：1	正文：5、6 附註：1 小計：3	正文： 附註：
第五章 第一節	4	正文： 附註：	正文： 附註：	正文： 附註：	正文：27、26 附註：1、4 小計：4	正文： 附註：4 小計：1
第五章 第二節		正文： 附註：	正文： 附註：	正文： 附註：	正文： 附註：	正文： 附註：
第五章 第三節	2	正文： 附註：	正文： 附註：	正文： 附註：	正文： 附註：1 小計：1	正文： 附註：4 小計：1

章	節		正文／附註		正文／附註		正文／附註		正文／附註		正文／附註	
第六章	第一節		正文： 附註：		正文： 附註：		正文： 附註：		正文： 附註：		正文： 附註：	
	第二節		正文： 附註：		正文： 附註：		正文： 附註：		正文： 附註：		正文：1、71 附註：1	4
	第三節		正文： 附註：		正文： 附註：4	1	正文： 附註：		正文： 附註：		正文： 附註：	
	第四節	2	正文： 附註：		正文： 附註：		正文： 附註：		正文： 附註：		正文： 附註：4	2
第七章	第一節		正文： 附註：		正文： 附註：		正文： 附註：		正文： 附註：		正文： 附註：	
	第二節		正文： 附註：		正文： 附註：		正文： 附註：		正文： 附註：		正文： 附註：	
	第三節		正文： 附註：		正文： 附註：		正文： 附註：		正文： 附註：		正文： 附註：	
第八章	第一節	10	正文： 附註：16、17、22、51、61、62	8	正文： 附註：		正文： 附註：		正文： 附註：27	1	正文： 附註：222	1
	第二節		正文： 附註：		正文： 附註：		正文： 附註：		正文： 附註：		正文： 附註：	
	第三節		正文： 附註：2	1	正文： 附註：		正文： 附註：		正文： 附註：		正文： 附註：227、131、167	3
	第四節		正文： 附註：		正文： 附註：		正文： 附註：		正文： 附註：		正文： 附註：